Das Buch

Ein Abend am Seine-Ufer in Paris. Ein gutgekleideter Herr auf dem Quai. Unten am Fluß streiten ein betrunkener Mann und eine Frau. Die Stimmen werden lauter, die Frau ruft um Hilfe. Einen Augenblick zögert der junge Herr auf dem Quai, dann überquert er rasch die Avenue und geht nach Hause. Dort aber findet Philipp Cléry keine Ruhe, er muß erkennen, daß er ein jämmerlicher Feigling ist. Zusammen mit seiner Frau Henriette und deren Schwester Eliane lebt er in einer Ménage à trois voller heimlicher Abgründe. Henriette, die sich (nicht nur im Bett) grenzenlos mit ihrem Mann langweilt, nimmt sich einen Liebhaber. Eliane hingegen ist Philipp in hoffnungsloser Leidenschaft verfallen und wünscht ihrer Schwester den Tod. Der Alltag dieser drei Menschen wird zum Alptraum, die Spannung in dieser verhängnisvollen Dreiecksbeziehung wächst zum Zerreißen. »Julien Green zählt zu den großen klassischen Erzählern unseres Jahrhunderts« (Hamburger Abendblatt). »Auch 60 Jahre nach seiner Entstehung beeindruckt der Roman mit unverminderter Kraft, so gnadenlos ist die Luzidität seiner Analyse« (Die Welt).

Der Autor

Julien Green, französischer Schriftsteller amerikanischer Herkunft, wurde am 6. September 1900 in Paris geboren, er wuchs zweisprachig auf und wurde protestantisch erzogen. 1916 konvertierte er zum Katholizismus. Mit siebzehn Dienst als Sanitäter an der Front. 1919–22 studierte er in Charlottesville/Virginia Philologie. Seit 1922 wieder in Paris. Bereits mit seinem dritten Roman, ›Leviathan‹ (1929), erlangte er Weltruhm. 1940–45 Emigrant in Amerika. Seit 1971 Mitglied der Académie française.

Julien Green:
Treibgut
Roman

Deutsch von Friedrich Burschell

Deutscher
Taschenbuch
Verlag

Von Julien Green
sind im Deutschen Taschenbuch Verlag erschienen:
Junge Jahre (10940)
Paris (10997)
Jugend (11068)
Leviathan (11131)
Von fernen Ländern (11198)
Meine Städte (11209)
Der andere Schlaf (11217)
Träume und Schwindelgefühle (11563)
Die Sterne des Südens (11723)
Moira (11886)
Englische Suite (19016)

Ungekürzte Ausgabe
Februar 1994
Deutscher Taschenbuch Verlag GmbH & Co. KG,
München

Titel der französischen Originalausgabe:
›Epaves‹
Erstveröffentlichung 1932

ISBN 3-446-14987-2
Umschlagtypographie: Celestino Piatti
Umschlaggestaltung unter Verwendung
eines Gemäldes von Albert Dubois-Pillet
Gesamtherstellung: C. H. Beck'sche Buchdruckerei,
Nördlingen
Printed in Germany · ISBN 3-423-11799-0

Erster Teil

An schönen Abenden ging Philipp zu Fuß nach Haus, sei es aus Rücksicht auf seine Gesundheit oder auch deshalb, weil er in der Dämmerung gern auf den Straßen verweilte. Sein Lieblingsweg führte ihn vom Trocadéro zur Seine hinunter. Dann ging er am Ufer entlang. An einem Oktobernachmittag schlug er einen andern Weg ein. Er wählte den Boulevard Delessert, der von der Straßenkreuzung in Passy schräg abfällt und vor dem Pont d'Jéna endet. Als er zur Rue Beethoven gekommen war, blieb er am Geländer stehen.

An dieser Stelle treten die Häuser zurück, um der Straße Platz zu machen, die am Fluß endet. Eine lange Treppe gleicht den Höhenunterschied zwischen dem Boulevard und der Sackgasse aus; Gaslaternen werfen ein trübes Licht auf die drei Treppenabsätze. Auf der rechten Seite der Treppe wird man wie von einem Abgrund angezogen.

Zunächst konnte Philipp nichts erkennen. Er beugte sich vor, aber das Gaslicht, so schwach es war, hinderte ihn, sich an das Dunkel zu gewöhnen, das in der gähnenden Tiefe herrschte. Doch Stimmen drangen bis zu ihm herauf. Er legte seine beiden behandschuhten Hände flach auf den Stein und lehnte sich weit über den leeren Raum. Die Mauer war etwa zwölf Meter hoch. Unten stritten sich zwei Menschen.

Manchmal übertönte das Wagenrollen den Klang ihrer Stimmen, oder Vorübergehende näherten sich, die sehen wollten, was dieser Mann betrachtete. Wenn er ihre Schritte hörte, entfernte er sich. Er wartete, bis er allein war. Dann kam er wieder zurück.

Diesmal ging er die Treppe bis zum ersten Absatz hinunter, weiter wagte er sich nicht. Sein großer Schatten lag hoch und kerzengerade auf dem gegenüberliegenden Haus. Der Schatten verriet ihn. Vorsichtigerweise trat er den Rückweg an. Er stieg zum Boulevard hinauf und bezog dann wieder am Geländer Posten. Hier hörte er etwas, aber er sah nichts. Tiefer unten hörte er aus einem unerfindlichen Grund nicht das geringste, und aus Furcht vor einer Entdeckung durfte er nicht Ausschau halten.

Es waren zwei Menschen, ein Mann und eine Frau. Sie mußten in dem Winkel stehen, den die Treppenwand mit der Abschlußmauer der Sackgasse bildete. Plötzlich wurde die Stimme des Mannes lauter; er wiederholte mehrere Male den gleichen Satz und schwieg. Gleich darauf setzten sie sich in Bewegung.

Philipp rührte sich nicht. Er sah, wie sie langsam aus dem Dunkel zum Vorschein kamen. Der Mann war klein, aber stämmig. Im Gehen stützte er sich an die Mauer. Die Frau, die noch kleiner war, humpelte hinter ihm her. Beide entfernten sich schweigend, als ob das Licht ihre Zunge gelähmt und ihrem Streit ein vorläufiges Ende bereitet hätte. Sie gingen zur Seine.

Philipps erste Regung war, ihnen zu folgen. Dann schaute er auf seine Uhr und änderte seine Absicht. Es hatte keinen Sinn. Die Ellbogen auf den Mauervorsprung gestützt, beobachtete er das Paar, das bald am Rande des Trottoirs, bald in der Mitte der Straße ging. Der Mann war ohne Zweifel betrunken; er zögerte oft und blieb stehen. Auch die Frau blieb dann mit einer ängstlichen Folgsamkeit stehen. Sie war leicht gekrümmt von dem Gewicht einer großen schwarzen Tasche, die an ihrem Arm hing. Sie wartete, bis der Mann das Gleichgewicht wiedergefunden hatte, und ging dann weiter.

Philipp ließ sie nicht aus den Augen, bis sie um die Ecke gebogen waren, vor einem kleinen Café, dessen Licht sie einzusaugen schien. Jetzt war die Straße leer. Niemand wählte diesen beschwerlichen Weg, um von der Seine nach Passy hinaufzusteigen. Das Pflaster glänzte wie nach einem Regen. Zu beiden Seiten hoben die großen schwarzen Häuser ihre traurigen Fassaden in den blinden Himmel. Ganz am Ende, jenseits des Quais, dessen Platanen über die Nacht zu wachen schienen, sah man das Wasser.

Einige Minuten stand Philipp noch unschlüssig, dann

ging er raschen Schritts die Treppe hinunter, und da er kaum Angst zu haben brauchte, gesehen zu werden, fing er an zu laufen. Er fand es selber ein wenig lächerlich, aber die große Avenue war leer, als er sie erreichte. Ärgerlich zuckte er die Achseln. Hundertmal am Tag begegnen wir fremden Schicksalen, voller erregender Geheimnisse, die sie nicht preisgeben. Besser ist es, bei seinem eigenen Schicksal zu bleiben, das reich genug ist an Rätseln, schwer genug an Heimlichkeiten, um der stärksten Unruhe Genüge zu leisten. Philipp konnte sich dieser Überlegung nicht erwehren, als er an die Banalität des Paares dachte, das seine Aufmerksamkeit gefesselt hatte. Was gingen ihn diese Leute an? Eine schöne Seele hätte sich beutegierig an ihre Spur geheftet, bis zu der ärmlichen Wohnung, deren Adresse man sich notiert, um sie einem Wohltätigkeitsverein mitzuteilen. Aber der Anblick des Elends rief bei Philipp seltsame Anwandlungen der Scham hervor, die wie Härte wirkten. Dennoch überschritt er die Avenue. Vorsichtig neigte er seine hohe Gestalt über die Steinbrüstung, die die Brücke überragte. Er sah keinen Menschen. Ein scharfer Wind erhob sich plötzlich und fegte den Straßenstaub bis in Philipps Gesicht. Er wandte sich ab und schloß die Augen. Eben jetzt vernahm er die Stimmen wieder.

Sie kamen vom Hafen und näherten sich mit jeder Sekunde. Vergebens beugte er sich vor: er konnte in der tiefen Dunkelheit, die das Ufer verbarg, nichts unterscheiden. Schließlich, als sie genau unterhalb seines Standortes vorübergingen, begriff er, daß der Mann und die Frau sich hart an der Mauer vorwärtsbewegten. Wieder, stärker noch als beim ersten Male, kam ihm der Gedanke, ihnen nachzugehen. Doch er ließ ihn nicht aufkommen. Der einsame, schwach erleuchtete Hafen war unheimlich. Nach dem Ton seiner Worte zu schließen, mußte der Mann außer sich sein, die Frau sprach fast gar nichts. Philipp entschloß sich, ihnen unsichtbar von oben auf dem Quai zu folgen und einen Polizisten herbeizurufen, wenn die Sache schlimm werden sollte.

Am Viadukt von Passy verließen sie die Mauer, um in die Unterführung einzubiegen. Ein paar Sekunden lang sah er sie. Der Mann war wie ein Erdarbeiter gekleidet, und trotz seiner vom Alter gebeugten Schultern sah er kräftig aus. Es war eine ganz gewöhnliche Familienszene, doch der Mann hatte getrunken, und offenbar fürchtete die Frau, von ihm in die Seine geworfen zu werden. Aus diesem Grund blieb sie dicht an der Mauer. Gewiß zitterte sie, weil sie die Treppe zum Quai nicht erreichen konnte. Als sie auf der andern Seite des Viadukts wieder herauskamen, hatte sie sich das Tuch vom Kopf gerissen. Man sah ihr Gesicht, weiß und entstellt von Haß und Furcht. Die Gewalt dieser beiden Gefühle nahm ihren Zügen alles Gewöhnliche und lieh ihnen eine Schönheit, die heftig und fast theatralisch wirkte. Philipp machte sich darauf gefaßt, daß sie schreien würde. Er beugte sich vor, wie um den Ton zu erhaschen. In diesem Augenblick bemerkte sie ihn. Der Mann hielt sie am Arm und schüttelte sie hin und her, während er sie mit Beschimpfungen überhäufte. Aber sie ließ Philipp nicht aus den Augen und rief zu ihm hinauf: »Mein Herr!« Ihre Stimme war rauh und dabei so leise, daß er vor Schreck erstarrte. Er blieb ohne Bewegung. Sein ganzes Wesen war gelähmt von einem Zögern, das nur einen Herzschlag lang dauerte, aber es kam ihm endlos vor. Vielleicht hatte er sich bis zu dieser Minute noch nie gekannt. Seine Hände klebten am Stein, plötzlich lösten sie sich. Er trat zurück.

Zunächst ging er ein paar Schritte in Richtung Grenelle. Dann überschritt er mit einer jähen Wendung hastig die leere Avenue. Nah bei der Rue Beethoven blieb er stehen, um Atem zu holen. Er horchte. Die Nacht war ruhig. Kaum hörte man die Wagen, die vom Trocadero kamen und zur Seine herunterfuhren. Nachdem er zwei- oder dreimal tief Atem geholt hatte, nahm er seinen Weg entlang des Quais wieder auf. Er kam fast zur selben Zeit wie sonst nach Hause.

Eliane erzählte er nichts von diesem Zwischenfall, obwohl er die Gewohnheit hatte, ihr die geringsten Einzelheiten seines täglichen Lebens genau zu berichten. Niemand hörte ihm zu wie sie. Schon am Ton seiner Stimme erriet sie, daß er etwas erzählen wollte. Geräuschlos näherte sie ihren Stuhl. Etwas abseits sitzend, die Hände über den Knien gefaltet, war sie unübertrefflich in der Kunst, ihre Gegenwart vergessen zu machen, ohne daß der Erzähler den Eindruck hatte, ins Leere zu sprechen. Sie war eine kleine, zarte Frau von über dreißig Jahren. Sie hatte den Wunsch, größer zu erscheinen, und hielt sich darum zu gerade, eine Koketterie, die nicht sehr glücklich war. Denn bei einer etwas ungezwungeneren Haltung hätte sie für schön gelten können, trotz eines welkenden Teints, eines gelben Halses und ziemlich häßlicher Ohren, die sie törichterweise zeigte. Ihre Augen hätten freilich noch schlimmere Mängel wettgemacht. Sie waren bald grau, bald blau; die Farbe wechselte unaufhörlich, wie um einem Gedanken zu folgen, der ständig voller Unruhe war. Ihr Blick ruhte auf Philipp mit einer solchen Ergebenheit, daß auch der fremdeste Zuschauer seine Bedeutung begriffen hätte. So hörte sie bis zum letzten Wort den ödesten und mitunter undankbarsten Geschichten zu. Denn bei einer so unterwürfigen Aufmerksamkeit verlor Philipp jeden Maßstab für die Bedeutung seiner Berichte, und er konnte grausam ausführlich sein. Doch an diesem Abend schwieg er während des Essens, und nachher vertiefte er sich in die Lektüre einer Kunstzeitschrift.

Zuerst glaubte sie, er sei krank. Unter dem Vorwand, ihr Nähzeug suchen zu müssen, strich sie einige Male um ihn herum. Doch aus Furcht, sein Mißfallen zu erregen, wagte sie nicht, ihn zu fragen. Dann stellte sie sich, die Hände an den Hüften, vor einen Bücherschrank und tat so, als betrachte sie die darin aufgestellten Bücher. Aber sie tat es nur deshalb, weil Philipps Profil sich in einer Glasscheibe spiegelte. Er hatte den unschuldigen Ausdruck, den alle Menschen zeigen, die man ohne ihr Wissen beobachtet. Sie fand ihn darum nur noch schöner.

Dieses verstohlene Vergnügen versetzte Eliane allabendlich in eine so heftige Erregung, daß ihr Herz erst zu klopfen aufhörte, wenn Philipps Schweigen ihr verdächtig zu werden begann. Dann erst verließ sie ihren Beobachterposten, um sich wieder in ihren Sessel zu setzen. Ihre größte Sorge war, daß Philipp die Lampe woanders hinstellen und dadurch die einzig günstige Beleuchtung gefährden könne. Den Gedanken, daß er imstande sei, ihrer List auf die Spur zu kommen, faßte Eliane nur, um ihn sofort wieder zu verdrängen. So hing diese Frau, die aus Furcht, sich zu verraten, Philipp nicht ins Gesicht zu blicken wagte, an der Scheibe des Bücherschranks wie eine Kleinstädterin an ihrem Spion, und zitternd vor Liebe betrachtete sie sein Bild in einem spiegelnden Glas.

Das Bild hob sich vom hellen Grund des Lampenschirms mit größter Deutlichkeit ab. Gewiß kannte sie alle Mängel. Der unteren Partie des Gesichts zum Beispiel fehlte es an Energie: der Umriß des Kinns war zu plump, zu weich, und dieser vorgewölbte Mund, der sich nie ganz öffnete, verstand weder zu befehlen noch zu wollen; auch die dünne, kurze Nase zeigte wenig Charakter, und die flachen Nasenflügel bewegten sich kaum. Doch weiter oben, zwischen den schwarzen Wimpern, blitzte manchmal ein Licht auf, das den klassischen Ernst seiner Züge belebte. Dort lag die Stärke, das Leben. Bei jedem Augenaufschlag glaubte Eliane die dunkle Farbe dieser Pupillen zu erkennen, deren Blick sie so wenig standhielt; und um besser sehen zu können, war sie häufig so kühn, die Glastür zu öffnen und sie mit unendlicher Langsamheit in den Angeln zu drehen. Dann erschrak sie vor diesem Gesicht, das ihr zu gehorchen schien und nach ihrem Belieben mit seinen Lippen sich näherte.

An diesem Abend merkte sie bald, daß Philipp die Seiten der Zeitschrift nicht mehr umschlug, und sie war böse auf ihn wegen seines Schweigens. Tatsächlich ließ sie es nicht zu, daß er etwas vor ihr versteckte und heimlich Gedanken nachhing, die er nicht aussprach. Dieses sklavische Herz nährte eine tyrannische Ungeduld. Philipp mochte sich beschäftigen, wie er wollte, sie achtete seine Lektüre, seine Arbeit, sie hörte seinen langen Geschichten zu, aber da sie immer von der Furcht beherrscht war, ihn zu verlieren, duldete sie nicht, daß er träumte oder müßig war.

Mit der Geschicklichkeit einer erfahrenen Liebenden brachte sie es fertig, ihm Bücher in die Hände zu spielen, die sie ausgewählt hatte, um ihm einen Weg vorzuzeichnen, auf dem sie ihm folgen und ihn aus der Ferne überwachen konnte. Sowie jedoch der Blick ihres Schwagers von den Zeilen abglitt, um rechts und links umherzuirren, wurde sie unruhig. Mit kleinen, listigen Mitteln versuchte sie seine erschöpfte Aufmerksamkeit neu zu gewinnen. Oft war dieses Spiel einem Drama gefährlich nahe, denn Eliane, verwirrt von ihrer Nervosität, unterschob Philipps Zerstreutheit eine unheilvolle Bedeutung: in ihrer Phantasie malte sie sich sofort das Schlimmste aus. So stellte sie sich zum Beispiel vor, daß er von einer furchtbaren Krankheit befallen sei, die seine Hirntätigkeit lähmte, oder sie vermutete in ihm einen jähen Haß, dessen Gegenstand sie selber war, einen Anfall von Melancholie, der ihn für immer aus dem Haus treiben könnte, kurz, etwas Verhängnisvolles, das sie auf ewig trennte. Diese Gedanken kamen alle auf einmal, nahmen ihr den Atem und legten vor ihre Augen einen Nebel. In solchen Augenblicken setzte sie sich und blieb ohne Bewegung, bis die Krise vorüber war. Philipp nahm seine Lektüre wieder auf, und allmählich beruhigte sich das arme Mädchen. Aber von der Aufregung blieb ein Groll in ihr zurück, den sie sich nicht eingestand.

Schon während des Essens war sie wütend über sein Schweigen, das sie nicht zu brechen wagte, und hatte mit aller Kraft einen stummen Zorn unterdrückt, einen Zorn von der Art, der Verheerungen in der Seele anrichtet. Jetzt konnte sie es nicht länger ertragen, diesen Mann anzusehen, der sich ihr entzog und gewissermaßen ohne ihre Erlaubnis Gedanken hegte. Mit einer schroffen Handbewegung fegte sie über den Schrank und warf ein Buch und zwei Dosen herunter, eine schwache, zaghafte Rache, die ihn kein bißchen störte. Ein paar Minuten vergingen. Sie strengte sich an, eine Bemerkung zu finden, die zwar alltäglich war, aber imstande, ihm den Abend zu verderben.

»Es ist zu dumm«, sagte sie schließlich, »Henriette hat wieder ihren Schlüssel vergessen, und du wirst aufstehen müssen, um ihr zu öffnen, wenn sie läutet.«

»Gut«, sagte er, während er die Zeitschrift weglegte, »ich werde aufstehen.«

Diese freundlich gesprochenen Worte entwaffneten Eliane. Sie wollte ihren Sieg nicht weiter treiben.

»Das ist nicht nötig, Philipp, wenn ich es mir überlege. Ich schlafe doch nie vor ein Uhr ein, ich kann ihr wirklich sehr gut öffnen. Wenn du sie läuten hörst, bleib ruhig liegen.«

»Wie du willst.«

Sie setzte sich in seine Nähe.

»Verstehst du, Philipp, woher sie die Kraft nimmt, auszugehen, nachdem sie in den letzten Nächten so wenig geschlafen hat?«

» Sie ruht sich tagsüber aus.«

»Heute ist sie um sechs Uhr mit solchem Kopfweh nach Hause gekommen, daß sie nicht aus den Augen sehen konnte. Natürlich hat sie Aspirin genommen. Sie nimmt zuviel. Du solltest es ihr sagen.«

Philipp seufzte.

»Sprechen wir heute abend nicht von ihr, Eliane, ich bitte dich sehr darum.«

Sie biß sich auf die Lippen, eingeschüchtert durch ein Stirnrunzeln, an dem sie schuld war. Aber trotz ihrer Furcht, Philipp zu mißfallen, fühlte sie einen unwiderstehlichen Zwang, von Henriette zu sprechen. Sie bemühte sich zu lächeln, als wollte sie den schlechten Eindruck abschwächen, den ihre Worte hervorrufen würden.

»Ich hätte Henriette nicht erwähnt, wenn sie ihren Schlüssel nicht vergessen hätte. Fast jede Nacht weckt sie dich auf. Sie ist sich nicht im klaren darüber, daß du deine acht Stunden Schlaf brauchst. Man bräuchte ihr nur ein Wort zu sagen, sie ist gut.«

Der letzte Satz, den sie selbst nicht erwartet hatte, versetzte sie in eine merkwürdige Erregung.

»Ja«, fuhr sie mit einer Art Begeisterung fort, »sie ist gut. Mama hat sie verwöhnt, aber sie hat ein gutes Herz, sie hat gute Regungen. Gestern hat sie Geld gespendet für einen wohltätigen Zweck.«

»Ist das Haushaltsbuch in Ordnung?«

Eliane antwortete nicht. Das Buch, sie wußte es genau, war nicht in Ordnung. Dennoch stand sie auf und ging durch das Zimmer, um es aus dem Schreibtisch zu holen. Als sie die kleine Schublade öffnete, hatte sie plötzlich Lust, sie wieder zuzumachen und ihrem Schwager zu sagen, daß das Haushaltsbuch selbstverständlich in Ordnung sei. Da Philipp sich darin immer auf sie verließ, wäre der Fall damit erledigt. Doch sie verwarf diesen großmütigen Plan. »Nur weil er Wert darauf legt«, sagte sie sich.

»Hier ist es«, sagte sie laut, während sie sich wieder setzte.

Und mit schlecht gespielter Natürlichkeit fügte sie hinzu:

»Aber nein, es ist nicht in Ordnung.«

»Wieso denn? Gib mir das Buch. Tatsächlich. Woran denkt sie denn? Die Seite ist leer.«

»Und auch am Tag vorher ist nichts eingetragen, und am Dienstag auch nicht und am Montag auch nicht.«

Sie beugte sich über seine Schulter und blätterte mit eifriger Miene um. Ihr herrschsüchtiges Profil hob sich von Philipps brauner Wange ab. Plötzlich packte sie das Buch, als wolle sie es zerreißen, und mit einer raschen Bewegung nahm sie es schweigend wieder an sich.

»Was hast du denn?« fragte er.

Sie wandte sich ab und umklammerte mit der Hand das Buch.

»Nichts«, antwortete sie schließlich. »Henriette ist ein Kind. Von nun an werde ich die Bücher führen.«

»Wie du willst.«

Er griff nach der Zeitschrift, die er auf den Rauchtisch gelegt hatte, und tat so, als ob er lese. Ein paarmal ging Eliane hinter seinem Sessel vorbei. Er hörte ihren Schritt, beinahe auch ihren Atem. Aber er blieb ruhig sitzen, in der Hoffnung, sie zu entmutigen und zu vertreiben. Bleich, mit umschatteten Augen, stand sie einen Augenblick vor ihm und lauerte auf die Bewegung oder den Blick, der es ihr gestatten würde, ein Wort zu sprechen. Aber Philipp rührte sich nicht. Ein paar Minuten später wünschte sie ihm gute Nacht und zog sich zurück.

Nicht ohne Freude sah Philipp, wie die Tür sich hinter ihr schloß. Nicht mehr lange, und er hätte ihr alles erzählt, besiegt von dieser unterwürfigen und tyrannischen Hartnäckigkeit. Möglicherweise hätte es ihn erleichtert, aber auf die Dauer wäre er ihr böse gewesen, als hätte sie ihn auf eine ungehörige Art bei einem Geheimnis ertappt. Mit ihrer Freundlichkeit und ihrer fast ehrfürchtigen Art, mit der sie seinen unbedeutendsten Bemerkungen lauschte, zwang Eliane ihn, immer ein wenig mehr zu sagen, als er beabsichtigte, und viele kleine Einzelheiten vorzubringen, die er lieber für sich behalten hätte. So trieb sie einen Mann, der klug und in gewissem Sinn bedächtig war, ohne ihn zu bedrängen, nur mit den unschuldigsten Fragen, zur Indiskretion in ihrer gewöhnlichsten Form, zur vertraulichen Mitteilung. Still kam sie zu ihm, zu jeder Stunde, und sie verschwand, sowie sie fühlte, daß es ihm lästig war, nicht allein zu sein. Aber Minute für Minute zehrte sie von der Zeit, die ihr Schwager zu Hause verbrachte.

An diesem Abend hatte er freilich den Eindruck, allzu unhöflich gewesen zu sein. Kein Tag verging, ohne daß nicht, wie Weihrauch in die Nüstern eines Gottes, diese Liebe zu ihm emporstieg, geduldig und treu. Woher kam es, daß sie ihn langweilte? Wäre er weniger egoistisch gewesen, so hätte er aus Mitleid seine Hand dieser Frau entgegengestreckt, die nichts von ihm verlangte und nach Kräften eine Leidenschaft verbarg, die sie für geheim hielt. Zweifellos war sie eifersüchtig, die Eifersucht sprang aus jedem ihrer Blicke, seit Jahren war es schon so. Aber dank einer der nützlichen Konventionen, aus denen das bürgerliche Leben besteht, fiel es niemand ein, darüber zu sprechen. Viele Situationen werden erst dann gefährlich, wenn man über sie spricht. Drei, vier Menschen sind beisammen und leben unter demselben Dach; vielleicht wären sie gezwungen, sich auf der Stelle zu trennen, an dem Tag, wo eine ungeschickt geführte Unterhaltung ans Licht ziehen würde, was sie bisher klug verschwiegen hatten. Sie hätten nicht einmal die Genugtuung, etwas Neues voneinander zu erfahren, da sie doch schon alles wußten; und nur unbesonnene Worte hätten sie auseinandergetrieben.

Er seufzte. Manchmal hatte er Lust, solche Worte auszusprechen. Ein Verlangen nach Zerstörung ergriff ihn, das Bedürfnis, sich selber zu schaden. Er war vor den großen Spiegel getreten, der über dem Kamin hing. Unnachsichtig betrachtete er sich. An besseren Tagen war er stolz auf seine straffe Gestalt und seine kräftigen Schultern. Dennoch widerstand er nicht dem eitlen Vergnügen, die Hände in die Hüften zu stemmen, den Kopf zurückzuwerfen und sich im Profil zu betrachten. Wie oft hatte man ihm nicht schon gesagt, daß er gut gewachsen sei! Er erinnerte sich, daß es ihm in seiner ersten Jugend große Freude gemacht hatte, in Gedanken eine Liste der Personen anzulegen, die ihm über sein gutes Aussehen Komplimente machten: zuerst seine Mutter, dann eine Schwester, die er verloren hatte, ein kleiner Schneider aus der Rue Réaumur und später Eliane. Aber Elianes schmeichelhafte Bemerkungen zählten nicht, weil sie nicht mehr zu zählen waren. Andere Sorgen hatte er nicht! In der vergangenen Woche war er einunddreißig Jahre alt geworden. Wozu diente ihm diese Kraft, auf die er so stolz war? Sie gehörte ihm nicht einmal, denn er hatte nie etwas getan, sie zu entwickeln. Er hatte sie geerbt von einem kräftigen Vater, während er, der Sohn, eine weichliche, hohle Existenz in einer Pariser Wohnung führte, wo man schlechte Luft atmete, wohin die Sonne vor dem Frühstück eine halbe Stunde lang einige schräge Strahlen schickte.

Im allgemeinen quälten ihn solche Gedanken kaum. Da er schwach und etwas träge von Natur war, wurde er nur dann energisch, wenn es sich darum handelte, etwas von sich fernzuhalten, was sein Gleichgewicht stören konnte. An diesem Abend jedoch gelang es ihm nicht. Er knöpfte seinen Rock zu und strich sich das Haar glatt. Doch er wußte genau, daß diese Bewegungen nichts besagten. Vor allem, daß er sich über das Haar strich, schien ihm abgeschmackt und seiner nicht würdig. Ob seine Haare in Ordnung waren oder nicht, war seine geringste Sorge. Doch ohne Zweifel hoffte er, sich selber zu täuschen, wenn er sich die allergrößte Ruhe vorspielte. Aus dem gleichen Grund betrachtete er eine Terrakottafigur, die zwischen zwei Vasen aus Milchglas auf dem Kamin stand. Die Figur war die Kopie der ›Badenden‹ von Dalou: Sie beugte sich sitzend und mit geneigtem Kopf tief vornüber, um sich die Füße zu waschen, und ihr Arm lag der Länge nach an ihrem Bein, wie um die Linien dieser beiden Glieder miteinander zu vergleichen. Nie betrachtete er diese Figur, ohne daran zu denken, welche Sorgfalt seine Mutter ihr einst widmete. Sie hatte sie an ihrem Hochzeitstag von seinem Vater erhalten, und obgleich sie insgeheim das nackte Mädchen unzüchtig fand, umgab sie es mit abergläubischer und eifersüchtiger Verehrung. Wenn sie in das Zimmer trat, galt ihr erster Blick der Badenden. Philipp hatte seine Mutter nicht gut gekannt, aber er erinnerte sich mühelos an die zugleich ängstliche und harte Miene, mit der sie zu dem hohen Kamin hinaufsah. Er sah die kleine Frau mit den blassen Augen, den eingesunkenen Schläfen wieder, wie sie mit ihren Händen, an denen die Adern hervortraten, die schwere Figur verrückte. Sie war so klein, daß sie die Arme heben mußte, um sie zu erreichen, und in dieser Stellung glich sie einer Betenden vor einem Altar. Die Erinnerung war ihm unangenehm. Es schien ihm, als sei es der Wachsamkeit und der Angst seiner Mutter gelungen, in diesem Block aus Ton etwas Geheimnisvolles und Unvergängliches einzuschließen.

Er ging in den kleinen Salon zurück und betrachtete einen Augenblick die Bücherschränke, in deren Scheiben das Kaminfeuer sich spiegelte. Ein großer bunter Teppich und Vorhänge aus glatter Seide gaben diesem Zimmer ein wohlhabendes Aussehen. Dicht neben dem Tisch mit den Mahagonisäulen wartete ein mit dunkelbraunem Samt bezogener Lehnstuhl darauf, daß er wieder mit der Lektüre beginne. Das Buch lag da, unter der Lampe. Mit einem müden, fast feindlichen Blick sah er im Zimmer umher. Hier war nichts, was nicht nach Geschmack, nach Überlegung und nach Sicherheit aussah, vor allem nach Sicherheit, nach einer moralischen Sicherheit, die ihren sichtbaren Ausdruck in den dicht verschlossenen Vorhängen fand. Von der Poussinkopie bis zum Papiermesser aus dünnem, biegsamem Elfenbein gaben alle Gegenstände das Beispiel einer aufreizenden Vollkommenheit. Er fühlte es dunkel, ohne die Worte dafür zu finden. Seit seiner Heirat war von nichts anderem die Rede als von diesen hübschen Dingen um ihn her, von alten, im Lauf der Jahrhunderte verblichenen Gobelins, von seltenem Porzellan, von signierten Möbelstücken. Eliane hatte das alles geschaffen. Und plötzlich verwandelten sich die zarten Nuancen des Samts und der Seide in schreiende Farben, die seinen Augen wehtaten. Er riß die Vorhänge heftig zurück und öffnete das Fenster. Wie immer hatte man zu viel Holz auf das Feuer gelegt, und er erstickte in dem kleinen Salon, wo er, wenn es nach Eliane ging, alle Abende verbringen sollte. Draußen schien die Nacht wie ein großer finstrer Strom vom Himmel zu fließen. Er fühlte die frische Luft, die sich zu beiden Seiten seines Gesichts zerteilte, wie eine Welle, die ein Stein durchschneidet. In dem tiefen Schweigen konnte man das Rascheln der breiten Blätter hören, um die der Wind mit den Zweigen der Platanen kämpfte. Sie verbreiteten den scharfen Geruch sterbender Pflanzen und rieben sich aneinander wie trockene Hände. Er hörte auf dieses Rauschen, das die Bäume vom Trocadéro bis zur Seine hinunter durchlief. Als er jünger war, hatte er dieses Geräusch, diese Unruhe geliebt; jetzt schnürte es ihm das Herz zusammen. Kein Stern war am Himmel. Er hob die Augen, und bald sah er am dunklen Gewölbe den breiten Feuerschein, der jeden Abend aufsteigt über Paris und wie ein roter Hof am Himmel steht.

Elianes Zimmer war seltsamerweise nachts durch die Lichtreklame eines benachbarten Hauses erleuchtet. Große gelbe Buchstaben, die jede Minute dunkel und wieder hell wurden, priesen den Wert einer Schuhmarke. Selbst in den späten Stunden, wenn die Geräusche auf der Straße verebbten, drangen die Lichtkegel durch die Fensterläden bis zum Bettvorleger und zwangen Eliane, die Augen wieder zu öffnen. Sie sagte sich: »Ich will versuchen, in den zehn Sekunden einzuschlafen, wenn es dunkel ist.« Und genau in dem Augenblick, wo sie den Schlummer nahen fühlte, brachte das starke Licht, hell wie eine Fanfare, sie wieder zu sich. »Ob ich an den Geschäftsführer schreibe«, dachte sie mit schweren Lidern, »warum nicht?« Doch dann antwortete ihr eine andere, weiter entfernte Stimme: »Wenn du dich beschwerst, wird die Reklame entfernt. Du schadest diesen Leuten. Du schadest ihnen«, murmelte Eliane. »Also gut, ich werde mich daran gewöhnen.«

An diesem Abend freilich war vor Henriettes Rückkehr von Schlaf keine Rede. Eben erst hatte es zehn geschlagen. Sie warf eine Schaufel voll Kohlen auf das Feuer, faßte mit dem Schürhaken in die Stangen des Rostes und entfernte die Asche. Zwischen den Brikettkugeln sprangen kleine Flammen auf, die Blumen glichen. Eine kurze Weile tanzten sie unter Elianes aufmerksamem Blick, dann vereinigten sie sich in dem dicken, grünlichen Rauch, der spiralförmig aufstieg, plötzlich zu einem Strauß. Sie legte den Schürhaken weg und zog sich aus. Langsam glitt ihr schwarzes Satinkleid zu ihren Füßen herab. Wie vorhin Philipp, betrachtete sie sich ernst im Spiegel, mit dem halb aufrichtigen Wunsch, sich so zu sehen, wie sie war. Das helle Licht belebte ihren Teint auf eine unvorteilhafte Weise. Sie machte die Lampe aus und betrachtete sich von neuem. Zuerst sah sie nichts. Dann konnte sie in dem rosigen Schein, der vom Kamin kam, die Form ihrer Beine erkennen, die der Spiegel entzweischnitt, ihre Figur, die ein wenig steif war, obwohl sie sich zu lockern versuchte, und endlich ihr Gesicht, von dem sie kaum den Mund und die Augen sah. »Wenn ich jünger wäre und sehr hübsch«, dachte sie, »würde dieser Spiegel mir nichts anderes zeigen, als ich jetzt sehe.«

In diesem Augenblick füllte die Lichtreklame mit ihrem gelben Strahl das Zimmer und riß den Schatten von Elianes Gesicht, der sie wie eine Maske schützte. Sogleich verrieten die vielfachen kleinen Falten, die um Augen und Lippen lagen, ihr welkes Fleisch. Mit einem Ausdruck der Verzweiflung hob sie die Brauen. Seufzend machte sie das Licht wieder an.

Einige Minuten später saß sie auf einem Plüschkissen vor dem Feuer, das sie nicht aus den Augen ließ. Sie hatte die Lampe wieder ausgemacht, doch um der Versuchung des Schlafes zu widerstehen, ließ sie die Vorhänge halb offen, und die Lichtreklame brachte sie jedesmal zu sich, wenn sie den Kopf zu weit nach vorne neigte. Die Sekunden, in denen es dunkel war, erschienen ihr wundervoll, weil sie sich darin verbergen konnte, und im Finstern legte sich die Trauer, nicht mehr jung zu sein. Vor ihren halbgeschlossenen Augen strahlte der Rost mit den glühenden Kohlen wie eine mit riesigen Edelsteinen gefüllte Kiste. Unwiderstehlich wiegte sie das leise Surren der Flammen ein. Sie war ganz benommen von der Wärme, und es kostete sie Mühe, ihr hellblaues Hauskleid zu öffnen und ihren Körper den heißen Strahlen des Ofens darzubieten. In solchen Augenblicken verschmolz das körperliche Wohlbefinden fast mit dem Glück der Seele. Zu müde, um nachzudenken, überließ sie sich dem einfachen Vergnügen, es warm zu haben, in einem ruhigen Zimmer, unter demselben Dach wie ihr Schwager.

Die Lichtreklame traf sie mit der Gewalt eines Dolchstoßes. Sie rieb sich die Augen und sah auf ihre kleine silberne Armbanduhr. Die Zeiger hatten sich kaum gerührt. Um nicht wieder in die Betäubung zurückzufallen, wollte sie ihre Aufmerksamkeit auf die Dinge in ihrer Nähe richten, auf den grauen Marmorkamin, den sie so sehr liebte, auf die beiden mit schwarzem Roßhaar gepolsterten Sessel aus Zitronenholz, auf den afrikanischen Teppich in den Farben des Sandes und der Erde. Aber im rohen, harten Licht der Reklame sah keines dieser Dinge schön oder wertvoll aus. Im Gegenteil, alles wurde billig und gewöhnlich, alles wurde plötzlich häßlich. Viele Frauen aber genossen die tiefste Freude in abscheulichen Wohnungen, die mit Rips bespannt und mit Photographien geschmückt waren. Sie neigte die Stirn. Es war trotz allem schon etwas, mit ihm leben zu können, ihn alle Tage zu sprechen und an seinem Leben teilzuhaben.

In diesem Augenblick ging er gewiß zu Bett. Nie blieb er lange im Salon. Vielleicht schlief er schon.

Das Licht ging ohne Unterlaß an und aus. Es war wie ein großes gelbes Auge, das Eliane überwachte, dann so tat, als ob es schlafe, und sich plötzlich wieder öffnete, um sie zu ertappen. Ein paar Minuten lang hing sie mit benommenem Kopf diesem Gedanken nach. Sie fühlte nicht einmal, wie sie in den Schlaf hinüberglitt. Die Müdigkeit streckte sie sanft zu Boden.

Er ging aus dem Haus. Die Avenue war leer. Als er den Reitweg überschritt, wirbelte ihm ein Windstoß den Staub und die welken Blätter entgegen. Er ging schnell. Zuerst wollte er zur Place de l'Alma, dann änderte er seine Absicht und ging die Avenue in umgekehrter Richtung hinauf. Zu seiner Linken bildete eine niedrige, mit Buschwerk bedeckte Mauer eine Art Geländer. An einer Stelle, wo etwas freier Raum zwischen den Büschen war, stützte er sich einen Augenblick auf, um Atem zu holen. Vor ihm zeigte die verfallene Kaserne des Proviantamts ihre nackte, von hohen leeren Fenstern durchbrochene Fassade. Sie war von mehreren Bränden zerstört, das Dach war ohne Ziegel, und im Nordteil sah man das Gebälk, das sich vom rötlich trüben Himmel abhob. Ganz hinten warfen Laternen, die im Wind blinzelten, zuckende Lichter auf die braune Mauer, wo der Regen eines halben Jahrhunderts seine Spuren hinterlassen hatte. Mitten in einem reichen, hochmütigen Viertel breitete dieses Gebäude schamlos ein Elend aus, das auch von hohen Bäumen nicht verdeckt werden konnte. Doch an diesem Abend nahmen die von Schmutz starrenden Wände eine zweideutige und verbrecherische Schönheit an. Hundert Meter weiter blieb Philipp oben auf der langen Quaitreppe stehen und betrachtete die Kaserne noch aufmerksamer. Von der Treppe aus sah er sie besser, obwohl ein Teil im Dunkel lag, denn das Laternenlicht traf nur das erste Stockwerk, und der Umriß des Giebels war kaum zu erkennen. Die Nacht deckte alles übrige zu. So hatte er die Kaserne schon oft gesehen, aber es kommt vor, daß sich vertraute Bilder ohne sichtbaren Grund vor den Augen verwandeln, die sie am besten kennen. In einer beliebigen Sekunde entspringt einem zerstreuten Kopf ein zufälliger Gedanke, und sogleich bilden sich seltsame Zusammenhänge zwischen dem Menschen und einer Welt, die nichts von ihm zu wissen scheint.

Dann pflegt sich das menschliche Bewußtsein auf die ganze Umwelt zu übertragen: der Wind errät, und die Steine lauern. Die Hand auf dem Treppengeländer, blieb er einen Augenblick stehen, angezogen von der engen Gasse bei der Kaserne. Er sah sie weit entfernt wie in einem bösen Traum. Die Pflastersteine unten an der Treppe kamen ihm vor wie kleine Kiesel, die zwischen winzigen Gehsteigen sorgfältig angeordnet waren. An der Stelle, wo die Straße den Quai erreichte, standen zwei hohe Platanen. Wenn der Wind stärker wehte, neigten sie sich leicht, ein wenig auch nach der entgegengesetzten Richtung, wie um den Bäumen der Avenue eine Antwort zu geben, doch sie schienen kaum größer als ein Finger zu sein. Nur der Fluß, den er nicht sehen konnte, behielt die Dimensionen, die er in seiner Erinnerung hatte. Tiefer gelegen als die Gasse, hinter der Hafenmauer verborgen, schob die Seine ihre Wellen vor sich her, wie man Gedanken wälzt, die man für sich behält. Ihr galt sein Weg.

Zuerst ging er am Quai entlang, die Hände in den Manteltaschen. Von Zeit zu Zeit blieb er stehen. Er hielt sich am Geländer fest, beugte sich ein wenig darüber und betrachtete den Hafen. So kam er bis zum Pont d'Jéna. Auf der Brücke patrouillierte ein Polizist. Wenn er zurückkam, machte er bei einer der Statuen halt, wartete ein paar Sekunden, blickte auf die Avenue und den Trocadéro und nahm dann mit einer Wendung seinen Weg wieder auf. »Ich werde ihn fragen«, dachte Philipp.

Aber gleich darauf sagte er sich: »Ach was, ich habe Zeit. Ich habe die ganze Nacht vor mir.«

Die ganze Nacht. Als er diese Worte in Gedanken aussprach, schien es ihm, als sage er sie jemand zum Trotz. Um diese Zeit ging hier kein Mensch ohne zwingenden Grund, denn das Wetter lud nicht gerade zu Spaziergängen ein. Der sternenlose Himmel, der im Dunkeln strömende Fluß und über ihm auf einem Marmorsockel dieser blinde Krieger, der wie im Traum ein Pferd lenkte, das war eine Umgebung, in der Philipp nichts zu suchen hatte. Diese Dinge wollten von ihm nichts wissen. Es gab andre Teile der Stadt, wo er in seiner gut geschnittenen Kleidung besser aufgehoben wäre, hell erleuchtete Cafés, wo er sich niederlassen könnte. Hier aber, in Wind und Kälte, beim ungewissen Licht der Gaslaternen, zeigte das Leben ein gewalttätiges, feindseliges Antlitz, das er nicht wiedererkannte.

In allen großen Städten gibt es Gegenden, die erst im Halbdunkel ihr wahres Gesicht bekommen. Tagsüber nehmen sie banale, gutmütige Züge an, hinter denen sie sich vor aller Augen verbergen. Vier Arbeiter genügen, die an einem Sandhaufen schaufeln, oder eine sauber gekleidete Frau, die einem kleinen Kind die Seine zeigt: nichts könnte so bieder sein wie dieser Quai, diese Böschung oder der verlassene Hafen. Doch im Nebel der Dämmerung erwacht diese Gegend zu einem Leben, das wie eine Parodie des Todes wirkt. Was heiter war, wird fahl, was schwarz war, erbleicht und strahlt in einem tödlichen Glanz, in der Freude, endlich zur Geltung zu kommen. Das Gaslicht bewirkt diese Veränderung. Beim ersten Strahl dieser Sonne schmückt die nächtliche Landschaft sich mit all ihren Schatten, und mit allen Dingen gehen wundervolle, unheimliche Verwandlungen vor. Der glatte, sinnliche Stamm der Platanen scheint plötzlich aus einem mit Aussatz bedeckten Stein zu bestehen, während das Pflaster die Tönung und die marmorähnlichen Flecken auf der Haut der Ertrunkenen annimmt.

Auch das Wasser verändert sich, es bedeckt sich mit Farben, die in allen metallischen Lichtern spielen. Nichts zeigt sich, was nicht die vertraute, vom Tag entliehene Miene abgelegt hätte, um ein Aussehen anzunehmen, an dem das Leben keinen Anteil mehr hat. Nichts wächst, nichts atmet, aber alles bewegt sich und schneidet Grimassen. Diese seltsame Natur gleicht einer Bühne, immer bereit für eine verschwiegene Tat. Mit ihren traurigen, vom Wind halb verlöschten und verstreuten Lichtern, mit ihren Ratten, ihrem Todesgeruch, der über den Wassern schwebt, mit ihrem Schweigen, ist sie die Freundin des Diebes, der seine Beute mustert und sie beschützt – die bescheidene Wollust der Armen.

Er hörte es elf schlagen von der Uhr des Eiffelturms, als er die Brücke überschritt, um seinen Weg nach Passy fortzusetzen. Wagen fuhren vorüber, nach beiden Richtungen. Sie fuhren sehr rasch, als ob jede andre Gegend von Paris dieser vorzuziehen wäre. Die Gärten des Trocadéro waren eine riesige, ununterscheidbare Fläche, über die das große Gebäude seine phallischen Türme erhob. Auf der andern Seite des Flusses deutete eine Linie leuchtender Punkte die Quais von Grenelle an, doch die Häuser lagen im Finstern. Er kam zum großen Viadukt, der die beiden Ufer der Seine verbindet und durch dessen oberen Stock die Untergrundbahn fährt. Ein Windstoß zwang ihn, den Kopf zu neigen und sich etwas zur Seite zu drehen. Als er weiterging, kam ein Zug, der über den Fluß hinwegrollte. Er folgte ihm mit den Augen, jetzt war er nur noch ein schmaler, durch die Nacht gespannter Lichtstreifen. Und wieder rauschte nur der Wind in der Stille. Er beschleunigte seinen Schritt. Drüben kamen zwei Männer aus einem kleinen Café und gingen langsam die Treppe hinauf, die zur Rue de Passy führte. Am Fuß der Brücke schien die Menschheit wieder zusammenzufinden, froh, in der finstern Einsamkeit dieser Quais einander zu treffen. Große Häuser von erhabener Häßlichkeit ließen Bequemlichkeit und Sicherheit ahnen, und ihre reichen Fassaden hoben sich mit Karyatiden und Simswerk in den Himmel. Aber weiter hinten fing die Trostlosigkeit wieder an. Eine Mauer, hinter der Bäume hervorsahen, erstreckte sich, so weit das Auge reichte.

Er blieb einen Augenblick stehen und blickte die Straße entlang, die noch leerer und beunruhigender war als die Avenue, die er eben verlassen hatte. Hier bei dem Café und den hohen Häusern war das bürgerliche Paris zu Ende. Dort drüben, hinter dem weiten, leeren, nächtlichen Raum, begann eine andre Welt als die seine, eine fast unbekannte Welt. Nie ging er in diese abgelegenen Viertel. Was sollte er dort? Ein paar Sekunden stand er, ohne sich zu rühren. Zwischen den Platanen, die sich über seinem Kopf bewegten, und der langen, niedrigen Mauer auf der andern Seite der Straße erschien der Fahrdamm mit den Pflastersteinen ungeheuer breit, schwarz und leuchtend im Licht der Laternen, wie ein zweiter Fluß parallel zur Seine. Der Anblick machte ihn nachdenklich. Er erinnerte sich, daß er als kleiner Junge mit seinem Kindermädchen hierhergekommen war. Lina (so hieß das Mädchen) hatte ihm eingeschärft, der Mutter zu Hause nichts zu erzählen. Denn sie hatte Grenelle und die wüstesten Viertel am Marsfeld lieber als die braven Rasenflächen des Bois de Boulogne. Sie verließen durch eine kleine ländliche Straße, die Rue Berthon, Passy und kamen am Quai fast an derselben Stelle heraus, wo er jetzt stand. Von hier aus erreichten sie den Viadukt, um sich dann unter die Männer ohne Kragen und die Frauen ohne Kopfbedeckung zu mischen, die sich um das Riesenrad drängten. Schon in der Rue Berthon hatte Lina ihre weiße Schürze, deren sie sich schämte, in ihre Tasche gestopft. Sie ging dann mit bedächtiger Miene weiter, die Spitzen ihrer schwarzen Schuhe stolz nach außen gedreht. Sie hätte herzlich gelacht, wenn sie ihn jetzt hier gesehen hätte. Wenn sie mit ihm allein war, sprach sie in ihrem Dialekt des Périgord und weigerte sich unter hellem Gelächter, ihm ihre Ausdrücke zu übersetzen, aber es war nicht schwer zu erraten, daß sie sich über den schweigsamen Jungen mit den ängstlichen Augen lustig machte.

Beim Geräusch eines Zuges, der über den Viadukt fuhr, zuckte er zusammen. Er nahm seinen Weg wieder auf, und erst bei der Brücke von Grenelle machte er halt.

Er ließ den Hafen nicht aus den Augen. Alle zehn Meter etwa beugte er sich über das Geländer, aber er sah nichts. Der Gedanke, nach diesen zwei Menschen zu suchen, war ihm während des Essens gekommen und hatte ihn den ganzen Abend nicht losgelassen. Und jetzt auf dem Quai machte er sich den langen Weg klar, den dieser Gedanke durchlaufen hatte, bis er Gestalt gewonnen hatte. Zuerst kam er ihm so unsinnig vor, daß er ihn mühelos unterdrückte. Elianes Unterhaltung half ihm dabei. Obwohl er seiner Schwägerin keine sehr freundlichen Antworten gab, war er ihr dankbar, daß sie ihn zerstreute. In diesem stillen, hell erleuchteten Zimmer, unter seinen Büchern und Möbeln, fand er endlich wieder zu sich selbst, und Elianes Stimme verscheuchte die Erinnerung an eine unangenehme Minute. Sie sprach so sanft mit ihm, als hätte sie Furcht, ihn zu verletzen, und sie sagte kluge, verständige Dinge ohne große Bedeutung, die der Welt ihr vertrautes Aussehen zurückgaben. Alles bekam wieder seine gewohnte Ordnung beim ruhigen Klang dieser Sätze, die eine wilde Nacht zu besänftigen und den Wind zum Schweigen zu bringen schienen.

Vielleicht hatte er unrecht gehabt, Eliane nichts von der Szene auf dem Quai de Tokyo zu erzählen. Natürlich hätte er den einen oder andern Umstand und ein paar Gedanken, die er gehabt hatte, ausgelassen. Sie hätte ihm mit ihrer ruhigen, aufmerksamen Miene zugehört und dann die Bemerkungen gemacht, auf die er hoffte: Die Polizei ist so nachlässig. Sie bewacht die Seineufer nicht. Du solltest einen andern Weg gehen«, etc. Vielleicht aber wäre sie auch aufgestanden, um ihn entrüstet zu unterbrechen: »Wie! Diese Frau rief um Hilfe, und du bist nicht hinuntergegangen?« Aber diese Annahme war unwahrscheinlich. Eliane liebte ihn viel zu sehr, um ihn zu beschimpfen. Er fühlte, wie er ein wenig rot wurde. Dann nahm er eine Zeitschrift vom Rauchtisch und setzte sich in den Sessel. Nur mit großer Anstrengung glitt sein Blick von einer Seite zur andern. Illustrationen unterbrachen den Text. Er stürzte sich auf diese Bilder, die leichter zu verstehen waren als die Worte, deren Sinn er folgen mußten. Er hatte eine Zeitschrift vor sich, die sich mit chinesischer Kunst beschäftigte. Eliane hatte sie ihm empfohlen. Selbst jetzt konnte er in Gedanken seine Schwägerin sehen, wie sie hinter ihm stand, jedesmal rasch auf die Seiten blickte, wenn er umblätterte, und eine Bemerkung unterdrückte. Sie achtete auf seine leiseste Bewegung und sogar auf die bloßen Anzeichen eines Gedankens, auf den sie eifersüchtig war. Er konnte den Kopf nicht neigen, ohne daß sie daraus ihre Schlüsse zog, und sie freute sich wie über einen Sieg, wenn ihre Meinungen sich zufällig begegneten. In aller Stille richtete sie ihre tyrannische Herrschaft auf. Sie mochte sich hinten im Zimmer verbergen, leise, auf Zehenspitzen, kommen und gehen, sie war gegenwärtig, vor ihm, um ihn, zum Kampf bereit und kommandierend: »Dieser Kopf ist schön, sieh ihn dir an. Jetzt blättre schnell um, sieh nicht dahin! Nein, das wird dir doch nicht gefallen!«

Plötzlich kam ihm der Plan von vorhin wieder in den Sinn. Es ging um etwas ganz anderes als um chinesische Statuen und was er über sie dachte. Das Lächerliche der Szene trat ihm deutlich vor Augen. Jemand hatte um Hilfe gerufen, und er schaute sich Bilder an. Am Rand des Wassers kämpfte eine Frau um ihr Leben, wenn sie nicht schon verloren war. Ein Mann konnte ihr zu Hilfe kommen, und dieser Mann saß unter einer Lampe und blätterte in einer Kunstzeitschrift. Das konnte nicht wahr sein. Wäre es wahr, säße er dann hier? Er war Zeuge ganz gewöhnlichen Zanks zweier Betrunkener gewesen. Nur seine Phantasie hatte aus diesem Streit ein Drama gemacht. Und außerdem würde diese Frau um Hilfe schreien, wenn wirklich Gefahr drohte. Dann käme sofort die Polizei.

Er blätterte um und erblickte einen Buddhakopf. Der Buddha lächelte mit einer Mischung aus Güte und Ironie, die ihn überraschte und ihm gefiel. Die gesenkten Lider gaben dem Gesicht einen vergeistigten Ausdruck, der Ähnlichkeit hatte mit den Heiligen in den romanischen Kirchen. Sah man ein wenig genauer hin, so lag viel Gleichgültigkeit und beinahe Ekel in diesem Lächeln. Wie waren unbekannte Handwerker, deren Namen verschollen sind, imstande, einen Stein zum Leben und zum Denken zu bringen? Wie konnte eine Frau schreien, wenn ihr die Angst die Kehle zuschnürte?

Eliane betrachtete ihn in der Scheibe des Bücherschrankes. Er kannte dieses Manöver. Wußte sie denn nicht, daß sie ihn mit einem solchen Grad der Anbetung in seinen eigenen Augen erniedrigte, vor allem in einem Augenblick, wo er sich derart hilflos fühlte? Auf jeden Fall war es zu spät, an die Seine zu laufen. Was geschehen mußte, war längst geschehen. Tot oder lebendig, die Frau, die seinen Weg gekreuzt hatte, war ihm jetzt entschlüpft. Ihm blieb nur übrig, das Leben da wieder aufzunehmen, wo er es liegengelassen hatte, und an das weitere nicht mehr zu denken. Mit einem leichten Seufzer drehte er die Seite um.

Elianes Gespräch bot ihm die schönste Ablenkung. Aus alter Gewohnheit tat er so, als wolle er über seine Frau nicht sprechen und schlug einen verärgerten Ton an; doch im Innern segnete er die Gelegenheit, eintauchen zu können in die kleinen Sorgen des täglichen Lebens, die ständig drohenden Zwistigkeiten mit Henriette.

Als er allein war, hatte er sich im Spiegel betrachtet, zwischen Bewunderung und Verachtung schwankend. Warum paarte körperliche Kraft sich nicht immer mit Mut? Oft hatte er sich diese Frage gestellt, doch nie hatte er dabei an sich selber gedacht. Wozu hatten ihm denn vorhin dieser Wuchs, diese Schultern (er nahm sie zurück und wölbte die Brust), das kräftige Aussehen gedient? Es hätte bestimmt genügt, sich dem Betrunkenen nur zu zeigen, um ihn schon zu erschrecken. Warum hatte er es nicht getan?

Leise sagte er: »Es ist erstaunlich«, und dabei strich er über seine Hüften, als wolle er sich vergewissern, daß sein Rock gut saß. Der leichte Ton, mit dem er diese Worte aussprach, beruhigte ihn ein wenig. Mit einer gewohnten Bewegung hob er das Kinn, drehte er den Kopf und betrachtete sich mit strengerem Blick von der Seite. Diese aufmerksame Prüfung dauerte fast eine ganze Minute und endete damit, daß er seine Krawatte zurechtrückte.

Eine hohe Lampe, die hinter ihm auf dem Rauchtisch stand, warf so etwas wie eine Strahlenkrone um seinen Kopf und seine Schultern und hob die kräftigen Linien dieser Silhouette hervor. Er lächelte seinem Bild ausführlich zu, dann gähnte er. »Gehen wir schlafen«, sprach er zu sich.

Als er in die Mitte des Zimmers trat, um ein Buch zu holen, flimmerte es ihm so vor Augen, daß er mit den Händen nach seinem Kopf griff. War es möglich, daß er diesen kleinen Salon vorher nie betrachtet hatte? Die Möbel, die Farben, warum war ihm das alles plötzlich verhaßt? Er hatte doch jahrelang in diesem Zimmer Glück, Ruhe und Seelenfrieden gefunden.

Wie in einem Erstickungsanfall stürzte er zu den Vorhängen, zog sie heftig beiseite, öffnete das Fenster und die Läden. In diesem Augenblick entschloß er sich, wieder auf die Straße zu gehen.

In Grenelle schlug er seinen Mantelkragen hoch. Ein Wagen, der aus der Rue Rémusat kam, fuhr langsam an ihm vorbei, als wollte er diesen eleganten Spaziergänger einladen, eine zivilisiertere Gegend aufzusuchen. Der Wind legte sich. Leute kamen über die Brücke und verloren sich in den nahen Straßen. Die meisten Männer trugen Mützen, die Frauen ein Kopftuch. Er überlegte einen Augenblick, nahm seinen Hut ab, um sein Haar zu glätten, und behielt ihn in der Hand. Eine kleine Gruppe von Arbeitern kam ihm entgegen. Sie sprachen miteinander und sahen ihn nicht. Aber als sie ihn erblickten, entstand ein kurzes Schweigen, und die Augen der Männer richteten sich auf ihn wie eine Waffe. Einer von ihnen hatte ein besonders mörderisches Lächeln auf den Lippen. Er war jung, und mit der sicheren Eleganz des Volkes trug er einen schwarzen Samtanzug und einen leuchtend roten Gürtel. Philipp ging rascher und sah, wie die fünf oder sechs Arbeiter, die den ganzen Bürgersteig einnahmen, auswichen und ihm mit ironisch betonter Ergebenheit Platz machten. Er zog sein Taschentuch und tat, als ob er sich die Nase putzen wolle, um ihre Worte nicht hören zu müssen. Aber der Jüngste warf ihm einen Gruß und eine Grimasse zu, an der er nicht vorbeisehen konnte und die so unverschämt war, daß sie ihm das Blut in die Schläfen trieb.

Wie schade, daß er den Wagen vorhin nicht genommen hatte! Nun hätte er sich mit Freude hineingestürzt. Das Lachen hinter ihm hörte nicht auf, es begrüßte, begleitete seine Flucht. Fast lief er wirklich, doch die Stimmen folgten ihm nach. Mit einer großen Willensanstrengung verschloß er vor ihren Worten die Ohren und hörte nur ein Geräusch, dessen Sinn er nicht verstand. Lastwagen fuhren vorüber, und in ihrem Poltern ging die freche Heiterkeit unter. Er ging eine gute Strecke weiter, um eine Entfernung zwischen sich und die Spotter zu legen, und betrat dann die Brücke.

»Was habe ich denn?« dachte er. »Ich darf mich nicht aufregen. Ich muß mich sammeln, ich muß ruhig bleiben.« Die letzten Worte sprach er ganz laut im Lärm eines Autobusses, der zwei Meter vor ihm einen andern kreuzte. Die Bremsen knirschten ohrenzerreißend. Er trat ans Geländer und setzte seinen Hut wieder auf.

Plötzlich packte ihn eine Müdigkeit, eine körperliche und geistige Müdigkeit. Doch jetzt war es gut, der Stadt, den Geräuschen, den Lichtern den Rücken zu kehren.

Die Seine unter ihm sah aus wie ein schwarzer Abgrund, tief wie ein Meer. Einige Minuten war er in die Betrachtung des schweren, stillen Wassers versunken. In der Dunkelheit ahnte er den starken Wellenschlag an den Pfeilern, und etwas in ihm antwortete diesem ständigen Brausen des Flußes, etwas Dumpfes, Unausgesprochenes. Es waren Augenblicke heftiger innerer Erregung, als ihm das zu Bewußtsein kam. Jäh fühlte er, wie er sich selber entrissen wurde, dem engen Rahmen eines vernünftigen Lebens. Eine Welt, die er für unveränderlich gehalten hatte, erschien ihm jetzt als ein trauriger, vergänglicher Bau, zugleich bedroht und gehalten von seinem Alter und von grauen Konventionen. Was tausend Jahre dauerte, konnte auch weitere tausend Jahre dauern. In tausend Jahren würde, wie in dieser Nacht, auf einer Brücke über dem Fluß ein Wesen stehen, das sich selber fast fremd geworden wäre und sich vielleicht, über den raschen Lauf eines finsteren Wassers gebeugt, nach einer primitiveren Zeit zurücksehnte, wo der Instinkt noch zum Herzen der Menschen sprach. Er seufzte. Der allgemeine Verfall des Lebens erstaunte ihn nicht mehr. Es war ihm ein vertrauter Gedanke, daß allem, was der Mensch berührt, langsam die Kraft entflieht. Alles, was kämpft und wächst in der blinden, verschwenderischen Natur, wird in unsern Händen sogleich gezähmt. Hatte er nicht selber gelernt, fast jedes Feuer der Jugend zu unterdrücken? Die genaue Kontrolle seiner Bewegungen und seiner Gedanken hatte aus ihm mit einunddreißig Jahren einen ruhigen, müden Mann gemacht, der selbst bei einer unvernünftigen Tat den halb skeptischen, halb scharfsinnigen Ausdruck beibehielt, an dem man die durchschnittliche gute Erziehung erkennt. Wenn sein Verweilen in später Nacht bei mäßigem Wetter auf einer verlassenen Brücke von nichts anderem gerechtfertigt gewesen wäre, so hätte sein Gesichtsausdruck, sogar die Art, wie der Hut auf seinem Kopf saß, und die bedächtige Art, mit der er die Arme auf dem Geländer verschränkte, alles an seiner Person hätte den Verdacht einer Laune oder einer phantastischen Anwandlung widerlegt. Es war klar, daß er auf dieser Brücke *zu tun hatte.* Nur diesen Eindruck konnte er machen. Das Lächerliche dieses Eindrucks fühlte er stark, und einen Augenblick lang litt er darunter.

»Vielleicht war ich geboren, um frei zu sein«, sagte er zu sich, als er sich wieder aufrichtete. Er sprach diese Worte, ohne genau über ihren Sinn nachzudenken. Es war einer jener Gedanken, die uns durchzucken wie ein zu schwaches Licht, das keine Helligkeit bringt und die Dunkelheit nur noch finsterer macht. Gewiß hatte er noch nicht ein einziges Mal wie ein freier Mensch gehandelt. Wie alle Welt war er ein Sklave des Zufalls. Er seufzte von neuem und entschloß sich, einen Plan aufzugeben, in dem er keinen Sinn erblickte. Aber als er nach einem Wagen Ausschau hielt, der ihn nach Hause bringen sollte, bemerkte er einen Polizisten am andern Ende der Brücke. Nach kurzem Zögern ging er auf ihn zu.

»Haben Sie jemand rufen hören?«

»Wann denn?«

Auf diese ungemein einfache Frage war Philipp nicht gefaßt. Eine Beschuldigung hätte ihn in keine größere Verlegenheit bringen können.

»Wann? Jetzt eben natürlich. So etwas sagt man doch nicht drei Stunden später.«

Er gab sich Mühe, dem mißtrauischen Blick standzuhalten, der auf ihm ruhte. Der Polizist war unter seiner langen, die Arme verdeckenden Pelerine stark und kräftig. Der schwarze Schnurrbart hob in einer Art Kontrastwirkung den kindlichen Charakter seines runden Gesichtes besonders deutlich hervor. Die Augen bemühten sich um einen energischen, seinem Beruf geziemenden Ausdruck. Unschwer las man aus ihnen die Frage, ob er es mit einem

Spaßvogel zu tun habe, und die zunehmende Befürchtung, eine komische Rolle zu spielen.

»Wo haben Sie denn rufen hören?«

»Dort.«

»Wieso denn dort? Sie zeigen ja auf das andere Ende der Brücke.«

»Dort stand ich am Geländer, so wie hier. Und schreien hörte ich auf dem Quai.«

»Hörten Sie schreien oder rufen? Wurde ein Name gerufen?«

»Es wurde um Hilfe gerufen.«

»Wieso haben Sie meinem Kollegen auf dem Quai nichts gemeldet, anstatt zu mir zu kommen? Er stand zwanzig Meter von Ihnen entfernt.«

»Ich habe ihn nicht gesehen.«

Der letzte Satz beruhigte den Hüter der Ordnung über die Gefahren, denen seine Würde ausgesetzt war. Der Mann, der mit ihm sprach, machte sich nicht über ihn lustig, er war ganz einfach ein Dummkopf.

»Ich wundere mich, wieso mein Kollege von dem Rufen nichts gehört hat. Ganz zu schweigen von den Passanten, an denen hier kein Mangel ist und die auch nicht taub sind. Seien Sie ohne Furcht: die Quais sind gut bewacht.«

Er lachte gutmütig und machte kehrt. Philipp sah, wie er sich entfernte, eine armlose Silhouette, von gleichmäßigen Schritten gewiegt. Nach einigen Metern machte der Polizist von neuem kehrt. Die Strecke, die er abzugehen hatte, war kurz. Obwohl seine Augen auf Philipp gerichtet waren, schienen sie ihn nicht zu sehen, doch aus der Tiefe dieses biederen Blickes arbeitete sich langsam ein Gedanke empor. Einen Augenblick später sprachen die beiden Männer wieder miteinander.

»Meiner Ansicht nach«, sagte der Polizist, »haben Sie sich getäuscht. Aber wenn es Ihnen Spaß macht, dann erzählen Sie doch Ihre Geschichte meinem Kollegen auf dem anderen Quai. Er kann auf alle Fälle einen Bericht machen.«

Philipp zuckte die Achseln.
»Sie hahen wohl recht. Ich muß mich getäuscht haben.«

Er überschritt die Brücke wieder und ging entschlossen und jetzt etwas ruhiger in Richtung Passy. Die Quais waren gut bewacht. Was hatte er sich in die Angelegenheiten der Polizei zu mischen?

Wenn diese Frau geschrien hätte, wäre ihr sofort ein Polizist zu Hilfe gekommen. Aber konnte sie schreien? Dumme Frage. Eine Frau, die man ins Wasser werfen will, wird immer noch soviel Kraft haben zu schreien. Und außerdem, wenn diese Frau tot war, war sie schon seit drei Stunden tot. Man mußte seinen Verstand verloren haben, um anzunehmen, daß sie von sieben bis halb zwölf am Hafen herumhinkte. Jetzt schlief sie zu Hause, oder ihr Körper trieb nach Saint-Cloud hinunter. Doch in beiden Fällen war nichts zu machen.

Sie hatte nicht um Hilfe gerufen. Nein, sie hatte nur: »Mein Herr!« gerufen, und selbst der Ausdruck »rufen« schien etwas stark. Es handelte sich weniger um einen Ruf, um eine erhobene Stimme, als um zwei fast geflüsterte Worte. Allem Anschein nach wollte die Frau keinen Lärm schlagen. Wäre sie wirklich in Gefahr gewesen, so hätte sie den Mund weit aufgemacht, sie hätte gellend geschrien. Aber sie hatte nur diese beiden Worte gesagt, und da er ein gutes Gehör hatte, waren diese Worte, dieser Klang zu ihm gedrungen. Was wollte sie von ihm? Ein Almosen. Das war es: was konnte wahrscheinlicher sein? Sie sah einen gutangezogenen Mann auf dem Quai, sie wollte Geld von ihm. Das zerrissene Tuch, das ihren Kopf bedeckte, der schmutzige Rock und die abgetragenen Schuhe, alles an ihr deutete auf eine Bettlerin hin. Wieso hatte er daran nicht gedacht?

Eine ganze Zeit hindurch fühlte er sich erhoben, gestärkt von der Freude, endlich eine so natürliche Antwort auf schwierige Fragen gefunden zu haben. Er atmete tief und trank die Luft wie frisches Wasser, das den Durst löscht. Seine Sinne sprachen plötzlich, als ob in der Ruhe nach dem Sturm sein Leib wieder zum Leben erwache. Zwischen den Laternen, die die Nacht zerrissen, lag ein leichter Nebel. Er verwob sich mit dem Dunkel und schwebte um die Bäume. Bevor man ihn sah, konnte man ihn riechen, ein leichter Geruch nach etwas Verbranntem, der seltsame Duft des Herbstes, den der Geruchssinn erkennt, ohne ihn fassen und behalten zu können, ähnlich gewissen Melodien, deren einzelne Noten das Ohr nicht unterscheiden kann, die aber im Gedächtnis unbestimmt nachhallen. Er blieb einen Augenblick stehen und sah auf den Fluß. Viele Stunden seines Lebens hatte er auf diesen Quais verbracht, und doch hatte er als ein richtiger Pariser, der seine Augen nicht zu gebrauchen weiß, nie die großen Schatten bemerkt, die die Platanen über die Seine warfen: sie erstreckten sich schräg und lang über den feinen Dampf, der vom Wasser emporstieg. Wenn ein Wind die Lichter niederdrückte, schwankten diese breiten dunklen Streifen langsam von einer Seite zur andern. Sobald es wieder windstill war, legten sie sich von neuem auf das schillernde Wasser, über dem sich der Nebel allmählich wieder zusammenzog.

Er lehnte sich an das Geländer und zog die Handschuhe aus, um mit der bloßen Haut den brüchigen, mit kleinen Löchern übersäten Kalkstein zu fühlen. Er liebte diesen Stein, an dem der Ozean die Spuren seiner Muscheltiere hinterlassen hatte. Die Berührung mit dem urzeitlichen, vom Menschen nur wenig veränderten Stoff erfrischte ihm Kopf und Leib. Der Hafen war leer. Aus Gewohnheit sah er hinunter, vorbei an zwei hohen, zur Hälfte abgetragenen Sandhaufen und an großen, aufeinandergeschichteten Steinen, die kreidehell waren und rostbefleckt. Weiter hinten lagen reihenweise Ziegelsteine, deren zufällige Symmetrie an Kasematten einer verfallenen Festung denken ließ. Lange Taue, die liegengeblieben waren, schienen darum herumzukriechen wie dem Fluß entstiegene Tiere. Das war alles. Weiter hinten klatschte das Wasser leise an das steile Ufer.

Dieses Geräusch blieb in ihm haften. Ein Mensch, der sich ganz auf einen wichtigen Gedanken konzentriert, kann sich von einem leisen Ton gefangennehmen lassen, von einem Flüstern, einem Insektenflug, den aufmerksamere, feinere Ohren vielleicht gar nicht wahrnehmen würden. Aber je stärker die Seele beschäftigt ist, um so lieber läßt sie sich zerstreuen. Das kaum hörbare, aber beständige Plätschern übertönte den unregelmäßigen Lärm der Stadt und erfüllte schließlich die Nacht. Philipp hörte nur noch dieses metallische Klopfen, er suchte vergebens nach einem Takt, und dabei kam ihm der seltsame Gedanke, daß seine nächtliche Wanderung kein anderes Ziel hatte, als an dieser einsamen Stelle auf dieses Geräusch des Wassers zu hören. Hier schien die ganze Welt in weite Ferne zu rücken, und der gräßliche Trubel der Städte war eitler und flüchtiger als ein Traum. Nur er allein existierte, und mit ihm das von dem nächtlichen Geräusch bewohnte Dunkel. Vielleicht hatte niemand vorher eine derart vollkommene Einsamkeit an sich erfahren wie dieser Mann im Herzen einer übervölkerten Hauptstadt. Ein paar Minuten hing er unbeweglich seinen Träumen nach.

Der Schritt einer Frau hinter ihm ließ ihn zusammenfahren. Er zog seine Uhr heraus und nahm sogleich seinen Weg wieder auf. Die Frau war zwischen zwei Bäumen stehengeblieben, als wollte sie ihm auflauern. Ihre Züge waren so sehr vom Elend gezeichnet, daß man ihr Alter nicht bestimmen konnte. Dennoch hatte sie sich jenen unerklärlichen Rest von Koketterie bewahrt, den man häufig an sehr alten Leuten bemerkt, deren Verstand zu leiden beginnt. Ihre grünlich grauen Haare verschwanden halb unter einem schwarzen Hütchen, auf dem eine Feder schwankte. Sie war klein und so gebeugt, als trüge sie einen Mann in einem Sack auf ihrem Rücken.

Sie war mit blauen und schwarzen Lumpen bekleidet und trug alte Schuhe, mit denen sie über die Steine schlurfte, ohne auch nur ein einziges Mal die Füße zu heben. Ihr zu Boden geneigtes Gesicht war nicht zu erkennen. In dem Augenblick, als Philipp an ihr vorüberging, murmelte sie rasch einen Satz, den er nicht verstand. Er setzte seinen Weg fort. Ein solches Elend schüchterte ihn ebenso ein wie übertriebener Prunk. Einen Augenblick später drehte er sich um und ging zu der Frau zurück, die noch immer wartete. Sie wiederholte ihren Satz.

»Was sagen Sie?«

Die Frau hob ihr Gesicht mit der grauen, verwitterten Haut zu ihm empor. Ihre wimperlosen Lider lagen schwer auf den Augen und hielten sie verdeckt. Sie hatte so wenig Zähne, daß sie nicht richtig sprechen konnte. Gegen seinen Willen wandte Philipp den Kopf ab. Dieses Wesen, von dem weder das Leben noch der Tod etwas wissen zu wollen schien, hatte vielleicht zu einer Zeit, als er noch nicht auf der Welt war, viel und großes Glück erlebt. Dieser jammervolle Körper war einmal jung gewesen. Ein paar Sekunden nur dachte er an die Liebesworte, die sie wohl einmal gehört hatte.

»Was wollen Sie?«

Seine behandschuhten Finger tasteten in der Westentasche nach den runden Geldstücken. Sie folgte dieser Bewegung mit ihrem Blick und murmelte, mit dem Kopf dabei wackelnd, eine lange Geschichte. Aber er hörte ihr nicht zu. Er hatte angefangen, sie aufmerksamer zu betrachten. Woher kam sie? Sie gehörte zu den Armen, die von Hunger und Kälte durch die Straßen von Paris getrieben werden, bis sie vor Müdigkeit in einer Toreinfahrt oder auf einer Bank zusammenbrechen. Sie irren von einer Straße zur andern, ohne Ziel, ohne Unterkunft, alte, unschuldige Geschöpfe, so benommen vom unfreiwilligen Fasten, daß sie taumelnd nach einer Mauer greifen.

»Vielleicht hat sie die beiden gesehen?« dachte er plötzlich und beugte sich zu ihr nieder.

»Waren Sie nicht gegen acht Uhr hier?«

Statt einer Antwort streckte sie ihm eine runzlige Handfläche entgegen. Sie krümmte die Finger ein wenig und machte die Hand hohl. Er legte einen Fünffrancschein hinein. Die schwarzen Nägel der Bettlerin schlossen sich über dem Schein, der unverzüglich in der Tiefe einer kleinen, formlosen Tasche verschwand. Während die Tasche zuschnappte, schüttelte sie ihren Kopf hin und her.

»Haben Sie nicht zwei Leute vorbeigehen sehen, zwei Leute, die sich stritten, ein Mann und eine Frau?«

Von dem Wunsch getrieben, zu erfahren, ob diese Frau vielleicht etwas wußte, machte er eine Bewegung, die ihn selbst am meisten überraschte: er legte seine Hand auf ihre. Da stieß sie einen Schrei aus wie ein junges Mädchen und kehrte ihm den Rücken. Gewiß glaubte sie, daß er ihr das Almosen wieder abnehmen wolle. Dann hob sie mit einer damenhaften Geste von erschreckender Komik ihren Rock ein wenig in die Höhe und fing mit ihren schwachen Beinen mühsam zu laufen an. Er sah, wie sie sich mit ihrer Schulter an einem Baum lehnte, wie sie sich auf die Fahrbahn wagte, dann wieder auf den Gehsteig zurückkam und von neuem zu laufen begann. Nach einer Weile drehte sie sich zu ihm um und suchte ihn mit den Augen zwischen den Bäumen. Als sie ihn entdeckt hatte, schrie sie ihm ein Schimpfwort zu und verschwand.

Er setzte seinen Weg fort bis zu einer kleinen Steintreppe, die zum Hafen führte. Dort zögerte er. Hinunterzugehen war sinnlos, aber er wollte hinunter. Eine Gewohnheit seines Denkens zwang ihn freilich, erst einen Grund dafür zu finden. Genügte nicht die Laune, die einfache Lust, am Ufer des Flusses spazierenzugehen? Doch um ein Uhr nachts, bei nebligem Wetter am Ufer der Seine spazierenzugehen, sah kaum wie die Laune eines vernünftigen Menschen aus. »Geben wir also zu«, sprach er zu sich, »daß ich so unvernünftig wie nur möglich handle. Das eine Mal wird mir nicht schaden.«

Jetzt war er am Hafen, und an Stelle des erwarteten Unbehagens hatte er ein merkwürdig wohltuendes Gefühl. Seine Hand lag auf dem Stamm einer Platane, deren Rinde abblätterte. Das nackte Holz trat bleich und leuchtend hervor. Die hohe, fahle Mauer über ihm, von der er vorhin heruntergesehen hatte, zeigte im Gaslicht riesige Flecken, graugrün und schwärzlich. Er ging ein paar Schritte über die holprigen Steine und kam zu einem Sandhaufen, der vom Nebel wie beschneit aussah. Hinter diesem Sandhaufen war der Fluß. Philipp blieb einen Augenblick stehen. Er wußte nicht, warum das Herz ihm schlug, und auf einmal hüllte der starke, mit den Nebeldünsten vermischte Geruch des Wassers ihn ein. Er weckte in ihm die Erinnerung an Verbrechen, von denen man in der Zeitung liest, und an ein altes, düsteres Lied, das ihm sein Kindermädchen einst vorgesungen hatte. Im Zeitraum weniger Sekunden erlebte er seine Kindheit noch einmal. Vor Erregung hielt er den Atem an, wie um den Geruch bei sich zu behalten, der eine ganze Welt auferstehen ließ. Solche Augenblicke waren nicht selten in seinem Leben. Immer war er mit seinem ganzen Wesen auf der Suche nach sich selbst, aber nie suchte er sich in der Gegenwart, immer anderswo. Irgend jemand, irgend etwas Unwandelbares widerstand den Veränderungen der Jahre, eine geheimnisvolle Person ohne Jugend, ohne Alter, immer die gleiche, die sich hinter den Augen des nachdenklichen Kindes und des gealterten Mannes verbarg, diese Identität, das sich selber fast unbekannte, seltsame Ich. In dieser Nacht am Seineufer fühlte er deutlich alles Unzugängliche, was in der Tiefe seines Herzens ruhen mochte. Wie also konnte er hoffen, nicht allein zu sein, wenn er selber schon sich fremd blieb? In dieser Welt, deren Daseinsgrund uns dunkel bleibt, folgt jeder blind einem geheimen Schicksal, das er vielleicht nie kennen wird. Manchmal vermischen sich zwei Gedanken miteinander, wie Vogelflüge in den Lüften sich kreuzen, aber bald schließt sich die unerbittliche Einsamkeit wieder um uns. Jeder Mensch ist König in einer Wüste.

Er ging um den Sandhaufen herum und blieb dann unbeweglich am Ufer stehen. Sein Fuß berührte einen der großen Eisenringe, an denen man die Taue befestigt. Zuerst merkte er die Berührung nicht. Seine Augen hingen an der Oberfläche des Wassers, von der der Nebel emporstieg wie Rauch. Die Seine dampfte und schickte eine weißliche, undurchsichtige Luft in den tiefen, schwarzen Himmel. Es war, als ob an die Stelle der dunklen Herbstnacht eine andere, eine übernatürliche Nacht träte, die ebenso bleich war wie die andere schwarz, dabei aber ganz undurchdringlich. Sie erreichte die Quais und löschte nach und nach die Lichter aus.

Schon sah er das andere Ufer nicht mehr. Der Viadukt von Passy mit seinen farbigen Lichtern schien vor dem Druck einer unwiderstehlichen Kraft zurückzuweichen. Zuerst verschwand die schwarze Silhouette, und im leeren Raum blieb ein langer, rötlicher Strich zurück, der langsam erlosch.

Er trat einen Schritt zurück und strich mit den Fingern über den Sand, der in der Kälte hart geworden war. Das Gefühl, plötzlich vom Nebel gefangen zu sein, verursachte ihm Unbehagen. Trotzdem hatte er nicht den Wunsch, sich zu entfernen. Der merkwürdige Instinkt, der uns manchmal rät, uns selbst zu schaden, befahl ihm, dazubleiben. Er nahm eine Handvoll Sand und warf ihn in die Seine. Man hörte kein Geräusch. Der Nebel schien alles von der Erde wegzunehmen, eins nach dem andern, zuerst die Lichter, dann die Töne. Das Wasser rührte sich kaum. An einer Stelle wenige Meter flußabwärts, bei einem leeren Boot, schlug es Falten wie ein Tuch. Aber das Plätschern der Wellen gegen den Stein war fast nicht mehr zu hören. Seine ganze Aufmerksamkeit richtete sich auf die weiße Wand, die über der Seine schwankte und sich um ihn zusammenschloß. Er hatte den Eindruck, in der Mitte eines weiten, nebligen Turmes zu stehen, der von Sekunde zu Sekunde enger wurde. Der Fluß zu seinen Füßen war nur noch ein schwarzer See, dessen Ufer verschwammen.

Jetzt nahm er eine andere Stellung ein, und dabei fühlte er den Eisenring an seinem Fuß, als ob ihm mitten in einer bösen Verzauberung die Wirklichkeit zu Hilfe käme. Er bückte sich und berührte den Ring mit den Fingerspitzen. Dann zog er den Handschuh von der rechten Hand, packte den Ring und hob ihn auf. Die Kälte des Metalls drang wie Feuer in sein Fleisch, und er ließ den Eisenring los. Plötzlich fand er sich wieder, aber gealtert und in seinen eigenen Augen verändert. Nach langem Grübeln über sich selbst bemächtigte sich ein klarer und bestimmter Gedanke seines Hirns. Sein Spaziergang auf den Quais war in wenigen Worten zusammenzufassen, und gegen seinen Willen hallten diese Worte in seinem Kopf: »Eine Frau rief um Hilfe, und ich bin davongelaufen.«

Warum? Er wußte es nicht. Sein Instinkt hatte ihm befohlen zu fliehen, und er war geflohen. Ein anderer, ein Mensch, der über mehr Ruhe und Sicherheit verfügte, wäre in den Hafen hinuntergegangen, aber er hatte gerade entdeckt, daß er dieser andere nicht war, und selbst wenn man annahm, daß diese hypothetische Person gleich ihm davongelaufen wäre, so hätte sie eines bestimmt nicht getan: sie wäre nicht drei Stunden später wiedergekommen, um sinnlos am verlassenen Ufer umherzuirren. Seiner ersten Schwäche, die in der Flucht bestand, hatte er eine zweite hinzugefügt: wieder zurückzukehren. Er glich dem romantischen Verbrecher, den die Reue treibt, den Schauplatz seiner Tat zu besuchen. Diese Überlegung, in die er etwas Ironie zu mischen versuchte, schien ihm falsch. In seinem Fall konnte es sich nicht um Reue handeln, nicht einmal um Scham. Die Reue, das einfache Verlangen, seinen Fehler wiedergutzumachen, hätte ihm ein ganz anderes Verhalten diktiert: das einzig Sinnvolle war, die Polizei zu benachrichtigen und dann das Ergebnis der Untersuchung abzuwarten. Vielleicht hätte man dann die Frau wiedergefunden. Aber sie interessierte ihn nicht.

Er hatte öfter an sie gedacht, das heißt, er hatte flüchtig das leichenblasse, ihm zugewandte Gesicht wieder vor sich gesehen. Die kleinsten Bewegungen dieser Unglücklichen traten ihm wieder vor Augen, ihre Art, die Hände ans Gesicht zu legen und sich über die Wangen zu streichen; er hatte das mit soviel Aufmerksamkeit beobachtet, wie man im Theater einem Drama folgt, über dem man die ganze übrige Welt vergißt; er erinnerte sich, daß er sein Herz bis zum Hals hinauf klopfen fühlte, während er sie betrachtete. Aber in keinem Augenblick war jenes Mitleid in ihm erwacht, das ein Wesen zum andern treibt, und wenn sein Herz in dieser Minute so stark schlug, so war nicht der Jammer dieser Frau daran schuld, sondern die Ungewißheit, in der er sich selber befand. Die entscheidende Rolle des Dramas spielte nicht sie, sondern er. Die Frage »Was wird jetzt geschehen?« bezog sich weniger auf eine Frau, die um ihr Leben zitterte, als auf einen Mann, der im Begriff war, zu entdecken, ob er Mut hatte oder nicht. Vielleicht zum ersten Mal in seinem Leben hatte ihn ein Ereignis mit sich selbst konfrontiert. Zweifellos hatte er viel über die Unterschiede nachgedacht, die ihn von andern Menschen trennten. Theoretisch wußte er ungefähr, was er von seinem Herzen und seinem Kopf erwarten durfte, und die Meinung, die er bis gerade eben von sich hatte, nach den Enttäuschungen und den zwischen zwanzig und dreißig nötig gewordenen Revisionen, schien ihm fest begründet und weder zu nachsichtig noch übertrieben streng zu sein. Dann kam plötzlich ein kleiner Zwischenfall, eine Sache, die im Zusammenhang der Jahre gesehen völlig unbedeutend war, ein Nichts, und warf die ganze Konstruktion um, die er klug errichtet hatte.

Wenn es wahr ist, daß der Verbrecher an den Ort seiner Tat zurückkehrt, dann ist es sicher nicht die Reue, die ihn dahin treibt. Es ist eher anzunehmen, daß er verliebt ist in sein Verbrechen und in sich selbst. Eine sentimentale Anhänglichkeit treibt ihn zu dieser gefährlichen, fast ritterlichen Handlung, die der Polizei wohlbekannt ist. Das ist kein Verbrecher mehr, der um dieses Haus oder um jenes Gärtchen streift, es ist ein Liebender; in diesem Zimmer, unter jenem Baum hat die dunkle Leidenschaft ihren Anfang genommen. Hier hat sein Herz mit wilderen Schlägen geklopft, hier haben seine Hände sich von jedem Gesetz befreit. Wie kam er dazu, Blut zu vergießen? Diese Möbel, dieses Rasenstück, diese unschuldige Linde werden es ihm sagen, und um zu ihnen zu gelangen, setzt er sein Leben aufs Spiel.

»Es ist merkwürdig«, dachte er, »ich bin ein Feigling.«

Er besann sich, daß ihm diese Wahrheit früher schon einmal aufgegangen war. Die Erinnerung ging auf sein achtzehntes Jahr zurück, als er während der Weihnachtsferien, die er auf dem Land verbrachte, reiten lernte. Er konnte schon im Sattel sitzen und machte kurze Ausritte in die Umgebung. Eines Morgens wagte er sich weiter hinaus als sonst. Die harte, von Glatteis schimmernde Straße tönte unter den Hufen des Pferdes, eines Rotschimmels mit ruhigen Augen, der, wie der Reitknecht versicherte, das vernünftigste Tier im Stall war. Nach einer Viertelstunde verließ Philipp die Straße und ritt in einen Birkenwald hinein, der sich in sanfter Neigung talabwärts zog. Ein mit dürren Blättern bedeckter Weg teilte ihn in zwei Hälften. Vom Trab ermüdet und durchgeschüttelt, ließ er dem Pferd ein wenig die Zügel. Er lockerte die Knie und neigte sich zurück. Seine Faust zitterte leicht; er bemerkte es mit Überraschung, da er nicht dachte, daß eine kaum eingestandene Unruhe sich seinem Körper so rasch mitteilen könne. Plötzlich wurden die Zügel angezogen, sie glitten ihm rasch durch die Finger.

Er sah, wie das Tier die Ohren spitzte und seinen Hals weit vorwärtsreckte. Ein Pferd weiß immer, was für ein Mensch auf seinem Rücken sitzt, ob es ihm gehorchen muß oder ob es sich im Gegenteil gewaltsam gegen die ängstliche Hand auflehnen kann, deren Schwäche es im Maul spürt. Fast im selben Moment jagte der Rotschimmel in hellem Galopp durch den Wald, hart an den Birken vorbei, deren Zweigen Philipp mit knapper Not auswich. Dieser Ritt dauerte nicht lange, denn da Philipp kräftig an den Zügeln zog, gelang es ihm, sein Pferd den Hügel hinaufzuzwingen. An dem nicht sehr steilen, aber mit Bäumen bestandenen Hang war das Tier nach wenigen Sprüngen außer Atem und versuchte umzukehren. Maul und Brust waren ganz mit Schaum bedeckt. Es bäumte sich auf und erfüllte mit wütendem Schnauben die Stille des Waldes. Einige Minuten lang kämpfte es mit seinem Reiter, dem die Furcht seine Geistesgegenwart zurückgab. Aber Philipp zitterte an allen Gliedern. Als das Tier sich beruhigt hatte, stieg er ab und führte es am Zügel den Abhang hinauf. Glücklicherweise hatte niemand diese lächerliche Szene beobachtet. Am Waldrand schwang er sich wieder in den Sattel. Er bog in die Straße ein und kehrte im Schritt nach Haus zurück.

Dreizehn Jahre waren seitdem verflossen. Von sich aus konnte er leicht auf die primitive Tugend des Mutes verzichten. Sein Leben bot so gut wie keine Gelegenheit, sie in Anwendung zu bringen.

Abgesehen davon, daß er bei seinem Reichtum und seinem Mangel an Ehrgeiz von Leuten in Amt und Würden nichts erwartete und sich ihren Unverschämtheiten nicht aussetzte, benahm er sich fast ebenso wie alle Menschen, die er kannte. Seit seinem fünfundzwanzigsten Jahr hatte er aufgehört, an seinen Wert für die Allgemeinheit zu glauben, und hatte, was seine eigene Person betraf, nur einige wenige Illusionen bewahrt, ohne die jedes Leben in Stücke geht. Vielleicht die wichtigste wurde jetzt zu Grabe getragen. Wenn er sich auch seine Trägheit und Entschlußlosigkeit eingestand, so hatte er doch immer geglaubt, daß etwas Festes in ihm sei, eine verborgene, aber sehr mächtige Kraft, auf die er an dem Tag zurückgreifen könnte, wo er sie nötig haben würde. Seit einer Stunde zweifelte er daran. Diese Kraft existierte nicht. So trat die einfache Wahrheit an die Stelle eines heroischen Mythos, und er konnte sich den Gedanken nicht verkneifen, daß er bei dem Tausch gewann.

»Es ist merkwürdig«, wiederholte er laut, »ich habe Angst gehabt.«

Ein anderer hätte aus einer solchen Entdeckung ein Drama gemacht. Aber, so dachte er, wenn man fähig war, sich anläßlich einer so demütigenden Entdeckung eine Tragödie vorzuspielen, dann war es sehr wahrscheinlich, daß diese Entdeckung gar nicht wirksam wurde, denn die Liebe zum Drama ist der Liebe zur Lüge verwandt. Außerdem hatte er keine Lust, die Situation auszuschmükken. Gewiß war es nicht hübsch, vor dem Schatten einer kleinen Gefahr davonzulaufen, und es hatte ihn Überwindung gekostet, die Tatsache anzuerkennen, daß er davongelaufen war. Aber was nutzte es, sich aufzulehnen, da er nun einmal zu diesem Schluß kommen mußte?

Im Augenblick fühlte er sich ruhig. Er pries sich glücklich, daß er weder von Freunden noch von seiner Frau gesehen worden war. Wer in ganz Paris konnte ahnen, daß er bei solchem Nebel am Seineufer war? Er lächelte trüb beim Gedanken an einige Leute, die erstaunt gewesen wären über diese Geschichte, wenn sie von ihr erfahren hätten. Gewiß sagte man allerhand über ihn, Gutes und Schlechtes, aber das sagte man nicht, diese Wahrheit, die er seit kurzem kannte und die nur er allein kannte. Eliane zum Beispiel war weit davon entfernt, ihn für so ängstlich zu halten. Denn bei ihr in dem kleinen Salon, wo er sich zu oft aufhielt und der ihn wie eine Schale umschloß, sprach er oft mit großer Sicherheit und Verachtung über Menschen, die er im Lauf des Tages gesehen hatte. Seine Frau hörte kaum zu, aber seiner Schwägerin entging keines der hochmütigen Worte, die von seinen Lippen fielen. Wenn sie wüßte ... Dieser Gedanke schien ihm schwer erträglich. Die Schande, die wahre Schande, bestand nicht darin, feig zu sein, sondern als Feigling erkannt zu werden. Was würde er zum Beispiel tun, wenn er in einer Gesellschaft eine Ohrfeige bekäme? Er stellte sich diese Szene vor. Er stand in einem riesigen, taghell erleuchteten Raum unter einem Kronleuchter, der wie eine Sonne strahlte. Elegante Frauen kamen an ihm vorüber, sie sprachen mit Männern in Abendanzügen und hatten eine Technik des Lachens, wobei sie den Mund öffneten, ohne daß die geringste Heiterkeit in ihren Augen sichtbar wurde. Die Männer antworteten mit der höflichen, etwas albernen Stimme, die sie sich für gesellschaftliche Zwecke vorbehalten. Und plötzlich kam einer von ihnen auf ihn zu. Wie durch einen Zauber fanden sie sich plötzlich allein, mitten in einem Kreis, in einem Schweigen, das sich weit ausdehnte, bis an die Wände des Salons. Das Gesicht des Mannes war braungebrannt und unter den Lidern ein wenig gerötet. Das Licht des Kronleuchters fiel auf die linke Hälfte seiner Hemdbrust, die wie ein Panzer schimmerte. An seiner Weste trug er drei schwarze, weiß umrandete Onyxknöpfe, die wie schielende Glasaugen aussahen. Philipp rührte sich nicht. Der Mann tat einen Schritt vorwärts und brachte in trockenem Ton ein paar Worte vor. Aber Philipp hörte nicht zu, er war nicht imstande, irgend etwas zu beachten außer den Onyxknöpfen, die in drei verschiedene Richtungen zu blicken schienen. Ihr Ausdruck, wenn es überhaupt möglich ist, an einem Onyxknopf einen Ausdruck zu finden, war dumm, aber feindselig. Als der Mann eine Bewegung machte, verschob sich der oberste Knopf ein wenig, und sein blinder Blick richtete sich auf Philipp. Beinahe gleichzeitig brannte die Ohrfeige auf seiner Wange und erfüllte den Saal mit einem furchtbaren Geräusch. Ein paar Sekunden hatte Philipp den Eindruck, daß die Erde unter ihm nachgab und die Menge in einem

Meer von Licht verschwand. Aber nichts hatte sich bewegt. Jetzt war er an der Reihe, etwas zu tun. Man wartete darauf. Ein banaler Satz zuckte durch sein Hirn: »Ich habe eine blutige Kränkung erlitten, eine blutige Kränkung«, und anstatt zurückzuschlagen oder seine Karte hervorzuziehen, hatte er größte Lust, die Hände dieses Mannes zu ergreifen, ihn zu beruhigen, ihm die weiße Krawatte wieder zu richten, die auf einer Seite in die Höhe gerutscht war, und ihm zu sagen: »Sie haben hübsche Knöpfe an Ihrer Weste. Nennt man sie nicht Katzenaugen?«

Sein Herz schlug stark, als ob diese schimpfliche Szene wirklich vorgefallen wäre. Die Fäuste auf die Augen gepreßt, stöhnte er ganz laut: »Ah, ah, ah!«, wie einer, der einen unerträglichen Schmerz erleidet. Dann sagte er leiser: »Das ist nicht möglich. So würde ich mich nicht benehmen. Niemand auf der Welt würde sich so benehmen.« Dieser Gedanke beruhigte ihn. Der böse Traum war zu Ende. Plötzlich überflutete ihn eine wilde Freude: die Szene, die er sich vorgestellt hatte, war nicht wahr, nichts dergleichen war geschehen, nichts Derartiges würde jemals geschehen, und fast ohne zu wissen, was er tat, wiederholte er einige Male mit starker Bewegung: »Was für ein Glück! . . . Was für ein Glück! . . .«

In diesem Augenblick hörte er einen Schritt, der sich näherte. Es war ein Uhr.

Nicht weit davon wurde fast zur gleichen Zeit Eliane durch ein Klingeln aus dem Schlaf gerissen. Das Feuer war seit langem erloschen, und das Zimmer in tiefes Dunkel gehüllt. Zuerst begriff sie nicht, weshalb sie auf dem Boden lag. Das Klingeln hatte roh einen Traum unterbrochen, den sie vergebens weiterzuträumen versuchte. Einen Augenblick blieb sie noch ganz benommen liegen, dann stand sie rasch auf, da das Klingeln von neuem ertönte, und lief zur Tür, wobei sie an die Möbel stieß.

»Guten Abend, Eliane. Ich habe schon wieder meinen Schlüssel vergessen.«

»Du vergißt ihn jedesmal. Wieviel Uhr ist es denn?«

Henriette lachte auf.

»Was weiß ich. Mach doch Licht!«

»Ich finde den Schalter nicht.«

»Du schläfst noch.«

Sie lachte wieder, tastete im Finstern umher und ließ sich in einen Sessel fallen.

»Stell dir vor, ich habe meine Tasche verloren«, sagte sie dann. »Aber so mach doch Licht.«

Plötzlich wurde es hell. Eliane, die in ihrem hellblauen Schlafrock und mit offenen, über die Schultern fließenden Haaren dastand, betrachtete ihre halb im Sessel liegende Schwester.

»Henriette, was sagst du da? Wo hast du deine Tasche verloren?«

»Wenn ich es wüßte, würde ich sie holen.«

Sie bog sich vor Lachen, lachte weiter und schien nicht aufhören zu können. Ihr schwarzes Samtcape war heruntergeglitten und entblößte ihre zarten Schultern. Ihr schmaler Körper steckte in dem Kleid aus weißer Seide wie in einem Futteral. Sie wandte ihrer Schwester ihr Gesicht zu. Das nächtliche Treiben hatte darin noch keine Spuren hinterlassen. Obwohl sie nahezu dreißig Jahre alt war, konnte sie leicht um sechs Jahre jünger erscheinen. Ihr hübsches, glatt anliegendes blondes Haar ließ die niedrige Stirn frei, die hart und faltenlos war. Als wolle sie ihr Gesicht wieder zu ernstem Ausdruck zwingen, zog sie die Brauen hoch, die aussahen wie mit Tusche gezogen, und legte die Hände auf ihre Wangen. Allmählich wurde der Blick ihrer grauen Augen fester, dann brach sie wieder in ein Lachen aus, das sie kaum unterdrücken konnte. Auf einmal warf sie sich seitlich auf ein Kissen und gab sich einem Heiterkeitsausbruch hin, der einem Weinkrampf ähnlich war.

»Ich kann mich nicht mehr erinnern, wohin wir gegangen sind.«

»Darum handelt es sich nicht, Henriette. Weißt du

nicht, ob du deine Tasche im Wagen der Lebels liegengelassen hast?«

»Nein, ich weiß es nicht.«

»Vielleicht hast du sie auf der Treppe fallengelassen. Soll ich nachsehen?«

»Laß mich doch. Gerade fällt mir der Name dieses Lokals ein. Warte, er war ...«

Eliane öffnete die Flurtür und wartete ein wenig; sie hörte keinen Laut. Nur ihre Schwester im Vorzimmer lachte ganz allein wie ein Schulmädchen, sonst war das ganze Haus in Schweigen gehüllt. Sie machte Licht und ging ein paar Schritte über den Treppenflur, die Augen auf den Boden geheftet. Aus Furcht vor einem Unfall benutzte Henriette niemals den Aufzug; man mußte also auf der Treppe suchen. Als Eliane bei den Stufen angelangt war, die zum unteren Stockwerk führten, blieb sie am Geländer stehen. Wenn jemand käme und sie so überraschte, im Schlafrock und mit aufgelösten Haaren! Während sie auf dem roten Teppich nach der Tasche suchte, fand sie es zugleich komisch und unheimlich, hier zu sein, in dem leeren Treppenhaus. Ihr Kopf wurde schwer. Ein Teil von ihr sank wieder in den Schlaf, aus dem sie vor wenigen Minuten aufgestört worden war. Sie mußte sich einen Ruck geben, um sich wieder aufzurichten und ein paar Stufen hinabzugehen. Auf halbem Weg zwischen den beiden Stockwerken beugte sie sich von neuem über das Geländer und schaute bis zu den Marmorfliesen hinunter, aber sie sah nichts. Sie lief die Treppe wieder hinauf.

Henriette war im Sessel eingeschlafen, als Eliane die Flurtür schloß. Einen Augenblick lang dachte sie daran, ihre Schwester aufzuwecken. Schon hielt sie die Hand über der weißen, schimmernden Schulter und wollte sie ein wenig stärker als nötig schütteln, als die unschuldige Stellung dieses im Schlaf zusammengesunkenen Körpers sie rührte. In Gedanken schalt sie sich aus. »Sie schläft wie ein kleines Mädchen«, dachte sie. »Aber trotzdem muß sie ins Bett.«

Nach kurzer Überlegung beugte sie sich über die Schlafende und nahm sie in ihre Arme, genau wie einst, als Henriette, gerade fünf Jahre alt, beim Nachtisch einschlief und sie selber, die schon zu den »Großen« im Institut Fénelon gehörte, sie in ihr Bettchen trug. In dieser Nacht schwankte eine alternde Frau unter dem Gewicht eines frischen, geschmeidigen Körpers, und es waren die gleichen Menschen wie früher. Welche Ungerechtigkeit!

»Aber es ist doch nicht ihre Schuld, wenn ich zwei Jahre älter bin«, sagte sie sich. Sie hatte eine instinktive Neigung, ein zu strenges Urteil über Dinge und Menschen sofort zurückzunehmen. Ganz von ihren Gedanken in Anspruch genommen, kam sie in ihr Zimmer und merkte ihren Irrtum erst, als sie Henriette schon in das Bett gelegt hatte. »Meinetwegen«, sagte sie leise, »sie schläft hier genausogut.«

Die Nachttischlampe, die sie jetzt anknipste, warf ihr rötliches Licht auf die schlafende Frau. Ein gleichmäßiger, tiefer Atem hob unmerklich ihre Brust und blähte ihre Lippen. Wie sie so auf der Seite lag, mit angezogenen Knien und vorgerecktem Kopf, schien sie im nächsten Moment davonzufliegen. Es kommt vor, daß das Gesicht und selbst der Körper im Schlaf eine Gestalt annehmen, die das geheimste Wesen der Seele verrät. Diese lebhafte, leichtsinnige kleine Frau, die Eliane so gut zu kennen glaubte, wie anders erschien sie plötzlich. Von seltsamer Erregung gepackt, beugte sie sich über die Schwester.

Sah sie sie zum ersten Mal? Welche Gier entdeckte sie auf einmal in diesem kurzen Profil, in der Stellung dieser feinen Glieder! Die halb geöffneten, zarten Hände waren geschaffen, um zuzugreifen, und dieses allen Schätzen des Lebens und der Liebe zugewandte Gesicht, von welcher Härte war es gezeichnet! Sie schüttelte den Kopf und bewunderte gegen ihren Willen die reinen, von den Jahren nicht berührten Züge. Die dunklen Lider senkten ihre langen, schwarzen Wimpern über die marmorweißen

Wangen, und der zu rote Mund hatte ein grausames Lächeln. Das unschuldige kleine Mädchen von vorhin trat zurück hinter einer eitlen, eigensinnigen Frau. Welche Träume bewirkten diese Veränderung? Wo fand die Seele in dem dunklen, dem Tod benachbarten Labyrinth jene Freude, die die Lippen erzittern ließ? Die Zähne öffneten sich und entließen wirre Worte, die Eliane nicht verstehen konnte. Sie mochte weder diesen tiefen Schlaf noch dieses Lächeln. Mit einer Bewegung, die Zuneigung ausdrücken sollte, nahm sie die Kämme aus Henriettes Haar und streichelte ihr die Schläfe. Dann zog sie ihr behutsam das Kleid aus. Aber sie hoffte, daß die junge Frau dabei erwachte. Mit einem leichten Zucken entspannten sich Henriettes Arme, und von neuem sprach sie mit der undeutlichen Stimme, die ihre Schwester beunruhigte. Eliane hielt das seidene Kleid in den Händen und betrachtete noch einmal den halbnackten Körper, bevor sie ihn zudeckte. Im Schein der Lampe leuchtete das blasse, feste Fleisch wie ein polierter Stein. Jung und schön. Dieser banale Ausdruck kam Eliane in den Sinn. Sie wiederholte ihn mehrmals und schüttelte wieder den unfrisierten Kopf. Lange blieb sie so stehen, unfähig, sich von dem Schauspiel loszureißen, das sie quälte. Zuerst blieb ihr Blick an dem Ohr hängen, das sie im Geist mit ihrem eigenen verglich. Sie folgte der Linie seines schmalen, rosigen Saums, der sich einzurollen schien und eine wunderbar geschwungene Rundung bildete. Hier erinnerte das feste, leuchtende Fleisch an einen erlesenen Stein, dort aber, wo die Ohrmuschel in das Gesicht überging, schimmerte es samtig wie die Haut gewisser Früchte. Ohne Mitleid mit sich selbst ließ sie den Blick wandern, und vergebens suchte sie nach Falten auf dem straffen Gewebe dieser matten Haut. Ihre Züge, die alle Anstrengung siegreich überstanden hatten, atmeten die Frische der Kindheit. »Was hat sie getan«, dachte sie, »um das zu verdienen?« Und mit einer Befriedigung, vor der sie selber erschrak, fügte sie in Gedanken hinzu: »Morgen wird sie Kopfweh haben.«

Ihre schlanke Gestalt beugte sich vor, sie drückte einen Kuß auf die Stirn ihrer Schwester. Dann zog sie ihr mit der ruhigen Hand der Älteren die Decken über die fröstelnden Schultern. Einen Augenblick lang horchte sie auf den ruhigen, regelmäßigen Atem, der dem Schweigen der Nacht einen Rhythmus zu geben schien.

Sie öffnete das Fenster, machte das Licht aus und verließ den Raum. In dem Zimmer, wo sie zu schlafen versuchte und das nicht ihr eigenes war, fing sie plötzlich zu weinen an.

Der Mann war klein, aber von kräftigem Aussehen. Ein rotes Seidentuch war wie ein Strick mehrmals um seinen Hals geschlungen. Er pfiff leise einen Schlager und kam mit den Händen in den Taschen daher. Plötzlich blieb er stehen.

»Wir haben uns doch schon irgendwo gesehen.«

Philipp schüttelte verneinend den Kopf.

»Na, so was!« sagte der Mann mit komischem Erstaunen.

Er war jung. Der Schirm seiner Mütze warf über die obere Hälfte seines Gesichts einen dreieckigen Schatten, der Augen und Nase verdeckte, aber die etwas aufgeworfenen Lippen zeigten starke, gesunde Zähne. Philipp bemühte sich, in diesem jugendlichen Mund und dem entschlossenen Kinn einen ehrlichen Ausdruck zu entdecken. »Das ist ein schwerer Junge«, dachte er. »Was soll ich tun?« Es schien ihm, daß ihm Elianes vernünftige Stimme antwortete: »Du mußt an ihm vorbeigehen, ohne ihn anzuschauen, bis zu der kleinen Treppe dort. Wenn du den Quai erreicht hast, kannst du ein Taxi rufen.« Er rührte sich nicht. In seiner Tasche drehten seine Finger nach allen Richtungen ein Geldstück hin und her. Und wieder fragte er sich wie ein Kranker, der sich den Puls fühlte: »Werde ich Angst haben? Vielleicht hat er eine Waffe in der Tasche. Was soll ich tun?«

Der Mann räusperte sich und setzte ein ernstes Gesicht auf, als wolle er von Geschäften sprechen.

»Wohnen Sie hier?« fragte er.

»Nicht weit.«

»Ich auch nicht.«

Er kam so nahe an Philipp heran, daß er seinen Arm berührte. Beide standen einander Auge in Auge gegenüber. Warum hatte der Mann erwidert: »Ich auch nicht«? Wenn es ein Scherz war, so war er in unpassendem Ton vorgebracht. Im Nebel, der dicht wie Rauch war, konnte Philipp die Züge dieses hellen Gesichtes nur mit Mühe erkennen, aber er spürte den harten und aufmerksamen Blick, der auf das erste Zeichen der Angst lauerte. Ein paar Sekunden vergingen in Schweigen. Philipp stand mit dem Rücken gegen den Fluß. Mit klopfendem Herzen machte er einen Schritt nach rechts und sah, wie sich der Mann, der sein Gegner wurde, mit einer gleichzeitigen Bewegung vor ihn stellte.

»Lassen Sie mich vorbei«, sagte er mit heiserer Stimme.

»Oh, wir werden doch nicht so auseinandergehen«, antwortete der Unbekannte freundlich.

Er berührte Philipp mit dem Ellbogen, wie um ihn zurückzudrängen.

»Der Herr wird doch sicher einem Arbeitslosen etwas geben?«

»Wieviel ... wollen Sie?«

Er hatte das sonderbare Gefühl, daß diese Worte gar nicht von ihm gesprochen wurden. Er erkannte den Klang dieser scharfen, abgerissenen Töne, die ihm mit Mühe aus der Kehle drangen, nicht wieder. Selbst in Augenblicken der Erregung und des Zorns hatte er nie so gesprochen. Trotz seiner Verwirrung hatte er den Eindruck, daß ein Teil von ihm diese neue Tatsache zur Kenntnis nahm und sie mit neugieriger Spannung betrachtete. Das also war es, das war das Entsetzen, diese Stimme, diese Art, krampfhaft die Fäuste zu ballen, wie um sich irgendwo festzuhalten, dieses schreckliche Klopfen in der Kehle. Fast auf der Stelle wich das Schwindelgefühl, das ihn gezwungen hatte, den Kopf zu senken. Eine Sekunde lang war er von seiner Angst abgelenkt durch die Überlegungen, die er über sie anstellte, und jetzt konnte er wieder klar denken. Der Mann würde ihn nicht ins Wasser werfen, wenn er Geld von ihm wollte, zumindest würde er ihm nicht eher einen Stoß versetzen, bevor er ihm die Brieftasche genommen hätte. Infolgedessen war nichts zu befürchten, solange er die Brieftasche nicht hervorzog. Der größte Nachteil seiner Lage bestand nicht darin, daß er so nah mit dem Rücken am Fluß stand, sondern daß er seine Unruhe verraten hatte. Der Mann schien mißtrauisch und schlau. Es würde schwer sein, ihn anders als mit Gewalt zum Rückzug zu zwingen.

»Wieviel?« wiederholte er mit größerer Sicherheit.

»Wieviel Sie wollen.«

»Vielleicht hat er an gar nichts Böses gedacht«, überlegte Philipp. »Er wollte mich zuerst nur einschüchtern. Meine Angst wird ihn zum Äußersten treiben, wenn es mir nicht gelingt, ihn von dieser Stelle wegzulocken.«

»Gehen wir dorthin, unter die Laterne.«

Der Mann schüttelte den Kopf, ohne hinzusehen, und lächelte verächtlich.

»Wenn Sie wollen, daß ich Ihnen etwas gebe, muß ich etwas sehen«, sagte Philipp.

»Hier sieht man genug.«

Sie sahen sich schweigend an. Philipp seufzte.

»Gut«, sagte er schließlich.

Seine linke Hand glitt langsam in die innere Rocktasche. Er betastete die Brieftasche aus weichem Leder und versuchte, sich ihren Inhalt ins Gedächtnis zu rufen: ein Fünfzigfrancschein, mehrere Zehnfrancscheine, und sein Wahlschein. Eine Regung des Geizes ließ ihn den Verlust dieser Summe bedauern, und er fühlte, wie der Zorn in ihm aufstieg bei dem Gedanken, vor einem jüngeren, kleineren und sicher weniger starken Manne zu weichen.

Seit einigen Sekunden betrachtete er seinen Gegner mit einer Aufmerksamkeit, zu der er vorhin in seiner Angst nicht fähig gewesen war. Der Mann war zweifellos einer von den Strolchen, die sich tagsüber verstecken und bei Nacht in den verlassenen Winkeln der Stadt auftauchen, zu allem bereit. Seine Unentschlossenheit erklärte sich aus seiner Jugend. Ein erfahrener Verbrecher hätte sein Opfer auf der Stelle ausgeplündert, ohne ihm Zeit zu geben, sich zu fassen. Dieser Mann wartete und ließ einen günstigen Moment nach dem anderen verstreichen, vielleicht aus Aufregung, daß sein erster Streich mißlingen könnte. Seine weiße Haut glänzte an Kinn und Wangen. Sein Mund, der voll und frisch war wie der eines Kindes, atmete eine Unschuld, die fast komisch wirkte. Trotzdem könnte er einen Mann, der so gefährlich nah an der Böschung stand wie Philipp, mit einem Messerstich oder einfach mit einem Fausthieb in den Fluß befördern. Es schien nur eine Möglichkeit der Rettung zu geben: Philipp mußte ihn dazu bringen, in eine andere Richtung zu schauen, und diesen Moment der Ablenkung nutzen. Er zog rasch seine Brieftasche hervor und warf sie in die Höhe. Mit einer automatischen Bewegung hob der Mann den Kopf.

Einen Augenblick später hatte Philipp die kleine Steintreppe erklommen und lief auf dem Quai zum Viadukt. Ein vorbeifahrender Wagen nahm ihn auf.

Er ließ sich auf den roten Sitz fallen und keuchte so stark, daß er dem Chauffeur seine Adresse kaum hatte sagen können. Und jetzt, da die Gefahr vorüber war, überwältigte ihn das Entsetzen, die übermächtige Angst vor dem, was hätte geschehen können. Sein großer Körper fiel vornüber, und er stieß mit dem Kopf an die Wagenecke.

Halb auf dem Sitz ausgestreckt, erlebte er die Szene noch einmal, aber nicht, wie sie ihm erschienen war, sondern wie der Dieb sie gesehen haben mochte. Er stellte sich die Freude des Strolches vor, als er im Nebel an einer so abgelegenen Stelle diesen gutgekleideten Mann sah, diesen weißen Schal, der die Augen auf sich zog. Er kam leise pfeifend heran. Der Coup war fast zu leicht: ein Herr, ein Sonderling, der mit den Händen in den Manteltaschen am Ufer stand; er traute seinen Augen nicht. Er konnte es nicht lassen, ein wenig mit seinem Opfer zu scherzen, dessen entsetzter Ausdruck ihn belustigte; diesmal würde er das Messer, das er bei sich trug, nicht brauchen. Es genügte, mit dem Ellbogen den Mann zu berühren, der ihn um Haupteslänge überragte, um zu sehen, wie seine Augen größer wurden und er die Brauen zusammenzog. Im wenig wahrscheinlichen Fall eines Widerstandes würde ein Fausthieb dem Sonderling zu einem kalten Bad in der Seine verhelfen. Er trat also dicht vor Philipp hin und stellte ihm in seinem Vorstadtakzent spöttische Fragen.

Diese Stimme schien Philipp bis in den Wagen zu verfolgen; er preßte die Fäuste an die Ohren, aber er hörte sie noch immer. Sie verhöhnte ihn, wie man einen Schwächeren verhöhnt, der keine Antwort geben kann. Seit seiner Kindheit hatte er sich gepflegt, seinen Körper, dessen Gewicht er überwachte, seinen Geist, den er bilden wollte, und plötzlich brachte ihn ein dummer Bursche zum Zittern, der mit schleppender Stimme das Wort an ihn richtete. Gewiß war es unvernünftig, die Dinge unter diesem Aspekt zu sehen. Dennoch gab es eine Beziehung zwischen soviel Mühe auf der einen Seite und einer so großen Schwäche auf der andern. Wenn er nicht mutig war, löste sich alle erworbene Wissenschaft, alle körperliche und geistige Schönheit in nichts auf. Es war nicht der Mühe wert, jeden Monat seine Armmuskeln und seinen Brustumfang zu messen, wenn diese peinlich genau kontrollierte Kraft ihm nicht erlaubte, die Hand zu erheben, um sich zu verteidigen. Und wozu dienten die endlosen Studien, wenn der Geist nicht standhafter daraus hervorging? Das Gleichgewicht, das er für immer hergestellt glaubte, brach plötzlich unter der Wirkung einer winzigen Sache zusammen, unter ein paar Worten, die er mit einem Dieb am Seineufer gewechselt hatte. Jahrelang hatte er sich denen überlegen gefühlt, die er in Gedanken »die andern« nannte, mit der ganzen Verachtung, die in diesem Ausdruck liegt. Heute, seit wenigen Stunden, schien ihm diese Ansicht absurd. Er war den andern nicht einmal ebenbürtig, und der Junge, der ihn ausgeplündert hatte, war mehr wert als er, denn er hatte Mut. Jeder andere war mehr wert als er, jeder andere hätte sich in einem ähnlichen Fall verteidigt. Er aber war als ein mutloser Mensch zur Welt gekommen, wie man mit einem Auge geboren wird. Zweifellos hätte der erste beste Feigling weniger gelitten, weil er sich mit sich und mit dem neuen Element, das er entdeckte, gleich abgefunden hätte. Aber wie alle sehr eitlen Menschen zog Philipp den letzten Platz dem vorletzten vor, auf die Gefahr hin, sich dafür selbst zu quälen.

Der Gedanke, nicht mehr derselbe Mensch zu sein, nagelte ihn an der Schwelle seines Zimmers fest. Vier, fünf Stunden vorher hatte ein Mensch dieses Zimmer verlassen, und dieser Mensch kam jetzt zurück. Handelte es sich nicht um zwei verschiedene Personen? »Es ist nicht möglich«, sagte er sich, »das sind Gedanken, die einem gegen Morgen kommen.« Seine Hand suchte nach dem Schalter an der Wand und knipste das Licht an. Das Zimmer trat aus dem Dunkel hervor. Ein paar Sekunden schaute er sich um. Er blickte von einem Gegenstand zum anderen und wurde allmählich ruhiger; alles stand an seinem Platz und stärkte ihn. Seit zwölf Jahren schlief er jede Nacht in diesem Mahagonibett, das man hatte verlängern müssen, damit er sich darin ausstrecken konnte. Vor diesem Spiegel kämmte er einst sein widerspenstiges Gymnasiastenhaar. Ein unwiderstehliches Bedürfnis, sich zu betrachten, trieb ihn zum Kamin. An welcher Stelle sollte er suchen, ob er noch derselbe war? Sein ängstliches Gesicht befragte das Gesicht im Spiegel. Man fand nicht einmal die Falten, die von durchwachten Nächten herrühren und von den Aufschwemmungen des Alkohols. Ein vernünftiges Leben bewahrte ihn vor dieser vorzeitigen Häßlichkeit, die er an anderen bemerkte. Man sagte ihm oft, daß er jünger aussehe, daß er sein Kindergesicht behalten habe. Ein Kindergesicht, allerdings, ein Mund mit weichen Winkeln und ein wenig unscharfen Konturen, runde, oft rosige Bäckchen. Seinen Zügen fehlte Charakter; ein träumerischer Ausdruck milderte den Glanz seiner Augen. Das Leben brachte ihm keine großen Leiden, es mißhandelte ihn kaum und schien ihn zu vergessen. Es hatte ihn reich, durchschnittlich intelligent und schön gemacht und dachte nicht mehr an ihn. Das alles konnte er im Spiegel lesen. Niemals trübten Sorgen, Zweifel, Leidenschaften die etwas matte Regelmäßigkeit seines Gesichtes, das Bild einer Seele, die ein besonderes Schicksal vor den Unbilden der Welt geschützt hatte. Eifersucht, Enttäuschungen und die Ahnung des Verfalls, die so viele Menschen am Ende der Jugend ergreift, von alldem hatte er nichts selbst erfahren. Manchmal traf er frühere Klassenkameraden, gealtert und gleichsam entstellt durch die Erbitterung, nicht die höchsten Posten erreicht zu haben, unbekannt geblieben zu sein, kein Geld zu besitzen. Er aber überschritt das dritte Jahrzehnt mit dem leeren, glatten Gesicht einer Statue.

An diesem Abend hatte ihn freilich mehrmals hintereinander die Wirklichkeit an der Kehle gepackt. Zuerst die Todesangst, dann das Entsetzen vor sich selbst. Als er am Wasser stand, mußte ein andrer, eine Art Doppelgänger, für ihn gesprochen, mit dem Verbrecher gestritten haben. Denn bei dem Gedanken, einen Stoß vor die Brust zu bekommen, in der Seine unter dem Nebel zu erstikken, hörte sein Herz auf zu schlagen. Im Wagen hatte er dann an alle schönen Gefühle gedacht, deren er sich früher fähig glaubte. Oft hatte er sich vorgestellt, wie er sich in schwierigen, tragischen Umständen durch ein paar entschiedene Worte aus der Affäre ziehen würde. Plötzlich hatte er sich in einem Salon gesehen, wo er gerade eine Rede hielt, etwa über den Mut, jawohl, über den Mut und die Klugheit. Aus Scham hatte er sich dann die Finger in die Ohren gesteckt, wie um diese lächerliche Stimme nicht mehr zu hören, seine eigene schwatzhafte, verlogene Stimme. Und jetzt stand er vor dem Spiegel in diesem Zimmer, wo er langsam wieder zu sich kam, und suchte in seinen Augen, auf seinen Lippen nach den Zeichen der Erregung, die ihn so stark ergriffen hatte. Aber ein zartes, ruhiges Gesicht beantwortete seine Fragen mit: »Nein.«

Er warf seinen Überzieher über einen Sessel und zog seinen Rock aus. Ein hohes Kohlenfeuer war gerade am Erlöschen. Die verglimmende Asche hinten im Kamin warf ein rötliches Licht auf die Feuerstelle, aber eine schwere, starke Wärme stand noch im Zimmer. Daran erkannte er Elianes Fürsorge; sie fürchtete, daß er sich beim Schlafengehen erkälten könne. Diese nie ermüdende Güte rührte ihn weniger, als sie ihn reizte. Der Gegenstand so großer Sorge zu sein, schien ihm ein wenig lächerlich. Wem könnte er es wagen zu gestehen, daß eine in ihn verliebte alte Jungfer ihn mit so beflissener Ergebenheit bediente und über sein Wohlergehen wachte? Mit der Bewegung eines zornigen Kindes versetzte er dem Ofen einen Fußtritt.

Eine plötzliche Müdigkeit überfiel ihn. Benommen von der Wärme lehnte er sich an einen Sessel und fragte sich, ob er noch fähig sei, sich auszukleiden. Zweimal waren ihm schon die Augen zugefallen. Seine Finger knöpften die Weste auf, nahmen den Kragen ab. Das nächtliche Schweigen schien von einem Dröhnen erfüllt. Er kam wieder zu sich und ging zum Fenster, das er halb öffnete. Ein Luftzug rann ihm wie kaltes Wasser über Gesicht und Schultern und belebte ihn neu. Doch im Zimmer umgab ihn wieder die Wärme wie ein riesiger lauer Wall, dem die kühle Nacht nichts anhaben konnte. Seine Kleider, die er sich vom Leib riß, wie es gerade kam, fielen unordentlich auf den Teppich. Er setzte sich halbnackt in einen Sessel und beugte sich weit vor, um sich die Schuhe auszuziehen, doch seine ungeschickten Finger verknoteten die Schnürsenkel, die er aufmachen wollte. Das Licht warf einen großen krummen Reflex auf seinen gebeugten Rücken, und das Blut, das ihm in die Hände schoß, ließ die Adern an seinen Armen anschwellen. Die Haare wirr im Gesicht, die Lider halb geschlossen, stand er schließlich auf. Sein großer keuscher Körper taumelte zum Bett, und im blendenden Licht der elektrischen Lampe ließ er sich hineinfallen. In seinem Innern schien sich alles aufzulösen. Mit herabhängenden Beinen hatte er sich quer über das Bett ausgestreckt und überließ sich der köstlichen Trunkenheit eines Schlummers, gegen den er nicht mehr ankämpfte. In steigender Verwirrung verschwammen die Ereignisse des Abends. Er erinnerte sich an nichts mehr, er verstand nichts mehr. Die Dinge verloren allmählich die Härte der Wirklichkeit. Er fühlte nur noch die Frische des Bettuchs unter seiner Haut. Sie umgab seinen Rücken, seine Schenkel und stieg bis zu seinem Nacken empor, doch ohne die heiße Stirn zu erreichen. Er dachte: »Mein Körper ... mein Körper«, und folgte diesem Gedanken, wie das Ohr das Läuten einer Glocke aufnimmt. Das Bild der elektrischen Lampe stand noch einige Zeit auf seiner Netzhaut. Es drehte sich in seinem Kopf wie ein Stern an seinem Himmel, dann erlosch es plötzlich, und er stürzte in den Abgrund.

Zweiter Teil

I

Die Clérys bewohnten das dritte Stockwerk eines Hauses, das ihnen gehörte. Es stand an der Ecke einer der Gassen, die quer von Chaillot herunterführen, nahe dem Musée Galliera. Um 1905 erbaut, hatte das Haus eine der überladensten Fassaden, die diese Zeit des Wohlstandes hinterlassen hat. Zwei kräftige Sirenen waren nötig, um das Gewicht des Schildes zu tragen, das auf türkisblauem Grund die weiße Hausnummer zeigte. Die Torsi steinerner Herkulesfiguren stellten eine Muskulatur zur Schau, die an Möbelpacker denken ließ, und bückten sich unter der Last eines Balkons, als wollten sie ihn davontragen. Um die Fassade nicht allzu ernst und schwer erscheinen zu lassen, schwangen sich von Fenster zu Fenster steinerne Blumengirlanden.

Im Lauf der Zeit sah Philipp diese Greuel nicht mehr. Jeden Tag, wenn er nach Hause kam, ging er durch eine Tropfsteinhöhle und betrat den Aufzug, der in gotischen Formen schwelgte, aber er litt nicht sehr darunter. Eliane hatte ihm den Rat gegeben, das Haus vollkommen umzugestalten. »Ich sage dir, dieser Hauseingang ist ein wahrer Alptraum. Bist du dir klar darüber, daß der Portier in einer Grotte haust?« Aber sie sprach umsonst. So schwach Philipp sonst war, er setzte ihr mit Erfolg den passiven Widerstand entgegen, der auch den stärksten Willen bricht. Mit diesem von seinem Vater erbauten Haus schien er überdies viele geistige Werte geerbt zu haben, unter anderem das tiefe Verlangen, erhalten zu sehen, was einmal festgelegt war.

Während des ersten Jahres seiner Ehe hatte er den »Launen« seiner Frau, wie er sie nannte, nachgegeben, und das schwerfällige Mobiliar seiner Eltern hatte leichteren Tischen und Sesseln Platz gemacht, auf die man sich setzen konnte, ohne zu glauben, man sei im Büro eines Maklers. Diese Profanierung, die die letzte sein sollte, war zumindest vollständig. Fast nichts blieb von der Einrichtung übrig, die Philipp von Kindheit an kannte. Gewiß sehnte er sich nicht nach den Räumen mit den dunkelroten Samtvorhängen zurück, wo es auch an den heitersten Tagen immer von drei Uhr an Nacht war, aber stillschweigend widmete er ihnen ein mit Furcht vermischtes Andenken, wie den Tribut eines Herzens, das nicht gern erhabene Götter beleidigen möchte. Infolgedessen genoß er das helle Licht in den Salons und in seinem Zimmer mit einem schlechten Gewissen, das ihm die Freude verdarb und sie manchmal sogar in jähe, heftige Gereiztheit umschlagen ließ.

Als sein Vater starb, war er achtzehn Jahre alt. Aber noch immer beherrschte ihn die Furcht vor diesem Greis, ohne daß es ihm zum Bewußtsein kam. In seiner Jugend hatte man ihm beigebracht, hinter diesem schweigsamen und aufrechten Mann zurückzutreten, der jeden Abend eine kalte Hand auf den Kopf seines Sohnes legte und von Pflicht und Anstand zu ihm sprach. Heute trat Philipp hinter einem Schatten zurück, der ihm kaum weniger Schrecken einjagte. Vor seinem eigenen Gewissen hielt er Gericht über sich ab, indem er zu diesem Tribunal einen ewig mißbilligenden Vater berief. In solchen Augenblikken packte ihn ein uneingestandener Groll gegen die Welt im allgemeinen und auf eine besondere Art gegen seine Schwägerin. In diesem inneren Streit fand seine Frau Gnade gerade wegen ihres Leichtsinns, der sie in den Augen eines anderen Mannes verurteilt hätte. Eliane wußte, was sie tat. Kein Wort kam aus ihrem Mund, das nicht vorher berechnet und abgewogen war im Hinblick auf ein Ergebnis, das manchmal weit entfernt oder bedeutungslos schien, aber immer deutlich bestimmt war. Ihr geradliniger und klarer Wille bahnte sich gleichmäßig seinen Weg, auch durch das Leben anderer Menschen, wie die Hauptstraße einer großen Stadt, die das Gewirr der anderen Straßen durchschneidet. Vielleicht mißtraute sie ihm nicht einmal, denn sie war gutartig. Sie lebte ruhig, hielt weise das Gleichgewicht zwischen großen Schmerzen und kleinen Freuden, und dabei wußte sie selber nichts von der unwiderstehlichen Kraft, die sie vorwärtstrieb. Philipp erriet diese Kraft hinter allen Gedanken Elianes. Sie konnte heiter lächeln mit Trauer im Herzen, sie konnte ein strenges Urteil zurücknehmen und einen Menschen, den sie nicht gern hatte, verteidigen, immer gab es eine gebieterische Stimme in ihr, die er zu hören glaubte und die sagte: »Weiter, immer so weiter!«

Das zu verstehen, hatte er fast elf Jahre gebraucht, die er mit den beiden Frauen zusammenlebte. Mag ein Mensch noch so wenig neugierig, von noch so geringem Ahnungsvermögen sein, für das Schauspiel einer Seele, die einer großen Leidenschaft unterworfen ist, interessiert er sich schließlich meistens doch. Wenn Philipp den beiden Wesen, die er täglich sah, auch wenig Aufmerksamkeit schenkte, eines Tages mußte er doch erkennen, von welcher Art die Liebe war, die ihm entgegengebracht wurde. Es war, als ob man es ihm plötzlich gesagt hätte, und er mußte darüber vor sich hinlachen, so klar war es ihm geworden.

»Was hast du denn?« fragte Eliane, die in seiner Nähe mit einer Handarbeit beschäftigt war.

»Nichts, ein Gedanke, der mir durch den Kopf ging.«

Sie warf ihm einen Blick zu, in dem der Schatten eines Mißtrauens lag.

»Kann man ihn erfahren, diesen Gedanken?« fragte sie ein wenig gekünstelt.

Er hörte sofort zu lachen auf. »Vielleicht ahnt sie, daß ich alles begriffen habe«, dachte er beunruhigt.

»Rate einmal!« fügte er laut hinzu, ohne nachzudenken.

Sie schüttelte den Kopf.

»Ich kann nicht«, antwortete sie ernst. »Das liegt mir nicht.«

Philipp fühlte, daß er rot wurde wie ein Kind. Vielleicht glaubte sie, daß er über ihr Gefühl, über die Liebe lachte, die er einflößte. Dieser Verdacht war ihm unerträglich, und er hatte Lust, diese Frau bei den Händen zu fassen und mit ihr zu sprechen. Aber was sollte er ihr sagen? War je ein Wort über ihre Lippen gekommen, hatte sie auch nur einmal eine Bewegung gemacht, aus der man schließen konnte, daß sie verliebt in ihn war? Er selber hatte sie gebeten, mit ihm und seiner Frau die Wohnung zu teilen, die für zwei Personen viel zu groß war. Das arme Mädchen hatte nicht viel Geld, und überdies war sie allein. Der Gedanke, sie in die Wohnung aufzunehmen, er mochte gut oder schlecht sein, stammte von Henriette, die daran gewöhnt war, daß Eliane sich mit ihr beschäftigte, ihre Kleider in Ordnung hielt, ihre Briefe schrieb; aber Philipp hatte die Sache erst möglich gemacht.

Indessen bewirkte die Zeit mit der geradezu schauderhaften Geduld, die sie in solchen Fällen anwendet, Veränderungen mannigfacher Art, von denen fast nichts nach außen drang. Alles strebte ohne Hast einem neuen Zustand entgegen. Man kann sich nicht genug darüber wundern, daß eine zu rasch ausgeführte Tat unerträglich wirken kann, während genau dieselbe Tat nach wenigen Monaten der Vorbereitung allgemeine Zustimmung findet. Es waren gerade anderthalb Jahre nach Philipps Heirat verstrichen, da hatte Eliane den Platz Henriettes eingenommen.

Eines Morgens lief sie, in aller Frühe schon angekleidet, ins Speisezimmer, als liefe sie zu einem Rendezvous. Unbewußt leuchtete ihr Gesicht vor Freude, und sie trat mit den Worten ein:

»Ich sagte es ja.«

Philipp las seine Zeitung. Er stand am Kamin, in dem die Scheite loderten. Elianes Kommen hatte ihn aus seinen Gedanken gerissen, und er mußte sich zusammennehmen, um freundlich zu erscheinen.

»Guten Morgen, Eliane. Was hast du gesagt?«

Bei dieser Frage fand das alte Mädchen seine Ruhe wieder.

»Henriette ist krank. Wundert dich das? Sie ist nach Hause gekommen ... rate, wann?«

Philipp hob die Achseln zum Zeichen, daß er es nicht wußte.

»Zwanzig nach zwei. Und natürlich ist sie heute morgen mit schrecklichem Kopfweh aufgewacht.«

»Sie soll ein Aspirin nehmen.«

»Du weißt doch, daß ich ihr das nicht zu raten brauchte, und alles ist genauso gekommen, wie ich es dir gestern abend sagte.«

»Was meinst du damit?«

»Ich? Nichts. Doch, ich will damit sagen, daß Henriette sich mit dem vielen Aspirin noch zugrunde richtet. Wir kaufen wöchentlich zwei Packungen, das macht vierzig Tabletten in acht Tagen. Du solltest ernsthaft mit ihr reden und daran denken, ihr das Aspirin wegzunehmen. Sie versteckt es unter ihrem Kopfkissen.«

»Das werde ich nicht tun.«

»Wie du willst. Aber wenn sie weniger ausginge, hätte sie auch weniger Neuralgien. Noch etwas, was du ihr sagen könntest.«

»Ich habe es ihr gesagt.«

»Du mußt es ihr noch einmal sagen. Sie trinkt zuviel. Du weißt, was der Arzt sagt. Sie ist nicht gesund. Ihre Nieren sind nicht in Ordnung, und mit ihren achtundzwanzig Jahren hat sie eine Leber wie ... eine Vierzigjährige.«

»Aber das ist doch unmöglich bei ihrem Aussehen.«

»Täusch dich nicht. Mama war wie sie, und du weißt, wie sie gestorben ist.«

»Sprechen wir von etwas anderem.«

»Gern. Wie hast du geschlafen?«

»Nicht lang genug, aber gut.«

»Hat Henriette dich aufgeweckt? Laß sehen, wie du aussiehst. Dreh dich ein bißchen, sei so gut.«

Vor Ungeduld fing er zu lachen an.

»Eliane, ich versichere dir, es geht mir gut. Ich sehe gut aus, ich habe in den Spiegel gesehen. Wir wollen uns setzen und frühstücken.«

Sie setzte eine betrübte Miene auf und schwieg einige Minuten. Dann fühlte sie Reue, weil sie in einer Weise über Henriette gesprochen hatte, die der jungen Frau gewiß nicht recht gewesen wäre. Sie fuhr mit den Fingern über das Tischtuch, als wolle sie einen Fehler im Gewebe finden.

»Philipp«, sagte sie plötzlich, »du würdest Henriette eine Freude machen, wenn du zu ihr gingest.«

»Das wundert mich«, erwiderte er, ohne von seiner Zeitung aufzusehen. »Wenn sie ihre Kopfschmerzen hat, wünscht sie in Ruhe gelassen zu werden.«

Eliane überwand sich und fuhr fort:

»Gestern hat sie so nett von dir gesprochen ...«

Ein Schweigen entstand. Philipp schien nicht zu hören. Klopfenden Herzens fuhr sie fort, fast wie ein Büßer, der sich Nadeln in sein Fleisch stößt:

»... so nett hat sie von dir gesprochen. Sie liebt dich sehr, Philipp, sie liebt dich tief.«

Er hob den Kopf.

»Wie? Warum sagst du mir das?«

»Ich habe oft den Eindruck, daß du dir nicht darüber im klaren bist.«

»Doch, doch, im Grunde genommen hängt sie bestimmt sehr an mir.«

Eliane faltete die Hände unter dem Tisch und preßte sie fest zusammen.

»Du wirst aber doch heute morgen ein Wort mit ihr sprechen.«

»Ich sehe nicht ein, daß das notwendig wäre. Sie steht bestimmt zu Mittag auf.«

Er blätterte die Zeitung um und überflog die jüngsten Nachrichten.

»Du gehst also nicht«, sagte Eliane noch einmal.

»Nein.«

Sie seufzte vor Glück; ihr Gewissen war beruhigt. Über seine Zeitung hinweg sah Philipp, wie sie lächelnd ihr Brot strich, und war peinlich berührt, als hätte er sie bei einer schlechten Tat ertappt. Wußte sie denn nicht, daß sie lächelte und daß dieses Lächeln sie verriet? Aber sie ahnte nichts von dem Blick, der ihre Mienen belauerte; es kam ihr vor als sei sie allein, eingeschlossen in die Freude des Augenblicks. Zum ersten Mal in seinem Leben verachtete er sie: »Vielleicht ist sie nur eine Heuchlerin«, dachte er. Doch um diese Bezeichnung zu verdienen, hätte sie sich absichtlich verstellen müssen, und sogar in ihrem Lächeln, das ihm verhaßt war, zeigte sich eine Seele ohne Arg und Falsch. Er fand es merkwürdig, daß er seine Schwägerin sozusagen im gleichen Augenblick durchschaut hatte, wo er sich selbst durchschaut hatte. Die unsichtbare Mauer, die jedes Wesen umgibt, fiel endlich zwischen ihnen. Würde auch sie ihn so sehen, wie er war? »Sie hat nicht genügend Scharfblick«, sagte er sich zur Beruhigung.

»Wenn sie etwas ahnte, würde sie nicht so lächeln, wie sie jetzt lächelt, so voller Unschuld . . .«

Plötzlich fing sie den Blick auf, der auf sie gerichtet war. Ihre Hand, die ein Stück Brot zum Mund führte, hielt inne. Ihre Augen verloren ihre Heiterkeit:

»Was hast du, Philipp?«

»Ich? Warum fragst du?«

Sie legte ihr Brot hin. Ihre Brauen hoben sich.

»Du siehst mich so aufmerksam an.«

»Wirklich? Ich dachte an etwas, was ich gerade gelesen habe.«

Und er erzählte kurz von einem furchtbaren Unglücksfall. Elianes Lächeln kehrte langsam zurück.

»Wie schrecklich«, sagte sie ruhig.

»Ja«, sagte er mit bösem Gesicht, »du hast sehr recht: wie schrecklich!«

Sie verstand die Anspielung nicht und trank ruhig ihren Kaffee aus.

»Ich muß mich jetzt um das Mittagessen kümmern«, sagte sie nach einer Weile. »Wir sehen uns gleich wieder.«

Als er allein war, faltete er die Zeitung zusammen und schüttete den Inhalt seiner Tasse in die Kaffeekanne zurück. Auf diese Weise entging er dem Verhör, das seine entsetzte Schwägerin anstellen würde, wenn sie herausbekäme, daß er nicht gefrühstückt hatte. Heute morgen fehlte ihm jeder Appetit. Er sah auf die Uhr, er gähnte und stellte sich vor einen Bücherschrank, wo die roten und blauen Bände mit größter Sorgfalt aufgestellt waren. Die Hände auf dem Rücken, las er mit zugleich gelangweiltem und aufmerksamem Blick einige Titel.

Das Zimmer, in dem er sich aufhielt, sah aus wie ein Rechteck mit abgerundeten Ecken. Auch ein Mahagonitisch, der in der Mitte stand, konnte ihm nicht das Aussehen eines Speisezimmers geben, obwohl die Clérys ihre Mahlzeiten stets hier einnahmen. Große Bücherschränke aus hellem Holz reichten bis zu den Tapetenleisten hinauf und bargen hinter ihren Glastüren wohlbehütet Hunderte von Bänden, die in zwei Reihen standen. Wie Henriette zu sagen pflegte, der bereits der Gedanke an das Lesen Übelkeit verursachte, hätte man mehrere Leben gebraucht und längere obendrein, um so viele Werke zur Kenntnis zu nehmen. Dieser Satz, den er oft hörte, kam Philipp wieder in den Sinn, während er die Untertitel eines zehn- oder fünfzehnbändigen Geschichtswerks las. Zuerst ärgerte er ihn, dann machte er ihn traurig. Der Charakter seiner Frau steckte, das wußte er, in einigen solchen Sätzen, in einigen Gesten. Wer diese Sätze und Gesten kannte, konnte ihm unfehlbar sagen: »In dieser oder jener Situation wird Ihre Frau sich so oder so verhalten.« Sie selbst wußte nichts davon, aber darum war es nicht weniger gewiß. Diese Vereinfachung eines menschlichen Lebens schien ihm gräßlich. Konnte er sicher sein, daß sein eigenes Leben sich nicht auch auf eine bestimmte Anzahl von Worten und Gesten beschränkte? Gewiß, früher hatte er sich für vielschichtiger gehalten, aber seit gestern abend änderte er seine Meinung über sich selbst in mancherlei Hinsicht.

Nicht ohne Bitterkeit erinnerte er sich an die Zeiten, da sein Stolz noch nicht verletzt war. Jahrelang war seine Kraft ungebrochen, doch da er keine ernsthaften Schwierigkeiten zu bestehen hatte, kein Hindernis seinen Weg versperrte, war seine Kraft unnütz geworden und hatte ihn verlassen. Bei Kriegsende (er war dem Kriegsdienst mit knapper Not entkommen) hatte er sich im Besitz eines leicht zu verwaltenden Vermögens befunden. Wenigstens nahm er an, daß sein Geschäftsführer ohne große Schwierigkeiten damit zurechtkommen würde.

Von da an führte er in der großen Wohnung, die sein Vater ihm hinterlassen hatte, ein zurückgezogenes Leben. Eine gewisse Neigung zu wissenschaftlichen Studien gab den langen Tagen das nötige Gewicht, damit sie ihm nicht leer und sinnlos erschienen. Einige ferne Reisen, ein paar ziemlich laue Freundschaften verdeckten die Leere seines Daseins, dem jede Leidenschaft fehlte. Indessen lastete seine Freiheit auf ihm, und nach und nach verließ ihn das Vertrauen in die Zukunft, denn er sah, wie sich diese Zukunft Tag für Tag in eine lange, trübe Gegenwart verwandelte. Früher hatte ihm sein Vater geraten, an seine Karriere zu denken. Seine Karriere! Er brauchte dieses Wort nur auszusprechen, um den Abstand zu ermessen, den er seit dem Tod seines Vaters zurückgelegt hatte, seit er Herr über seine Zeit geworden war. An seine Karriere denken, das hieß früh aufstehen und vielleicht im Hinterzimmer eines Büros nach den Anweisungen eines Schwachkopfes zu arbeiten: er war dazu außerstande und überdies zwang ihn auch nichts dazu, aber der Gedanke, man müsse seinen Reichtum verdienen, verdarb ihm seine Mußestunden. Zuviel hatte man in seiner Jugend von gutem Gewissen und Pflichterfüllung gesprochen. Vergebens suchte er am Meeresufer oder in entlegenen Museen die Erfüllung des Traums von einer unmöglichen Größe. Seltsame Gedanken gewannen Macht über ihn, ohne daß er sich ihrer erwehren konnte. Wer konnte wissen, ob die Vorsehung ihm nicht eine Aufgabe zugedacht hatte, die ihn über die anderen Menschen hinausheben würde? Noch gab es keinen Beweis, daß er ihrer unwürdig wäre. Das Leben, das die Menschen rasch erniedrigte und in ihre Grenzen verwies, schien eine seltsame Ausnahme zu machen und die sehnsüchtigen Betrachtungen eines reichen Mannes zu respektieren, der nicht wußte, was er mit seiner Zeit anfangen sollte. Eine geringfügige Begabung führte ihm bisweilen die Hand, und er entwarf die ersten Sätze eines Buches, das er nach der dritten Seite wohlweislich wieder aufgab, froh, in dieser Hinsicht einige Illusionen zu bewahren. Oder er beschaffte sich eine so wertvolle Leinwand, wie Leonardo sie vielleicht nicht gekannt hatte, und bedeckte sie mit einer eleganten und blassen Zeichnung, aber er schreckte vor der Farbe zurück und schob die Skizze unter ein Möbelstück. Er sprach zwei Fremdsprachen akzentfrei und spielte gewandt jene manierierten Bravourstücke, die auch die geringsten Aussichten auf einen Fortschritt ein für allemal zunichte machten. Zweifellos entging ihm die komische Seite seines Lebens nicht, aber er gab ihr gern einen allgemeinen Sinn und sprach von menschlicher Unzulänglichkeit, wo es sich doch um seine ganz persönliche Willensschwäche handelte. Ein etwas zynischer veranlagter Mensch hätte über dieses ständige Zurückweichen vor sich selbst gelacht, doch diese Heiterkeit fehlte ihm. Daher dachte er auch mit weniger Abscheu an ein Unglück, das er für einzigartig hielt, zufrieden, wenigstens dadurch etwas Besonderes zu sein, während ihn doch gerade dieses Unglück mit einer ungezählten Mehrheit verband.

Es handelte sich um seine Heirat.

Die Umstände, unter denen er Henriette kennengelernt hatte, waren so banal wie nur möglich in einem bürgerlichen Leben. An einem Abend bei Freunden hatte sie mit ihm getanzt, und er hatte sich in sie verliebt. Sechs Monate später heiratete er sie, um sich schon nach wenigen

Wochen von ihr zu lösen. Ein Kind aus dieser Verbindung, das nicht sehr freundlich aufgenommen worden war, wuchs zur Zeit in einem Provinzgymnasium auf. Mit schleppenden Stunden der Langeweile bezahlte der kleine Robert die Schuld, auf die Welt gekommen zu sein. So betrachtet, schien die Geschichte recht alltäglich; doch es gab da ein paar Dinge, die sie für Philipp interessanter und peinlicher machten.

Beim ersten Mal, als er Henriettes Hand berührte, gleich als man sie einander vorstellte, hatte er begriffen, daß er nicht weiterleben könne, wenn das Schicksal ihm diese Frau vorenthielte. Die jähe, gewaltige Begierde eines bisher keuschen Mannes war über ihn gekommen. Seine ganze Jugend hindurch hatte die Glut des erotischen Verlangens für ihn nur theoretische Bedeutung besessen. Er glaubte an sie, wie man an die Existenz eines Landes glaubt, das man nie gesehen hat. Ein paar einfache, kurze Abenteuer ersetzten ihm das komplizierte Glück, dem die tiefste Sorge der menschlichen Spezies gilt. Bei der Berührung dieser leichten, glatten Hand jedoch schien alles ein anderes Gesicht zu bekommen. Die Worte änderten ihren Sinn. Was eine Minute vorher noch wichtig und ernst war, verwandelte sich in eine läppische Albernheit. Zwanzig Jahre fanden ihre Erfüllung in diesem Händedruck, und von dieser Sekunde an begann ein neues, unbekanntes Dasein. Trotzdem wollte es das Schicksal, daß er auch unter neuen Umständen mit kleinen Einschränkungen derselbe blieb. Für Menschen, die zur Liebe nicht bereit sind, bringt dieses Gefühl zunächst eine beträchtliche Verwirrung mit sich. Philipp wußte nicht, wie er das Gewicht seiner Begierde ertragen sollte. Die einfachste Lösung hätte darin bestanden, Henriette zu seiner Geliebten zu machen, aber er war so ungeschickt, die Stärke seiner Gefühle zu zeigen, und man scheute sich nicht, aus dieser Offenheit Nutzen zu ziehen. Einem weniger verliebten Mann wäre es vielleicht gelungen, aber er bestand zu sichtbar auf der Erfüllung seiner Wünsche, als daß eine Frau der Versuchung hätte widerstehen können, ihn hinzuhalten. Außerdem hätte dieser Junge, der fast ebenso schön wie reich war, auch aus einem unschuldigeren Gemüt als Henriette ein berechnendes Wesen gemacht. Sie widerstand ihm, zunächst ein wenig gegen ihren eigenen Willen, dann fand sie Gefallen am Spiel und trieb es mit der ganzen Kunst und dem Eifer einer Romanheldin weiter. Nun begannen diese endlosen Verwicklungen, die ganzen Generationen von Lesern das größte Vergnügen bereitet haben. Sie ließen Philipp Zeit, die Grenzen seiner Begierde zu ahnen. Eines Tages, er wußte es schon, würde Henriette ihn langweilen, vielleicht schon am Tag nach der ersten Nacht. Trotzdem griff er, sei es um auch nur ein einziges Mal mit einer Frau zu schlafen, die andere zweifellos mit geringerem Aufwand hätten haben können, zum leichtesten und gefährlichsten Mittel: er heiratete sie.

Knapp vierundzwanzig Stunden waren ihm gegeben, um diese Tat zu bereuen. Aus einem jener geheimnisvollen Gründe, über die wir so wenig wissen, geschah es, daß ihm die so teuer erkaufte Lust nicht zuteil wurde. Vielleicht war es gerade das Übermaß seiner Begierde, das sein Fleisch zu einer so demütigenden Widerspenstigkeit verleitet hatte. Jedenfalls ist es überflüssig, die Wut eines Mannes zu schildern, der am empfindlichsten Punkt seiner Eitelkeit getroffen wurde. Nur eine tief verwurzelte Schüchternheit hinderte ihn, den Zeugen seiner Niederlage zu schlagen. Diese tragikomische Situation dauerte nur kurze Zeit, aber in ihr lag Stoff genug, um ein ganzes Leben zu vergiften. Gegen seinen Willen auf die köstlichste Beute verzichten zu müssen, vor einem Wesen kapitulieren zu müssen, das man für minderwertig hält, das sich sicher abwendet, um sein Lächeln zu verbergen, all diese Demütigungen fraß er in sich hinein, so gut oder vielmehr so schlecht es ging.

Die Rache, die er wenige Tage später nahm, war ihm vom Haß diktiert und machte die Erinnerung an seine

Niederlage nicht weniger ekelhaft. Er brauchte diese Frau nur anzusehen, um zu bemerken, daß sie noch immer an die Worte dachte, an die Bewegungen, an die vergebliche Wut eines außer sich geratenen Mannes. Solange sie lebte, würde er keinen freien Atemzug tun. Dieses so lang begehrte Fleisch schenkte ihm nur noch eine mit Groll vermischte Freude. Er merkte jetzt, wie sehr Henriette allen Frauen glich, die er gekannt hatte, und er fragte sich, auf Grund welcher Verirrung er sein Glück und seine Zukunft verspielt hatte, um eine so abgedroschene Wahrheit bestätigt zu sehen. »Es ist eine Torheit«, dachte er, »eine Torheit, die mit nichts erklärt werden kann. Die Torheit eines vernünftigen Menschen.«

Jawohl, er war zu vernünftig, um Henriette zu zürnen. Mit ihrem hübschen Gesicht und ihrer guten Laune, mit ihrer lebhaften, unbekümmerten Art, die an ein kleines Mädchen erinnerte, rührte sie ihn manchmal und weckte in ihm ein Gefühl, das an Zärtlichkeit grenzte. Es entging ihm durchaus nicht, daß sie versucht hatte, ihn zu lieben. Vielleicht erriet sie, was in ihm vorging. Doch nein. Sobald sie nackt vor ihm stand, erkannte er in dem schmalen, frischen Körper seine Feindin. Das wußte sie nicht. Sie wußte nicht, daß sie in Kleidern für Philipp eine fast verführerische Person war, die die andere vergessen machen konnte. In diesem Herzen, das bereit war, an allem zu leiden und sich an allem zu freuen, erweckte sie die Gefühle der ersten Minuten, der ersten Worte wieder. Eine Bewegung dieser Hand führte ihm ein Bild seiner selbst vor Augen, das ihm teuer war. Doch nachts bot sie seinem Blick mit der heiteren Schamlosigkeit der Wesen, die ihrer Vollkommenheit gewiß sind, einen Körper dar, der die Erinnerung an seine Schande erneuerte. Vergebens versuchte er, ihr eine andere, schmeichelhaftere Erinnerung unterzuschieben; die erste Erinnerung blieb bestehen.

In Wirklichkeit war ihre Scheidung vollzogen. Von ihrer Ehe blieb alles bestehen, was nicht wesentlich war, alles, was durch die Kleidung repräsentiert wird. Von diesem Augenblick an betrat Eliane die Szene und eroberte sich ihren Platz. Da die Tragikomödie sich nur noch zwischen bekleideten Personen abspielte, konnte auch sie eine Rolle beanspruchen. Sie stellte sich also zwischen Philipp und Henriette und begann, ihre Schwester langsam zu verdrängen, bis die junge Frau aus dem Kreis getreten wäre, wo sich ein neues Spiel entspann. Abgesehen davon, daß sie Philipps Bett nicht teilte, konnte sie sich beinahe für seine Frau halten. Im Augenblick genügte ihr zu ihrem Glück das Bewußtsein, diesen Mann in ihrer Nähe und vor ihren Augen zu haben, den sie einer anderen wegnahm.

Was Henriette betrifft, so war sie weit davon entfernt, sich als Opfer zu fühlen, sondern vielmehr glücklich, einen etwas langweiligen Mann so leicht losgeworden zu sein. Da sie der ganzen Geschichte schon nach wenigen Tagen überdrüssig war, hätte sie mit einem verliebten Gatten nichts anzufangen gewußt, der jeden ihrer Schritte begleitet und sie mit seinen Aufmerksamkeiten ermüdet hätte. So wie er war, liebte sie ihn sehr, etwas weniger als Eliane, viel mehr als ihren Sohn und alles in allem, wenn man die Dinge absolut betrachtet, fast ebensosehr wie Freddy, ihren schwarzbraunen Hühnerhund, der vor Freude jaulte, wenn sie ihm die Ohren kraulte. Unfähig, nachzudenken und zu beobachten, merkte sie kaum, was um sie her vorging, und lebte um so angenehmer. Mit Ausnahme ihrer Kopfschmerzen war sie glücklich, sie war einfach so veranlagt. Es kam vor, daß sie in ihrem Zimmer oder auf der Straße ganz allein vor sich hinlachte, ohne einen bestimmten Grund, nur aus einem Überschuß an guter Laune. Daß sie ihren Mann nur tagsüber sah, bekümmerte sie nicht. Eine stolzere Frau hätte unter dieser Gleichgültigkeit wie unter einer schweren Beleidigung gelitten, sie aber dachte kaum daran. Eliane hatte sie auf den Gedanken gebracht, Philipp zu heiraten, schon am gleichen Abend, als sie sich kennenlernten, Eliane, die immer so umsichtig war, die nichts anderes wünschte als das Wohl ihrer kleinen Henriette. Von allen »gestifteten« Ehen schien ihr diese am wenigsten widerwärtig, sowohl wegen der Liebenswürdigkeit des Freiers als auch wegen seines Reichtums. Es schien ihr selbstverständlich, Nutzen daraus zu ziehen, um so mehr, da ihr Vater alt wurde und seine Vermögensverhältnisse sich kaum noch bessern würden. Und außerdem machte es Eliane so viel Vergnügen! Sie verließen also die kleine düstere Wohnung in der Rue Monge und richteten sich in den prächtigen Räumen ein. »Uns beide«, sagte sie in ihrer unbesonnenen Art zu ihrer Schwester, »er heiratet uns alle beide!« Eliane hatte ihr Zimmer und ihren kleinen Salon bekommen. Zuerst hatte sie der Form halber abgewehrt, zitternd vor Furcht, daß man sie beim Wort nehmen könnte. Während der Hochzeitsreise hatte sie allein in der neuen Wohnung gelebt, sie hatte die Dienstboten beaufsichtigt, war von Zimmer zu Zimmer gewandert und hatte endlos gegrübelt. Henriette hatte wie ein Kind geweint, als sie von ihr Abschied nahm. Wenig fehlte, und sie hätte ihren Mann gebeten, Eliane nach Spanien mitzunehmen. Für sie war diese Heirat eine Angelegenheit, die sie nicht ganz ernst nahm, eine Art Vergnügungsreise, etwas wie eine nette Autotour. Aber für Eliane fing das Leben an. Sie wollte frei und ohne Zeugen in dieser Wohnung atmen, deren Türen ihr offenstanden, wie ein General eine Weile in einer Festung innehält, die seine Truppen überrumpelt haben. Er braucht Zeit, um sein eigenes Erstaunen auszukosten. »Selbstverständlich bleibe ich bei Papa.« Das war nicht wahr. All ihre Herzensgüte konnte sie nicht dazu bewegen, diesen Platz zu verlassen, um einem zänkischen Greis Gesellschaft zu leisten. Zuviel Freude, zuviel Hoffnung trug sie im Herzen, um so töricht auf schöne Tage zu verzichten. Ihre Hochzeitsreise bestand darin, hinter den verschlossenen Läden, zwischen den weißen Möbelüberzügen unaufhörlich von Salon zu Salon und von einem Zimmer ins andere zu gehen.

An diesem Oktobermorgen, als sie die Tür der Bibliothek hinter sich schloß, dachte sie an jene köstlichen Stunden. Die Erinnerung war ebenso schmerzlich wie süß, und sie mußte einen Augenblick in dem langen Gang stehenbleiben, der zur Küche führte. Jahre waren vergangen. War sie jetzt glücklicher als damals? Vor allem, wie stand es mit ihrem Traum, mit dem Traum, der sie so stark beschäftigte, als sie in der leeren Wohnung mit sich selber sprach? Sie verbrachte mehr Stunden mit Philipp als seine Frau, sie raubte der Gattin die Zeit, die ihr zustand. Wollte sie nicht noch etwas anderes? Und die eine Hälfte ihres Geistes, die streng und richtig überlegte, jene zynische Stimme, die sie so oft zum Schweigen brachte, wollte ihr Antwort geben, aber gerade noch rechtzeitig nahm sie sich zusammen, um sich selbst etwas vorzumachen: »Wirklich, worüber könnte ich mich beklagen? Ich lebe frei von jeder Sorge mit zwei Menschen zusammen, die ich beide liebe, und die, glaube ich, meine Liebe erwidern. Könnte nicht jede Änderung meinem Glück gefährlich werden?« – »Wie, deinem Glück?« antwortete alsbald ihr Gewissen. »Und das Glück Henriettes? Und Philipps Glück? Du siehst, wie sie sich täglich mehr voneinander entfernen, und du denkst an dein Glück.« – »Es ist wahr«, dachte sie und legte die Hand auf die Stirn, als habe sie einen Schlag erhalten. »Ich muß sie wieder zusammenbringen. Ich muß mir Mühe geben, gut zu sein.«

2

Das Kind ging von Hand zu Hand und hielt eine volle, frische Wange den drei Lippenpaaren hin, die sie kaum berührten. »Da hätten wir also«, sagte sich Philipp, »die erste Minute einer Woche voller Langeweile. Was verbindet mich mit diesem Wesen? Wozu ist es hier?«

»Nun, kleiner Mann«, fügte er laut in erzwungen lustigem Ton hinzu, »ist die Reise gut verlaufen? Bist du in Motte umgestiegen?«

»Da er hier ist«, sagte Henriette mit hellem Lachen, »darf man annehmen, daß er schon irgendwie in den richtigen Wagen gestiegen ist. Setz dich zu mir, Robert.«

Eliane schloß die Tür, die Robert offengelassen hatte.

»Er hätte einen direkten Wagen nehmen können«, sagte sie und warf ihrer Schwester einen vorwurfsvollen Blick zu. »Man braucht in Motte nicht umzusteigen. Ich finde es sehr beachtlich, daß ein Kind in seinem Alter ganz allein umsteigen kann. Philipp findet es übrigens auch, da er ihm die Frage gestellt hat.«

»O ich habe ihn nur gefragt, um irgend etwas zu sagen«, murmelte Philipp. »Ich werde es nie verstehen, mit Kindern zu sprechen.«

»Bist du erster Klasse gefahren?« fragte Henriette.

»Selbstverständlich«, antwortete Eliane.

»Und deine Sachen, dein Koffer?« fuhr die junge Frau fort, als ob Robert ihr geantwortet hätte.

»Alles, was er braucht, ist hier«, versetzte wieder Eliane. »Es ist unnötig, einen kleinen Jungen mit Gepäck zu belasten, das einen Dieb reizen könnte.«

»Hast du Hunger?«

»Wir gehen zu Tisch«, sagte Philipp und schlug mit einer künstlichen Heiterkeit in die Hände, die er selbst als erster verabscheute.

Robert, der gar keine Gelegenheit gehabt hatte, etwas zu antworten, folgte den drei Personen in das Zimmer, wo der Tisch gedeckt war, und nahm seinen Platz zwischen Eliane und Henriette ein. Braune, seidige Locken, die er mit seiner roten Faust in die Höhe strich, fielen ihm immer wieder in die Stirn. Seine langen Wimpern warfen einen Schatten unter die schwarzen Augen und gaben diesem offenen Gesicht etwas Künstliches. Auch der leuchtende, stark ausgeprägte Mund sah aus wie gemalt und bildete einen seltsamen Kontrast zu der reinen Unschuld, die aus den großen, ängstlichen Augen sprach.

Jedesmal, wenn er die Aufmerksamkeit auf sich gerichtet fühlte, lächelte er anstandshalber und zeigte den Rand seiner kleinen, kurzen Zähne. Eine Art Uniform, die blau und ziemlich komisch war, bildete einen Wulst auf der Brust, stieg bis unter die Ohren, dafür bedeckten die Ärmel nicht einmal die Handgelenke. Dieses in einer Aufwallung des Hasses empfangene Kind sah so frisch und bescheiden aus wie eine Blume auf dem Feld. Als Eliane ihn (etwas zu stark) in die Wange kniff, war sie überrascht von dem zarten Fleisch, das sie an die dicken glatten Blätter einer Pfingstrose erinnerte.

»Wem sieht er doch ähnlich?« fragte sie und sah ihn an.

»Seinem Vater«, antwortete Henriette.

»Nein«, sagte Philipp in schneidendem Ton, »in keiner Weise.«

»Aber das wäre kein schlechter Gedanke«, entgegnete Eliane, ohne zu überlegen. Der Satz war ihr wie ein Schrei entfahren, und sie biß sich auf die Lippen.

Die Art, wie Robert sich die Serviette um den Hals band, bot dem armen Mädchen eine willkommene Ablenkung.

»Nein, nein, nein«, sagte sie und riß dem kleinen Jungen die Serviette aus den Händen. »Wir legen die Serviette auf das Knie und falten sie nicht ganz auseinander. Siehst du, so, mein Liebling«, fügte sie hinzu, während sie sich Mühe gab, in einem sanfteren Ton zu sprechen. Denn sie liebte dieses Kind nicht, das für sie das Symbol einer Verbindung war, die sie zerstören wollte, doch war sie nicht unempfänglich für seine Anmut und schämte sich, einer Laune nachgegeben zu haben. Sie legte auf die runden, zerschrammten Knie das kühle Tuch mit dem leuchtenden Fischgratmuster. Robert sah mit feuchtem Blick zu ihr empor und lächelte. Seit er bei diesen drei Menschen war, schlug sein Herz rascher, und seine Unruhe wuchs. Die Furcht, sich nicht wie diese Erwachsenen benehmen zu können, begann ihm die

Kehle zuzuschnüren. Es kam ihm vor, als habe er nie so viele Messer und Gabeln gesehen. Wie sollte er sich da zurechtfinden? Aber diese Ratlosigkeit war nichts im Vergleich mit dem Entsetzen, das ihn befiel, weil er nicht verstand, was man zu ihm sagte. Sein Vater betrachtete ihn nur mit Stirnrunzeln oder indem er eine Braue hob, und seine Mutter lachte, ohne daß er wußte warum. Die Tante dagegen war aus ebenso unerfindlichen Gründen abwechselnd schroff und dann wieder lieb zu ihm. Auf alle Fälle öffnete er die Lippen und gab sich Mühe, zufrieden auszusehen. Aber im Gymnasium fühlte er sich viel glücklicher, und mit Sehnsucht dachte er an den großen dunklen Speisesaal. Dort gab es nur eine Gabel aus Blei neben dem biederen Löffel aus gleichem Metall, der zugleich für die Suppe und für den Nachtisch bestimmt war.

»Der Junge ist stumm«, bemerkte Philipp, »er hat noch kein einziges Wort gesprochen, seit wir bei Tisch sind.«

»Du schüchterst ihn ein«, sagte Eliane, die fürchtete, er würde anfangen zu weinen.

»Er soll nicht schüchtern sein«, fuhr Philipp mit männlichem Ton fort. »Heben Sie den Kopf, junger Mann!«

Der Kopf mit den wirren Haaren fuhr in die Höhe, und das Lächeln kam wieder zum Vorschein.

»Ich bin gehässig«, dachte Philipp. »Alle Eltern haben etwas von einem Scharfrichter an sich.«

»Denken Sie genau über die Frage nach, die ich Ihnen stellen werde«, fuhr er mit ernster Stimme fort. »Ihr Glück hängt davon ab, Herr Cléry. Aber trinken Sie zuerst, damit Sie Mut bekommen.«

Robert trank hastig und verschluckte sich dabei; an seinen Wimpern hingen Tränen.

»Mein Gott, Philipp, nimm dich in acht«, sagte Eliane leise. »Er zittert vor Angst.«

»Junger Mann, Sie haben längst ein vernünftiges Alter erreicht. Die Antwort ist leicht. Gehen Sie lieber in den Zirkus oder ins Kino?«

»In den Zirkus!« rief Henriette. »Ich habe schon daran gedacht. Antoinette bringt ihn um zwei Uhr zu Medrano. Dort läuft ein ausgezeichnetes Programm.«

»Das beschäftigt ihn bis fünf«, überlegte Eliane. »Dann geht Antoinette mit ihm in eine Konditorei. Wenn er nach Hause kommt, spielt er in seinem Zimmer. Wir hören erst morgen wieder von ihm, und morgen verbringt er den ganzen Tag bei seiner Kusine.«

»Und am Mittwoch?« fragte Philipp ängstlich.

»Am Mittwoch wird es Antoinette ein Vergnügen sein, ihm Versailles zu zeigen. Sie fahren mit der S-Bahn und essen dort zu Mittag. Dann werden wir sehen.«

Man machte Eliane ein Kompliment, wie sie diese Ferien organisierte. Sie lächelte freundlich und behielt diesen Ausdruck einige Minuten bei. Ein Blick, den sie in den Spiegel warf, der ihr fast gegenüber hing, bestätigte ihr, daß eine fröhliche Miene sie um zehn Jahre jünger machte. »Im Seitenlicht«, dachte sie, »sehe ich noch recht gut aus. Vor allem kommt es darauf an, heiter zu erscheinen. Die Heiterkeit der Augen bestimmt das Alter des Gesichts. Hier, glaube ich, sind alle meine Falten am Platz«, fügte sie zynisch hinzu. Sie wandte sich ein wenig Philipp zu, und zwar so, daß der Sonnenstrahl sie noch traf, der ihre schlaffe Wange vergoldete.

»Ich vergaß dir den Anruf heute morgen auszurichten. Ein Herr Diederich. Du warst nicht da.«

»Diederich? Was wollte er von mir?«

»Ich weiß es nicht. Er will dich unbedingt sehen und will gleich nach dem Essen vorbeikommen.«

»Ich glaube, ich kenne diesen Namen.«

»Das ist vielleicht einer von deinen Schnorrern«, sagte Henriette.

»Soll ich mit ihm sprechen?« schlug Eliane vor. »Ich sage, daß du ausgegangen bist. Wenn es wichtig ist, wird er schon wiederkommen.«

Philipp wollte schon zustimmen, aber als er die spöttische und etwas geheimnisvolle Miene bemerkte, mit der seine Frau ihn beobachtete, überlegte er es sich anders.

»Es macht ihr Spaß«, dachte er. »Sie wartet, ob ich vor dieser kleinen Störung ebenso zurückweiche wie vor so vielen anderen.«

»Nein«, sagte er und ließ das Messer so auf den Teller fallen, daß alle zusammenzuckten. »Ich werde selber mit dem Herrn sprechen. Wenn es ein lästiger Besucher ist, werde ich an ihm ein Exempel statuieren.«

»Wirst du ihm die Ohren abschneiden?« fragte Henriette.

Er sah sie mit zusammengebissenen Zähnen an. Eliane ließ sich willig anstecken von diesem stummen Zorn und wandte sich mit rollenden Augen ihrer Schwester zu. Angesichts dieser vier Augen, die vor Wut aus den Höhlen zu springen schienen, lächelte Henriette zuerst, dann konnte sie nicht mehr an sich halten und brach in ein unanständiges Lachen aus, daß es sie schüttelte. Eine Weile ließ sie ihrer Heiterkeit inmitten des eisigen Schweigens freien Lauf. Jetzt lachte sie gegen ihren Willen, ohne jede Freude, verwirrt, weil sie nicht aufhören konnte. Doch die Furcht vor der Lächerlichkeit gab ihr die Ruhe wieder. Sie machte sich klar, daß sie einer Irren glich, die erschossen werden soll und lacht, wo eine andere schreien würde.

Mit vorwurfsvoller Miene reichte Eliane ihr das Obst und streckte unter dem Tisch das Bein aus, um ihr auf den Fuß zu treten und ihr mit einem Augenzwinkern zu sagen, daß sie nicht mehr lachen solle. Das Manöver scheiterte durch Roberts Schuld. Er saß zwischen den beiden Frauen und baumelte unter seinem Stuhl mit den Beinen. Dabei traf er seine Tante etwas unter der Wade. Dann erriet er den Vorgang und errötete bis zum Hals. Eliane wollte vor Schmerz das Gesicht verziehen, aber sie bezwang sich, und das kleine Drama ging unbemerkt vorüber. Philipp schälte mit großer Hingabe einen Apfel. Henriette hatte eine Mandarine genommen, drehte sie hin und her und legte sie dann wieder in die Obstschale zurück. Diese Mandarine war die einzige in der Schüssel. Eine Pause entstand, in der die Mandarine mit steigender Lüsternheit vom jüngsten der Tischgenossen betrachtet wurde. Der innere Kampf, der sich nun entspann, dauerte nicht lange. Offensichtlich besiegte die Begierde alle Skrupel. Die rote Hand streckte sich nach der Schüssel aus, und die Mandarine landete auf dem Teller neben einem Schalenhügel. Von ungeduldigen Nägeln abgerissen, fiel die Schale der Mandarine nach beiden Seiten herunter, und das durchsichtige Fleisch der Frucht teilte sich beinahe von selber. Indes stieg der feine, prickelnde Geruch Eliane in die Nase. Sie hatte geträumt, aber bei diesem Duft senkte sie den Blick auf ihren Nachbarn nieder, und mit Rächerhand beschlagnahmte sie die Mandarine. In diesem Augenblick sah sie sich im Spiegel. Sie fand sich abscheulich.

Der Kaffee wurde eben aufgetragen, als man Herrn Diederich meldete.

Philipp wollte sich Kaffee eingießen, aber er besann sich und ging hinaus.

»Nun, Eliane«, sagte Henriette, während sie aufstand. »Sag schnell: ja oder nein?«

Eliane schüttelte den Kopf.

»Ich kann noch nichts sagen. Ich dachte, ich könnte ihn heute nachmittag sprechen. Aber deinetwegen hat er schlechte Laune. Du neckst ihn zu sehr, ich versichere es dir.«

»Genau. Er ist wütend auf mich. Deshalb wird er dir um so leichter bewilligen, was du von ihm verlangst.«

»Wir warten aber doch besser bis morgen.«

»Unmöglich. Ich brauche das Geld noch vor dem heutigen Abend.«

»Du hattest gesagt, vor morgen abend.«

»Als ich heute früh bei der Post vorbeischaute, fand ich einen Brief des . . . Herrn . . .« (Sie deutete mit dem Kopf auf Robert, der durch das Fenster sah, und blinzelte dabei mit den Augen.)

»Robert, geh und frag Antoinette, ob sie fertig ist«, sagte Eliane und drängte das Kind zur Tür.

»Hat Tisserand dir geschrieben?« fragte sie, als sie allein waren.

»Jawohl. Es ist dringender, als ich dachte. Da, lies! In der Mitte kannst du gut drei gefühlvolle Seiten überspringen.«

»Ich habe tatsächlich weder Zeit noch Lust, mich an seinen Geständnissen zu ergötzen. Was für eine Schrift!«

»Versprichst du mir, Philipp zu fragen?«

»Ja doch.«

»Gleich?«

»Ja, laß mich doch lesen.«

Henriette setzte sich auf die Armlehne eines großen Sessels am Fenster und warf einen Blick auf die Straße. Am Morgen war Schnee gefallen, der in den Rinnstein gekehrt worden war und am Rand des Gehsteigs einen kleinen Wall bildete. Ein alter Mann kam langsam mit gebeugtem Rücken vorüber. Er hob beim Gehen kaum die Füße, und das Schlurfen seiner Schritte auf den Steinen klang bis zu der jungen Frau herauf. Sie beugte sich vor, plötzlich angezogen von diesem alltäglichen Bild. Ihr kurzes Profil hob sich vom Tüll des Vorhangs ab. Der halbgeöffnete Mund und die Nasenflügel zeigten noch ein wenig die harte Gier der Kindheit. Sie trug einen blauen Rock, der Taille und Hüften eng umspannte. Eine weiße Seidenjacke lag wie eine Haut an ihrem Körper. Ihre kleine zarte Gestalt konnte keine Stellung annehmen, die nicht ihre Ungeduld und große Mühe verriet, an einem Platz zu bleiben. Mit übereinandergeschlagenen Beinen stützte sie sich auf die Sessellehne und schob mit der Hand den Vorhang zurück. Plötzlich richtete sie sich auf und stürzte auf Eliane zu, die den Brief entzifferte.

»Was für eine Stimme hatte dieser Herr?«

»Wie? Was sagst du?«

»Ich meine den Herrn von heute morgen, Herrn Diederich.«

»Wie soll ich dir die Stimme beschreiben. Es war eine ganz gewöhnliche Stimme.«

»Ich will wissen, hatte er die Stimme eines Droschkenkutschers oder die Stimme eines ... eines Mannes aus der Gesellschaft.«

»Es war eher die weiche Stimme eines Mannes aus der Gesellschaft. Laß mich jetzt lesen.«

»Für wie alt hältst du ihn nach seiner Stimme?«

»Ich habe keine Ahnung. Laß mich doch lesen.«

»Ich wußte ja, daß du nicht aufhören würdest. Du nimmst alles so ernst ...«

Sie zog sich in den Hintergrund des Zimmers zurück und stellte sich vor einen Bücherschrank. Eine Hand in die Hüfte gestemmt, überflog sie zerstreut die Bücherreihen. Schließlich hielt sie es nicht mehr aus.

»Ich komme gleich wieder«, sagte sie und ging zur Tür. »Verbrenne den Brief, wenn du ihn gelesen hast.«

»Wohin gehst du?«

Doch Henriette hatte schon das Zimmer verlassen und durchschritt den kleinen Salon, der sie vom Arbeitszimmer ihres Mannes trennte. Einen Augenblick lauschte sie auf die Unterhaltung der beiden Männer. Sie erkannte Philipps ernste und träge Stimme. Er sprach nicht viel. Der Unbekannte dagegen erging sich in langen Sätzen, die er mit wohltönender, schleppender Stimme vortrug. »Was für ein Dummkopf!« dachte sie. Sie suchte nach einem Vorwand, um die Türe öffnen und einen Blick auf den Besucher werfen zu können. Er sprach im Tonfall eines Mannes, der entschlossen ist, nicht so bald wieder zu gehen, und sie mußte vor sich hinlachen bei dem Gedanken, wie verdrießlich Philipp zweifellos darüber war. Ein paar Minuten ging sie leise auf dem großen chinesischen Teppich hin und her, und ihre Füße schritten genau die breiten blauen Flächen ab, die auf dem sandfarbenen Grund verteilt waren.

Die Wände dieses kleinen Zimmers und auch die Sessel vor dem Kaminfeuer waren mit dunkelblauem Samt bezogen. Zwei Spiegel hingen einander gegenüber und warfen das Bild des beinahe leeren und dennoch üppigen Salons ins Unendliche. Auf dem schwarzen Marmorkamin breitete ein großer Fliederstrauß seine Zweige aus, die sich unter der Last der schneeweißen Dolden bogen. Sie trat an die Blumen heran und sog ihren Duft ein, während ihre Wange von den tausend kleinen Blüten gekitzelt wurde. Dann stieß sie mit dem Schürhaken so heftig gegen die Scheite, daß sie auseinanderfielen und einen dichten Rauch verbreiteten. Mit ihrer Geduld am Ende, ging sie zur Tür, die sie jäh öffnete.

Ihre Augen begegneten einem erstaunten Gesicht. Der Mund, der mitten im Satz geöffnet war, vergaß sich zu schließen. Der Besucher saß gegen das Licht, und sie konnte seine Züge nicht unterscheiden. Doch sie bemerkte den Kontrast zwischen einer auffallend bleichen Gesichtsfarbe und rötlichen Haaren, auf denen ein Sonnenstrahl spielte. Die übertrieben breiten Schultern wirkten künstlich und wie eine Vergewaltigung der Natur. Sie hatte einen Schneider im Verdacht und schloß daraus auf die geistige Verfassung des Herrn Diederich. Besagter Herr, der sich von seiner Überraschung erholt hatte, stand mit ernster Miene auf. Er spreizte dabei seine Arme ein wenig vom Körper ab, um seine sehr schlanke Taille zur Geltung zu bringen. Widerwillig stellte Philipp seine Frau Herrn Diederich vor. Henriette tat, als sei sie etwas verlegen, während der Besucher sich mit der Trauermiene eines wohlerzogenen Mannes vor ihr verneigte. Er war groß und kaum älter als Philipp. Ein- oder zweimal hob er mit einer starren, einstudierten Bewegung sein langgestrecktes, aristokratisches Profil ins Licht. Dabei behielt er den erstaunten Gesichtsausdruck bei, der sowohl an Unverschämtheit wie an äußerste Höflichkeit grenzte, und sprach ein paar banale Worte, aber mit solcher Zurückhaltung, als wolle er einem das Geheimnis anvertrauen, wie man Regen macht. Nach wenigen Sekunden zog Henriette sich zurück, um nach Herzenslust zu lachen. Sie lief durch den kleinen blauen Salon und warf sich in der Bibliothek auf einen Stuhl. Eliane fuhr in die Höhe.

»Philipps Freunde«, rief Henriette und prustete los, »sind immer die gleichen.«

»Ist Herr Diederich ein Freund von Philipp?« fragte Eliane.

»Selbstverständlich, man braucht nur sein Gesicht anzusehen. Ich bin ins Arbeitszimmer gegangen und habe ihn einen Augenblick betrachtet. Der arme Philipp, er lockt die Dummköpfe an wie die Sonne die Pflanzen.«

»Warum sagst du so etwas? Ich finde dich ungerecht.«

»Ich sage nichts gegen Philipp. Ich sage nur, daß es eine bestimmte Art von Menschen gibt, die lieber mit ihm zusammen sind als mit anderen, zum Beispiel wenig bekannte Schriftsteller, die es nie zu etwas bringen, oder schlecht unterrichtete Kunstliebhaber, die nur Fälschungen kaufen. Ich wette, daß Herr Diederich einen Gedichtband veröffentlich hat. Er ist elegant und enttäuscht.«

»Hast du wenigstens verstanden, was er wollte?«

»Man kann doch nichts hören bei diesem verfluchten Teppich, den Philipp über seiner Tür hat anbringen lassen.«

»Wenn er nur kein Geld von ihm will! Das würde mir meine Aufgabe heute nachmittag keineswegs erleichtern.«

»Was erzählst du da? Hat Philipp dir auch nur einmal etwas abgeschlagen?«

»Gerade weil er nichts abschlagen kann, scheue ich mich, aus seiner Schwäche Nutzen zu ziehen.«

»Aber schau, es macht ihm doch Freude. Und du tust überdies ein gutes Werk. Du erlaubst mir, den armen Tisserand zu beruhigen, der in schwerer Bedrängnis ist. Was hast du mit dem Brief gemacht?«

»Ich habe ihn verbrannt, Henriette. Laß solche Papiere niemals herumliegen.«

»Hältst du mich für verrückt? Was sagst du zu diesem Brief?«

»Er ist geschickt.«

»Das ist alles? Findest du ihn nicht erschütternd?«

»Du lieber Gott, nein, das finde ich nicht. Er braucht innerhalb von achtundvierzig Stunden siebentausend Francs, er tut sein Bestes, dich zu rühren. Ich möchte gern wissen, wie oft und an wieviel Frauen er diesen Brief schon geschrieben hat.«

»Das sagst du nur, um mich gegen ihn einzunehmen und damit du nicht mit Philipp zu reden brauchst.«

»Aber nein. Ich werde Philipp um das Geld bitten, ich werde mein Vermögen beleihen, da ich es dir versprochen habe. Aber das ist das dritte Mal, daß ich dir helfe, Tisserand aus der Patsche zu ziehen.«

»Er hat uns das geliehene Geld immer zurückgegeben.«

»In so kleinen Raten, daß mit dem Geld fast nichts anzufangen war. Was kann man sich mit dreihundert Francs kaufen?«

»Aber du willst doch lieber einem Menschen das Leben retten als an der Börse verdienen.«

»Erstens spekuliere ich nicht, ich sorge nur vor. Zweitens sag ich dir ein für allemal, daß Tisserand sich nie das Leben nehmen wird.«

»Da bin ich nicht so sicher.«

»Und weil du nicht sicher bist, wird er mit dieser Selbstmorddrohung noch einmal Glück haben.«

»Nicht so heftig! Du vergißt, daß es um einen Mann geht, den ich sehr liebe.«

»Ein Grund mehr, dich nicht um diesen Dienst zu bitten. Man nutzt ein Gefühl wie die Liebe nicht aus.«

»Aber, Eliane, wen soll er denn um das Geld bitten?«

»Sich selber. Er soll sich das Geld verdienen, er soll arbeiten.«

»Du machst dich über mich lustig. Es handelt sich darum, daß seine Gläubiger vor Donnerstag abgefunden werden müssen.«

»Wir retten ihn diesmal, und in einem halben Jahr haben wir dieselbe Geschichte.«

»In einem halben Jahr wird er bestimmt eine bessere Stellung gefunden haben.«

Das bittere Lachen, das auf diese Worte folgte, wurde durch Philipps plötzliches Eintreten unterbrochen und gleichsam abgeschnitten.

»Nun?« sagten die beiden Frauen wie aus einem Mund. »Wer war es?«

»Ein alter Schulfreund, den ich ganz und gar vergessen hatte.«

»Was wollte er?« fragte Eliane.

»Nichts.«

»Das ist merkwürdig«, sagte Henriette, »ein Besuch nach so vielen Jahren . . .«

»Aber nein. Fernand ist kein übler Junge. Er ist ein wenig kalt, wenigstens nach seinem Äußeren zu schließen, aber er ist nicht ohne Gefühl. Er hat sich unsrer alten Freundschaft erinnert. Er hat mir deinetwegen Komplimente gemacht, Henriette.«

»Zu liebenswürdig.«

»Jawohl. Sein Vater ist in der Metallindustrie. Fernand hat mir sogar den Vorschlag gemacht, mich an einem großen Geschäft zu beteiligen, das der alte Herr Diederich auf die Beine bringen will.«

»Da haben wir es«, sagte Henriette.

»Was soll das heißen?«

»Daß er gekommen ist, um dich um hunderttausend Francs anzupumpen.«

»Es war nie davon die Rede, mich anzupumpen, wie du dich auszudrücken beliebst. Er hat so diskret und unbestimmt wie nur möglich auf eine Kapitalbeteiligung angespielt. Das ist alles.«

»Und weshalb auch nicht?« fragte Eliane. »Welche Gefahr könnte darin liegen, von solchen Dingen zu sprechen? Vielleicht ist es ein außerordentlich interessantes Geschäft, vielleicht wäre es dumm, es von der Hand zu weisen.«

»Damit bin ich also an meinen Platz verwiesen«, sagte Henriette belustigt.

»Hältst du ihn für intelligent, den jungen Mann?« fragte sie mit verräterischer Unschuld.

»Er ist . . . ernst zu nehmen.«

»Das sehe ich. Ein guter Schüler, der Primus im Gymnasium.«

»Du irrst dich gewaltig. Er war ein sehr schlechter Schüler, und ich muß sagen, daß er in gewisser Beziehung ein Nichtstuer geblieben ist.«

»Bestimmt schreibt er in unbekannten Zeitschriften.«

»Du kannst ihn nicht leiden, Henriette!« sagte Philipp und lachte nun auch. »Was hat er dir getan? Nein, er schreibt nicht in unbekannten Zeitschriften. Er gesteht selber, daß er nie irgendeine Fähigkeit hatte.«

»Was zum Teufel treibt er denn?«

»Er ist im diplomatischen Dienst.«

»Darauf hätte ich doch kommen müssen«, rief Henriette. »Er poliert sich die Nägel auf den Löschblättern einer Kanzlei.«

Die Unterhaltung bewegte sich noch einige Zeit auf diesem Gebiet.

Wenig später verließ er die beiden Frauen, um in sein Zimmer zu gehen, wo er Briefe schreiben wollte. Als er den kleinen Salon durchschritt, zog ihn etwas zum Spiegel, der vom weißen Flieder halb verdeckt war. Es dunkelte schon, er konnte kaum den Umriß seiner Züge erkennen. Nur die schwarze Pupille in der dunkelblauen Iris war deutlich zu sehen.

»Ob man es mir ansieht?« fragte er sich plötzlich. Der Gedanke überraschte ihn, er verstand nicht, was er bedeutete. Er kam mit Macht aus seinem Innern, wie eine Stimme, die ihn plötzlich rief. Wie konnte er sich eine so törichte Frage stellen? Sein Gesicht würde das Geheimnis ebenso lange bewahren, wie sein Mund zu schweigen wußte. Würde er seinen Freunden sagen: »Ihr müßt wissen, ich bin nur ein armer Kerl, ein Schwächling, der nie mit dem Leben kämpfen mußte und dem der Reichtum zum Verderben wird. Mir fehlt es an Energie und an Sicherheit. Ich kann den Leuten, die mich um Geld bitten, keinen Widerstand leisten, und überdies habe ich Angst, in meiner tiefsten Seele habe ich Angst, beinahe vor der ganzen Welt.« Oft genug war er versucht, diese Rede zu halten. Er hatte das Gefühl, daß er, wenn er sich selber schadete, ein wenig von der großen Last loswerden würde, die ihm das Herz bedrückte. Nein, es war besser, die Worte, die ihm auf die Lippen kamen, für sich zu behalten. Man würde es früh genug erfahren, daß er eine lächerliche Figur war. Seine Frau wußte es bereits.

Er machte eine jähe Bewegung nach rückwärts, als wolle er sich von diesem Spiegel losreißen, und knipste das Licht an. Seinem Kummer folgte ein Augenblick der Freude: sein Anzug stand ihm ausgezeichnet. Nie hatte er sich so schön gesehen. Seine Augen glänzten unter den schwarzen Brauen, deren Bogen sich in klarer Linie bis zu den Schläfen zog. Seine braune Wange war gerötet wie die eines Kindes. Er nahm die Hacken zusammen und die Schultern zurück wie ein Soldat beim Appell. »Wenigstens besitze ich«, dachte er, »eine gute Gesundheit und bin nicht mißgestaltet.« Diesen kräftigen, gut geformten Körper, er hatte ihn geerbt wie alles übrige, wie das Portemonnaie seines Vaters, wie dessen vorsichtige Art und übertriebenen Ordnungssinn. Das alles hatte er mitbekommen, es war etwas Unteilbares und auch Wertvolles, aber trotzdem nicht zu verwenden. Unverwendbar darum, weil mit all diesen Reichtümern die Kraft, die erst ihren Ursprung gebildet hatte, nicht weitergegeben worden war. Die Erbschaft taugte nichts. Ein Buckliger in einer Trödelbude war ein würdigerer Vertreter der Menschheit als er. Schaudernd wandte er sich vom Spiegel ab: diese militärische Haltung war lächerlich, besonders bei einem Hasenfuß. Er machte auf sich selber den Eindruck einer Komödienfigur, die ihre Rolle tragisch auffaßt und auch so spielt.

Ihn packte die Lust, den Samt von den Wänden zu reißen und den weißen Flieder ins Feuer zu werfen. In diesem Haus, wo alles darauf angelegt war, den Augen zu schmeicheln, fühlte er jetzt, wie in einem jäh aufleuchtenden Gewitterschein, so etwas wie Auflehnung in sich erwachen. Freilich wagte er weder an den Samt noch an die Blumen zu rühren wegen der Vorwürfe Elianes und des spöttischen Blickes seiner Frau. Gerade jetzt hörte er ihre Stimmen. Sie vermuteten gewiß, er sei in seinem Zimmer, und sprachen darum ganz laut in der Bibliothek. Einen Augenblick glaubte er, daß sie sich stritten, aber nein, es handelte sich nur um einen Plan, den seine Schwägerin nicht billigte. »Du hast es mir versprochen«, sagte Henriette. »Was habe ich dir versprochen?« Er fragte sich, welche Sorgen neben seinen eigenen noch existieren konnten. Die beiden Frauen sprachen und sprachen und verfolgten illusorische Ziele. Einen Augenblick kam er auf den Gedanken, an der Tür zu lauschen. Aber er zuckte die Achseln. *»Was geht dieses Theater mich an?«* dachte er. Und er zog sich in sein Arbeitszimmer zurück.

3

Das Kind stand vor seinem Vater und drehte den Kopf hin und her. Seine blauen, schwarz umrandeten Pupillen lauerten auf Philipps leiseste Bewegung und schienen in seinem Gesicht die Spur einer heimlichen Schuld zu suchen. So fingen die Ferien immer an. Philipp erriet die Verwirrung seines Sohnes, aber er tat nichts, um es ihm leichter zu machen. Wie er so gegen das Licht in einem großen Sessel saß und seinen Sohn an den Handgelenken faßte, hatte er den Eindruck, eine Art Ritus zu vollziehen. Sein Vater hielt es nicht anders mit ihm und drückte ihn ebenso mit seinen kräftigen Händen. Auch Herr Cléry sprach einige Worte, deren Ton freilich seine Sanftmut verleugnete, denn er fürchtete, zu nachsichtig zu sein. Doch die Gefahr, ein wenig lächerlich zu wirken, hinderte Philipp, dem Vorbild seines Vaters zu folgen und wie er kurze, bissige Reden zu halten, und so verharrte er in Schweigen, weil er das für wirkungsvoller hielt.

»Er hat sich verändert«, sagte Eliane und stützte sich mit beiden Armen auf die Lehne des Sessels. Und auch sie betrachtete Robert prüfend über Philipps Schultern hinweg. »Ja, er ist größer geworden seit dem letzten Mal, und er sieht besser aus. Ich finde ihn fast zu rosig. (Sie blinzelte mit ihren braunen Augen.) Wem sieht er doch ähnlich?«

»Mir nicht«, sagte Philipp und ließ plötzlich die Handgelenke seines Sohnes los. Mit energischer Miene stand er auf. Dann blieb er unentschlossen zwischen dem Sessel und dem Fenster stehen.

»Gehst du aus?« fragte Eliane.

»Kann sein ... Ich weiß noch nicht.«

»Die Köchin sagte mir, daß kein Wein mehr oben ist. Soll Ernestine in den Keller gehen?«

Er schüttelte den Kopf, als erlaubten die Gedanken, die ihn beschäftigten, ihm nicht, anders zu antworten.

Als er mit Robert allein war, betrachtete er ihn von der Seite, während er vor den Glastüren der Bücherschränke hin und her ging. Die Gegenwart seines Sohnes zwang ihn, sich in einer Weise zu benehmen, die ihm nicht lag. Er kam sich vor wie ein mittelmäßiger Schauspieler, der ohne Erfolg eine Vaterrolle zu spielen versucht. Manchmal erfaßte ihn Mitleid mit dem Kind, das keiner zu lieben schien, und dann küßte er es ungeschickt. Aber an diesem Morgen fand er keine Worte für ihn. Der kleine Junge lehnte seine Stirn an die Fensterscheibe und beobachtete mit nachdenklichem und gelangweiltem Ausdruck die Passanten auf der Straße. Ab und zu trat Philipp an das Fenster und tat so, als interessiere auch er sich für die Vorgänge auf der Straße. Aus dem Augenwinkel beobachtete er, wie das Gesicht des Jungen, rot vor Erregung und vor Gesundheit, sich ein wenig zu ihm emporhob.

Philipp trat plötzlich vom Fenster zurück und setzte sich vor das Feuer. Im Grunde liebte er dieses Kind nicht sehr, das er eine Stunde von Paris entfernt in Pension gegeben hatte, aber er hätte gern freundlich mit ihm gesprochen und ihm über das Haar gestrichen, das widerspenstig in Büscheln emporstand. Um die Unruhe dieser blauen Augen zu besänftigen, die sich gewiß nach dem Schulhof zurücksehnten, hätte er gern ein gutes Wort gesprochen, wenn ihm nur eines in den Sinn gekommen wäre. Er stellte sich vor, wie der kleine Junge am frühen Morgen geweckt worden war, wie er den dunklen Schlafsaal und die eiskalte Waschschüssel verließ und mit seinen Kameraden, die vor Freude ganz aus dem Häuschen waren, zum Bahnhof lief, wie er dann zu seinem Vater kam, um mit gleichgültigen Blicken empfangen zu werden. Aber sein Herz war heute zu träg, um von einem Kummer gerührt zu werden, der nicht sein eigener war, und er gefiel sich in der Vorstellung, daß zumindest im Augenblick die Freude eines menschlichen Wesens von seinem Stirnrunzeln abhing. Robert tat, als schaue er aus dem Fenster, aber in Wirklichkeit wartete er auf die Bewegung seines Vaters, die verkündete, daß seine gute Laune zurückgekehrt war. In dieser kleinen List, die er vergessen hatte, sah Philipp seine eigne Kindheit vor sich. In welchen Punkten glich ihm sein Sohn? Körperlich recht wenig, obgleich er denselben Knochenbau hatte, die schweren Knöchel und die breiten Handgelenke, das Erbteil einer Familie, die drei Generationen zuvor auf dem Feld gearbeitet hatte. Glich er ihm geistig? Er rief Robert und befahl ihm, sich neben ihn zu setzen. Nein, diese lachenden Augen öffneten sich einer Welt, die nicht die seine war. Nie hatte Philipp mit solcher Unbekümmertheit, solcher Unkenntnis des Bösen geradeaus geblickt, nicht einmal als Kind. Immer hatte er die Tücke der Menschen und der Dinge gefürchtet. Verstohlen beobachtete er das runde Profil, wie um daran, am Bogen der Brauen oder an der Wölbung des Mundes, den flüchtigen Ausdruck zu entdecken, das Geheimnis, das ihn mit diesem Unbekannten verband.

Nach einer Weile hörte er den Schritt seiner Schwägerin im Vorzimmer und eilte zur Tür.

»Sag Ernestine, daß ich selbst in den Keller gehen werde. Sie soll mir den Leuchter und die Schlüssel bringen.«

Jetzt standen sie in einer Ecke des kleinen finsteren Hofes, in dessen Mitte ein alter schwarzer Baum seine krummen Äste ausstreckte. Das Kind hielt in seiner roten Faust den kupfernen Leuchter und folgte dem Blick seines Vaters. Philipp hob die Augen zum mattweißen Himmel, wo der Wind den Rauch über den Dächern zerteilte. In der Luft lag ein leichter Geruch nach Nebel und nach verbranntem Holz, den er nie einatmen konnte, ohne sich an bestimmte Stunden seiner Kindheit zu erinnern. In diesen Geruch der Stadt und des Winters mischte sich das Klingeln eines Glöckchens, das ein Scherenschleifer unter lautem Rufen in einer nahen Straße schwang. Dieser Ton machte ihn nachdenklich. Er wartete, bis er sich ganz entfernt hatte. Dann erst stieß er die Tür auf, die zum Keller führte.

Sie gingen hinunter. Das Kind stützte sich mit der Hand an die kalte, rauhe Mauer und reckte den Hals vor. Das Licht der Kerze flackerte eine Handbreit über seinem Kopf. Die Treppe machte eine plötzliche Wendung und verlor sich in der Dunkelheit, die das schwache, schwankende Licht nicht zu erleuchten vermochte.

»Vorwärts, nur vorwärts«, wiederholte Philipp bei jeder Stufe.

Und er stöhnte vor Ungeduld, während er mit seinem Schlüssel auf das Geländer klopfte. Als sie bei der letzten Stufe angekommen waren, blieben sie stehen, und das Kind stellte den Leuchter und den Drahtkorb für die Flaschen vor seine Füße. Sie standen an einem Punkt, wo zwei enge Kellergänge sich kreuzten, die ihnen einen schwarzen, kalten Atem ins Gesicht bliesen. Die rote Flamme neigte sich von einer Seite zur andern, und ihr Schein wanderte dicht über den festgestampften Boden hin. Hier konnte man die Geräusche von der Straße noch hören, aber so schwach, daß man sie kaum erkannte. Wenn ein Wagen vorüberfuhr, klang es manchmal wie ein drohendes Erdbeben.

»Mein Kleiner«, sagte Philipp nach einer kurzen Pause, »ich vertraue dir diesen Schlüssel an. Dein Großvater sagte mir oft, daß man einem Dienstboten weder den Schlüssel zum Keller geben darf noch den Schlüssel zum Geldschrank.« Das Kind hörte die Rede an, ohne die Augen von den Schuhen seines Vaters zu heben. Sie waren blank geputzt, und die Kerzenflamme spiegelte sich auf ihren Lackspitzen. Robert sah auch aufwärts bis zu den Knien die schnurgerade, scharfe Bügelfalte der Hose und betrachtete mit einer Mischung aus Unruhe und Ehrfurcht diese Beine und diese Füße. Die Stimme fuhr fort im Dunkel zu sprechen, dann kam der große rostige Schlüssel aus der Nacht und wurde dem Kind gereicht, das ihn in die Hand nahm.

»Es ist die dritte Tür hinten im Gang. Dreh den Schlüssel zweimal um und leg vier Flaschen in den Korb. Ich erwarte dich hier.«

Robert nickte, steckte den Schlüssel in seine Tasche und nahm den Korb unter den Arm. Dann bückte er sich unbeholfen und griff nach dem Leuchter. Die kleine Flamme wäre beinahe ausgegangen, aber sie belebte sich gleich wieder und flackerte so hoch auf, daß sie die grünlichen Steine der Deckenwölbung erleuchtete.

Philipp sah das Kind im Dunkel verschwinden. Das

Licht schwankte ungewiß von rechts nach links, aber es blieb nicht stehen. Es beleuchtete die erste Tür und ein paar Sekunden später die zweite, dann verlor Philipp es aus den Augen. Das Geräusch der Schritte verhallte und vermischte sich mit dem gedämpften Lärm, der von draußen kam. Schließlich hörte er, wie der Schlüssel umgedreht wurde, und fast gleichzeitig vernahm er die Stimme des Kindes, das von weither rief:

»Der Wind hat meine Kerze ausgeblasen.«

Philipp wußte, daß sie in der Zugluft des Kellers ausgehen mußte, sobald die Tür geöffnet wurde. Seine Finger spielten mit der Streichholzschachtel in seiner Tasche. »Ob er Angst hat?« fragte er sich. Von neuem rief ihn die Stimme, eine fast weibliche Stimme, die ihn im Dunkel zu suchen schien.

»Bist du da? Wo bist du?«

Er antwortete nicht. Kurz darauf kam die Stimme wieder, ein wenig lauter.

»Ich habe keine Zündhölzer, ich kann nichts sehen.«

Jetzt trieb ihn plötzlich ein Gefühl zu diesem Wesen, dessen Herz sich vor Entsetzen zusammenkrampfte. Er rief ihm entgegen:

»Hier, mein Kleiner, hier bin ich ja!«

Am Ende des Ganges erreichte er ihn.

»Hast du geglaubt, daß ich weggegangen sei«, sagte er, ihm die Haare streichelnd (diese Bewegung fiel ihm jetzt leicht). »Hast du gedacht, daß ich dich hier allein lasse wie in einem Burgverlies, wie?«

Der Junge lächelte und schüttelte verneinend den Kopf. Er hielt die Kerze in Augenhöhe und betrachtete seinen Vater. Ein kurzes Schweigen entstand.

»Hast du Angst gehabt, mein Lieber?«

Die Wimpern des Knaben zuckten, sein Blick wurde fest und machte sein reines, zartes Gesicht plötzlich alt.

»Ich habe keine Angst gehabt.«

Philipp wurde brennend rot und richtete sich auf, damit sein Sohn seine Verwirrung nicht sah.

»Es ist gut«, sagte er mit veränderter Stimme, »tu die vier Flaschen in den Korb.«

Sie schlossen die Tür hinter sich ab und gingen mit langsameren Schritten zur Treppe zurück.

Diesmal ging der Vater voran. Der Körper des Jungen bog sich unter dem Gewicht der Weinflaschen auf die Seite, und er schnaufte ein wenig. Als sie die ersten Stufen hinaufgingen, hörten sie von weitem, von der Seine her, das Tuten eines Schleppers, und sie blieben stehen, um hinzuhören.

4

Von nun an lastete Roberts Gegenwart schwer auf Philipp, und er sehnte das Ende dieser schrecklichen Ferien herbei. Da er noch zu weich und zu ängstlich war, um offene Ungerechtigkeit auszuüben, wagte er nicht, ein unschuldiges Geschöpf ohne ausreichenden Vorwand leiden zu machen, wie es eigentlich seinen Wünschen entsprach. Vor allem fehlte ihm der Mut, der nötig gewesen wäre, um das Bild, das man sich von ihm machte, umzustoßen. Seine Frau, seine Schwägerin, selbst seine Freunde hielten ihn für einen guten Menschen. Er konnte nicht ohne weiteres dem Instinkt nachgeben, der ihn trieb, seinen Sohn schlecht zu behandeln, weil dieser Sohn mutig war und er nicht. Niemand hätte es verstanden, und seine Ordnungsliebe hinderte ihn, etwas anderes zu tun, als was man von ihm erwartete. Er war also doppelt nett zu Robert und schenkte ihm, wobei er ein bitteres Lächeln unterdrückte, eines der teuren, technisch vollkommenen Spielzeuge, die angeblich zugleich belehren und Freude machen.

Heute freilich beschäftigten ihn andere Sorgen. Seit einigen Wochen nahm sein Gewicht unaufhaltsam zu. Vergebens hielt er Diät. Selbst einer seiner Anzüge, der älteste, wurde ihm zu eng, und er mußte feststellen, daß die Kragen ihn am Hals drückten und ihm das Blut in den Kopf trieben. Er betrachtete sich mit einer Mischung aus Ernst und Zärtlichkeit in dem dreiteiligen Spiegel, der ihm ein unruhiges Profil mit gerader Nase und einem schon ein wenig runden Kinn entgegensandte. Die großen schwarzblauen Augen warfen einen schrägen Blick auf die Rundung der braunen Wangen und auf die Mundwinkel, die so tief eingelassen waren, daß man sie für Löcher hätte halten können. Hier zumindest hatte sich nichts verändert. Die obere Gesichtshälfte hatte noch ihre reinen Linien, die ausdruckslose Regelmäßigkeit einer römischen Maske, und wenn er den Kopf hob und ihn sehr gerade hielt, schien auch der Hals noch schlank. Aber die Weste hinderte ihn am Atmen. Seit mehreren Tagen ahnte er es, doch er wagte nicht, es sich einzugestehen. Was waren seine inneren Schwierigkeiten neben einer Demütigung wie dieser? Er riß sich die Weste vom Leib und warf sie zur Erde. Der Vergleich eines moralischen Defekts mit einem physischen Mangel war töricht. Bevor er einem körperlichen Verfall zugesehen hätte, wäre er lieber zwanzigmal feiger gewesen. Und er sank auf das Bett, um über sein Unglück nachzudenken. Nach einigen Minuten hob er die Weste wieder auf, deren Stoff und Schnitt eine bessere Behandlung verdienten, doch er beschloß, diesen Anzug nie mehr zu tragen.

Als er etwas später durch den Salon ging, um sich in seinem Zimmer einzuschließen, blieb er bei dem Flügel am Fenster stehen. Seine Frau spielte manchmal darauf. Er selber verschmähte nicht, sich auf den blauen Samtschemel zu setzen, wenn er wußte, daß er allein war, und ohne große Mühe konnte er ziemlich schwierige Partien entziffern. Er hob den Deckel in die Höhe und glitt, während seine Gedanken anderswo waren, mit einer Hand über die Tasten. Seine Finger griffen beinahe automatisch die ersten Akkorde eines Präludiums von César Franck. Er unterbrach sein Spiel und fing wieder von vorne an. Wie diese Stimme zu ihm sprach! Diese dunkle, besänftigende Harmonie entlockte ihm einen Seufzer. In diesem Augenblick bemerkte er seinen Sohn, den er nicht hatte kommen sehen, und sprang auf. Robert war in der Nähe des Fensters auf dem Boden gesessen, doch bei den ersten Klängen war er nähergekommen, um zuzuhören.

Philipp hatte Lust, den Deckel zuzuschlagen und das Zimmer zu verlassen. Aber er beherrschte sich und zwang sich zu einem Lächeln, während er den Flügel vorsichtig schloß. Daß er vor diesem kleinen Jungen geseufzt hatte und dann noch vor ihm aufgesprungen war, ärgerte ihn, wie wenn er einem Fremden etwas von sich preisgegeben hätte. Aber in dem Blick, der zu ihm emporsah, war nur Bewunderung zu lesen. Tiefe Freude beseelte das Gesicht des Kindes. Wie konnte es für eine so ernste Musik empfänglich sein? Philipp erinnerte sich, daß er in Roberts Alter das Ohr an das Klavier legte, auf dem sein Vater manchmal dasselbe Präludium spielte; das wunderbare Geräusch erfüllte seinen Kopf, die leiseste Note zitterte tief in ihm nach, und die Akkorde grollten wie ein Gewitter. Plötzlich legte er die Hand auf den Kopf seines Sohnes und streichelte ihn. Mit dem gleichen Gefühl hätte er sich über den kleinen Philipp geneigt, wenn er ihn durch eine Spaltung seiner Person plötzlich mit demselben glücklichen Lächeln und diesen verzückten Augen vor sich gesehen hätte. Es war seltsam und fast schmerzhaft, auf solche Weise sich selbst zu begegnen. Er beugte sich vor und berührte mit den Lippen das zerzauste, nach Seife riechende Haar. Und auf einmal preßte er in einer Aufwallung, über die er nicht Herr war, seinen Sohn an sich und bedeckte sein Gesicht mit tollen, blindlings ausgeteilten Küssen, wie um einen Durst zu stillen.

Der Nachmittag des gleichen Tages wurde von Philipps Frau und von seiner Schwägerin zu verschiedenen Zwekken genutzt. Eliane verließ als erste das Haus und ging zur Kirche Saint-Pierre de Chaillot, wo sie kurze Zeit blieb. Die Kirche kam ihr ziemlich langweilig vor, und sie fühlte sich darin nicht sehr wohl, aber dennoch bot sie eine Zuflucht vor der Straße und vor ihr selbst. Die Straße mit ihren Überraschungen, ihrem Lärm und ihrem sinnlosen Verkehr war in ihren Augen das vereinfachte Bild der äußeren Welt, und es war sehr angenehm, hinter dieser Welt eine kleine, mit Leder gepolsterte Tür zumachen zu können, die leise in ihren Angeln ächzte. Das Mittelschiff war leer. In einem der Seitenschiffe hatte ein armer alter Mann seinen Stuhl auf den Heizungsschacht gestellt. Er schlummerte. Sie ging auf Zehenspitzen an ihm vorbei und weiter an den Kapellen entlang. Hinter dem Hochaltar setzte sie sich in das Dunkel und zählte die Kerzen, die auf einem eisernen Halter brannten. Dann stand sie auf und ging zur Tür zurück. Eine Uhr schlug drei. Sie horchte auf den traurigen, gesprungenen Ton und warf einen letzten Blick auf die Kirche, als wolle sie den Grad ihrer Langeweile abschätzen. Sie überschritt die Schwelle und war wieder auf der Straße. Der Lärm des Boulevards traf sie wie ein Schlag ins Gesicht, aber sie zog dieses Schreien und Toben dem schläfrigen Frieden der Frommen vor. Gerade hatte sie angefangen nachzudenken, sie liebte das Leben mit seinen Fehlern und seinen Enttäuschungen. Die negative Vollkommenheit, zu der ihr das Gewissen riet, flößte ihr plötzlich Entsetzen ein. Sie wurde bald zweiunddreißig Jahre alt, und ihre ganze Jugend hindurch hatte sie es vermieden, Böses zu tun. Andern keine Mühe zu machen, niemand zu stören, und wenn es sein mußte, ganz zurückzutreten: diese Vorschriften hatte sie sich selbst eingehämmert, sie war damit einverstanden gewesen, ständig im Schatten zu stehen, ihren Herzschlag zu verlangsamen und nicht viel zu erhoffen. Jetzt litt sie darunter. Weil sie der inneren Stimme gehorchte, die ihr zurief »Duck dich«, hatte sie ihr Glück versäumt, und es war ihr ganz recht geschehen, dachte sie jetzt. Elf Jahre früher hätte sie Philipp heiraten können. Henriette hatte ihn nie geliebt. Mit etwas Geschicklichkeit und Ausdauer wäre es ihr möglich gewesen, diese Leidenschaft, die Henriette nicht teilte, zugunsten der weniger hübschen Schwester abzubiegen. Zu jener Zeit war Eliane noch jung und frisch, ihre Haut noch schön, ihre Augen konnten an Glanz, an Tiefe, in ihrem leuchtenden Blau von niemand übertroffen werden. Schließlich hätte ihr eine starke Ähnlichkeit mit ihrer jüngeren Schwester geholfen. Es hätte sie keine große Mühe gekostet, diesem Mann einzureden, daß er in sie verliebt sei. Wo gab es ein Gesetz, das ihr verbot, diesen großen Jungen, der seiner selbst nicht sicher war, auf ihre Seite zu ziehen? Wo? In ihrem Herzen, in der Tiefe ihres blinden Gewissens, das hartnäckig immer wieder sagte: »Du begehst eine schlechte Tat. Du könntest deine Schwester gut versorgen, und du beraubst sie. Philipp liebt dich nicht, er begehrt dich nicht. Laß ihn Henriette.«

Sie hatte dieser Stimme gehorcht und ihre Wut in sich hineingefressen. Wenn sie gläubig gewesen wäre, hätte sie das Opfer ihres Willens dem Himmel dargebracht, um vielleicht in einer besseren Welt daraus Nutzen zu ziehen. Aber heute, elf Jahre später, fragte sie sich auf diesem kleinen Platz vor der Kirche, was dadurch gewonnen war, daß sie ihr Leben so arm gemacht hatte. War sie deshalb, weil sie so lange um das Gute gerungen hatte, auch wirklich besser geworden? Vor allem, war sie überhaupt für das Gute geschaffen? Vielleicht gibt es Seelen, an die der Ruf des Bösen ergeht und die diesem Ruf mit derselben Unschuld folgen, mit der die Frommen ihre Gelübde erfüllen. Dieser Gedanke verwirrte sie. Die arme Frau wandte ihr bleiches Gesicht der Kirche zu, als wolle sie sie zum Zeugen dafür nehmen, daß so abscheuliche Ideen nicht von ihr stammten.

Nachdem sie über diese Fragen nachgedacht hatte, die sie immer weiter führten, ohne sie über ihr eigentliches Wesen aufzuklären, schrieb sie in Gedanken einen Liebesbrief an Philipp und ging, ihm eine Brieftasche zu kaufen, als Ersatz für die verlorene.

Henriette verließ das Haus eine halbe Stunde später als Eliane und nahm einen Wagen, der sie in das Zentrum von Paris fuhr. Besuche in einigen Läden vertrieben ihr die Zeit recht gut, und bei all ihrer Ungeduld ging der Nachmittag fast unbemerkt vorüber. Die Lichter flammten auf. Trotzdem mußte sie noch eine Weile warten, und nach einigen Augenblicken der Überlegung stieg sie in die obere Etage eines Teesalons, der sie oft schon gereizt hatte, den sie aber noch nicht kannte. Sie setzte sich ans Fenster und schaute hinaus, als hätte sie die Place de la Madeleine noch nie gesehen, die schräg zu ihren Füßen lag. Der vertraute Ort zeigte sich ihr aus einer Perspektive, die ihn völlig veränderte.

Sie betrachtete die Wipfel der Platanen, deren schwarze Silhouette die Madeleine säumte. Wie oft war sie zwischen dem ersten und zweiten dieser Bäume hindurchgegangen, aus abergläubischer Furcht, einen Weg zu ändern, der zu ihrem Glück führte! Ohne es zu ahnen, kreuzten Menschen den unsichtbaren Weg, andere folgten ihm sogar ein paar Meter, und sie fragte sich, ob sie wüßten, daß man sich jetzt nach links wenden müsse. Aber alle gingen weiter, oder wenn sie zufällig den richtigen Weg einschlugen, kamen sie anderswoher, waren sie nicht zwischen den Bäumen hindurchgegangen... Je mehr das Tageslicht schwand, desto malvenfarbiger wurde der graue Himmel hinter den Dächern. Die Läden wurden hell, und der ganze obere Teil der Häuser versank in zunehmender Dunkelheit. Blinzelnd sah Henriette diese Lichter durch ihre Wimpern, den rötlichen Schein der Laternen, das harte und grelle Weiß der Lampen an den Geschäften, und die ganze Helligkeit lag ausgebreitet wie eine blitzende, flimmernde Fläche vor der massiven Silhouette der großen dunklen Kirche. Die Stunde kam, die Nacht war da. Nur auf dem Bronzedach der Madeleine lag noch ein wenig vom Licht des Tages. Im Dunkel, worin alles sich auflöste, behauptete sich das starke Grün des Daches, ein riesiger Fleck, den das Auge nicht mehr begriff, wie ein durch die Nacht gespanntes Tuch, unwirklich über den Cafés, den Banken und den Kinos schwebend.

Sie war so in den Anblick vertieft, daß sie sich losreißen mußte, um auf die Frage des Kellners Antwort zu geben, und sie bestellte eine Tasse Tee, die sie nicht austrinken konnte, denn sie hatte nur noch fünf Minuten Zeit. Sie lief die Treppe hinunter und war von neuem auf der Straße. Zwischen Wagen und Menschen hindurch, von einem Gehsteig zum andern, fand sie den geheimen Weg, dessen imaginäre Grenzen in ihrer Vorstellung auf das genaueste abgesteckt waren; und in Gedanken sprach sie mit den Menschen, denen sie begegnete: »Ihr seid auf dem rechten Weg, nun seid ihr es nicht mehr, ihr kommt auf ihn zurück, ihr verlaßt ihn ganz und gar.«

Plötzlich blieb sie stehen.

Vor sich, in der Schaufensterscheibe eines Antiquitätengeschäfts, erblickte sie ihr Gesicht fast so klar wie in einem Spiegel; sie machte indessen keine Geste, die darauf hätte schließen lassen, daß sie dem Sitz ihres Hutes irgendeine Aufmerksamkeit schenkte. Sie sah durch ihren Körper hindurch wie durch einen Geist und betrachtete ein Möbelstück, das in der Mitte des Schaufensters plaziert war. Ringsherum füllten Sessel, Tischchen, jede Menge alter Rahmen und tausenderlei kleine Nippsachen aus Milchglas den engen Raum, der durch verschiedenfarbige Vorhänge abgetrennt war, aber sie hatte nur Augen für dieses Möbelstück, das sogleich ihr Verlangen geweckt hatte. Es war eine kleine bauchige Kommode mit zwei Schubladen; ihre schmalen, fast zu zierlichen Füße hatten winzige, zu Flammen oder spitzauslaufenden Blättern geformte Kupferbeschläge, doch die auserlesene Leichtigkeit ihrer Linien unterschied sie nicht von alldem, was um 1750 aus den Händen französischer Handwerker hervorgegangen war. Hingegen bot sie die Einzigartigkeit, aus Porzellan gefertigt und pistaziengrün und türkischrosa bemalt zu sein. Die junge Frau betrachtete sie einen Augenblick, entfernte sich, dann kam sie wieder zurück. Sie hatte wohl nicht recht gesehen; es war doch nicht möglich, daß ein so zerbrechliches Möbel eine derart lange und unruhige Zeit unbeschadet überstanden hatte. Gewiß handelte es sich um eine dieser romantischen Nachahmungen. Aber nein. Sie hatte die kupfernen Griffe und Beschläge nicht gleich bemerkt, die nicht an eine Kopie glauben ließen. Ihr Herz begann zu klopfen, sie ging näher heran und beugte sich vor, um die zierlichen Blumengirlanden zu betrachten, die sich um die Schubladen rankten. Etwas schnürte ihr den Hals zu. Konnte das Glück eines menschlichen Wesens darin bestehen, diesen Gegenstand zu besitzen, den man mit einem Hieb entzweischlagen könnte? Henriette war sich sicher, daß es so war. Sie trat ein, erkundigte sich nach dem Preis und ging wieder hinaus. Fünfzehntausend Francs. Eine geschicktere Frau hätte verhandelt, gefeilscht, sie aber vermochte gerade ihre Unruhe zu beherrschen und Gleichgültigkeit vorzutäuschen, indem sie den Blick von der kleinen Kommode abwandte. Außerdem schien ihr der Preis angemessen. Wenn man statt fünfzehntausend Francs gesagt hätte: einhundertfünfzigtausend Francs, hätte sie ebenfalls geantwortet: »Ich werde es mir überlegen«, und den Preis angemessen gefunden. Sie bräuchte Philipp nur zu bitten, daß er diese Zahl auf ein Stück Papier kritzelte, aber Philipp zu bitten war nicht so einfach: er würde wissen wollen, wozu sie diese Summe brauchte, und aus mancherlei Gründen konnte sie es ihm nicht sagen. Und dann würde sie Eliane für ihre Sache gewinnen müssen, denn Philipp gab seiner Frau nur Geld, wenn Eliane die Forderung unterstützte, und das Unglück wollte es, daß Eliane gerade an diesem Nachmittag siebentausend Francs von ihm leihen mußte. Es war zu spät, um zu Eliane zu sagen: »Bitte ihn doch um ... fünfzehn plus sieben ... zweiundzwanzigtausend Francs.« Zweiundzwanzigtausend Francs. Sie müßte Eliane innerhalb weniger Minuten überzeugen, zweiundzwanzigtausend Francs von Philipp zu leihen. Die alte Jungfer würde Fragen stellen, sie würde nicht verstehen, daß man am Morgen nur siebentausend Francs brauchte und nun plötzlich zweiundzwanzigtausend; sie war gut, aber argwöhnisch, sie würde diesen Brief sehen wollen, den die junge Frau sich bereits ausdachte. Ich muß ihn wohl verloren haben, er war doch in meiner Tasche ... In der Zwischenzeit wäre diese Kommode irgendeinem Interessenten ausgeliefert, der vermögender war als Henriette.

Sie hatte Lust, sich auf eine Bank zu setzen und vor allen Leuten zu weinen; es fehlte wenig, und sie wäre von dem geheimen Weg abgewichen. Ein Zeitungsverkäufer hätte sie beinahe umgestoßen, denn sie ging mit gesenktem Blick, in lange Rechenoperationen versunken, und ohne es zu bemerken, fand sie sich in der dunklen, spärlich erleuchteten Passage wieder, durch die ein eisiger Wind blies. Hier zwischen den dunklen Läden wirkte das Leben auf einmal häßlich. Die Glaskuppel ließ das Geräusch der Schritte widerhallen, als wolle sie sich über diese nutzlose Betriebsamkeit lustig machen. Sie betrachtete sich im angelaufenen Spiegel eines Geschäfts und war überrascht über die Erschöpfung, die sie in ihren Zügen las; graue Schatten lagen fleckig auf ihrem Gesicht, und ihr Blick war müde. Was bedeutete es für sie, diese Kommode zu besitzen, wenn sie selbst häßlich wurde? Dieser Gedanke erschien ihr so richtig und gleichzeitig so absurd, daß sie den Schritt verlangsamte, wie um besser nachdenken zu können. Häßlich zu werden kam nicht in Frage. Wenn das Leben erträglich sein sollte, mußte alles an seinem Platz bleiben, unbeweglich bis zum Schluß, es mußte immer den geheimen Weg geben, und am Ende dieses Weges das gleiche Glück, und diese Frau mit der hellen Haut und den dunklen Augen, sie müßte immer in der gleichen Weise lachen und dürfte keine Falten bekommen, und es dürfte niemals geschehen, daß sie eine welke Hand auf den Griff eines Möbels legte, das ewig schön blieb.

Jetzt hatte sie angefangen zu laufen. Zum ersten Mal holte die Zeit sie ein. Ihr Gesicht war nicht weniger rein als früher, und die düstere Beleuchtung der Passage hatte sie getäuscht, aber in ihr selbst veränderte sich etwas. Bis zum Alter von achtundzwanzig Jahren war sie durchs Leben gegangen, ohne recht zu wissen, was das war, und plötzlich, ohne daß sie das übrige besser begriff, sagte ihr eine Stimme: »Das Ende ist in Sicht.« Das Ende? Welches Ende? Wie war sie auf dieses Wort verfallen? Woher kam es, wer zwang sie denn zu laufen wie eine Frau, die verfolgt wird? Sie würde zehn Minuten zu spät kommen. Na und? Ein- oder zweimal war sie fast eine halbe Stunde nach der vereinbarten Zeit gekommen, aber niemals war sie gelaufen wie heute; sie war auf der Flucht. Am Ausgang der Passage drehten die Leute sich mit spöttischer oder mißtrauischer Miene nach ihr um.

Sie kam nicht, sie fiel in das kleine Vorzimmer. Er war da, nah an der Tür, und nahm sie in seine Arme.

»Was hast du?«

»Ich bin zu Fuß von der Madeleine gekommen, ich bin gelaufen.«

»Das hättest du nicht tun sollen. Warum hast du keinen Wagen genommen? Draußen ist Glatteis, du hättest hinfallen können.«

Er hielt sie an sich gepreßt, wie um sie zu wärmen. Er war kaum einen Kopf größer als sie, und seine abfallenden Schultern deuteten auf eine zarte Gesundheit und auf die schwachen Lungen eines Großstädters. An den Bakkenknochen war seine Gesichtsfarbe lebhafter, ohne die mageren, von kleinen Falten durchzogenen Wangen jugendlich erscheinen zu lassen. Eine gewisse Trockenheit kennzeichnete seine Züge, die kurze Nase mit den vorspringenden Flügeln, den schmalen Mund. Aber das Fieber der Erregung schenkte seinen Augen einen Glanz, der stark und in seiner Härte fast metallisch war. Dieser gebieterische Blick schwebte über Henriette, als wolle er die Tür befragen, durch die sie gekommen war, dann senkte er sich auf das kleine Wesen, das in seinen Armen Atem holte.

»Ich war unruhig«, fuhr er fort. »Ich befürchte immer ein Unglück, einen Unfall. Laß uns hineingehen. Komm und wärme dich.«

Er legte einen Arm um ihre Hüfte und stützte sie, während sie durch das Vorzimmer gingen, wo drei hellrote Samtstühle nebeneinander vor der schokoladenbraunen Vertäfelung standen. Das Zimmer, in das sie dann eintraten, sah nicht viel üppiger aus. Es war sehr niedrig und bezog sein Licht von einer einzigen Wandleuchte, die rechts vom Spiegel über dem Kamin hing, und seine Wärme von einem spärlichen Brikettfeuer, das eine knausrige Hand mit Asche bestreut hatte. Ein viereckiger, billiger, rotvioletter Teppich verdeckte die Mitte des nicht mehr ganz intakten Parketts. Zu beiden Seiten des Kamins wartete ein bemalter Holzsessel auf den Besucher, der sich fröstelnd auf dem mit Rips bespannten Sitz niederlassen würde. Eine große Photographie des Canal Grande, die über einem langen Eichentisch hing, krönte das Mobiliar des Salons, der im Notfall auch als Eßzimmer dienen mußte.

»Ich habe Kopfweh«, sagte sie. »Gib mir ein Aspirin.«

Er runzelte die Stirn und wollte etwas sagen. Dann besann er sich anders und verließ das Zimmer. Henriette hörte ihn in der Küche hin und her gehen. Sie stand am Fenster und warf einen Blick in den kleinen dunklen Hof. Nur die Furcht, Viktor zu verstimmen, hinderte sie, die Jalousien zu schließen und die verblichenen Cretonnevorhänge zuzumachen. Denn die Nacht drang durch die Scheiben und den Tüll ebenso leicht in dieses Zimmer wie der Tag, und das harte Licht der Wandlampe kam gegen die kalten Schatten des Dunkels nicht auf. Aber Viktor hatte der jungen Frau verboten, Fenster oder Möbel zu berühren. Es gehörte zu seinen fixen Ideen, daß er sie in allem bedienen wollte. Sie trat zum Kamin und hielt die

Hände an die Glut. Der kleine Kohlenrost erinnerte sie an die Wohnung ihres Vaters, wo sie den ersten Teil ihrer Jugend verbracht hatte. Sie sah die marokkanische Portiere der Bibliothek vor sich, die in grünes Leinen gebundenen Bücher und die abgenutzte Mappe, die der alte Professor mit einem Seufzer auf den Schreibtisch legte. Vielleicht hatte sie sich wegen dieser Erinnerungen in Viktor verliebt. Sie konnte ihn sich nirgendwo anders vorstellen als unter dieser niedrigen Decke, die den Klang seiner Stimme so seltsam zurückwarf, in der Nähe dieser großen verblichenen Photographie, die an den Rändern gelb geworden war. So groß ihr Abscheu vor der Armut auch war, sie wurde trotzdem von ihr angezogen. An manchen Tagen fühlte sie sich nur in Viktors Wohnung wohl, wo es nach Elend roch, in der Nähe dieses Mannes, dem der Bankrott auf dem Gesicht stand. In diesem Augenblick hörte sie ihn, wie er Schubladen öffnete und die Aspirintabletten suchte, die sich nie finden ließen. Beim Gehen schlappten die Sohlen seiner Pantoffeln auf den Küchenfliesen. Manchmal brachte dieses Geräusch Henriette außer sich, manchmal, heute zum Beispiel, beruhigte es sie, weil es einen magischen Kreis um sie legte, der das alltägliche Leben ausschloß. Seit zwei Jahren kam sie jede Woche hierher. Die heftige, eifersüchtige Liebe dieses Mannes störte sie nicht allzusehr. Sie wußte, daß er ihr auf der Straße folgte und sie für untreu hielt, weil er nicht glauben wollte, daß eine so schöne Frau sich mit einem so armen Liebhaber begnügen könne. Aber sie war ihm deshalb nicht böse. Insgeheim nahm sie ihm nur seine ewig feuchten Hände übel und die Brutalität seiner Forderungen. Zweifellos machte es ihm Freude, sie zu demütigen. Es war seine Art, sich für den Reichtum dieser Frau und für jeden Betrug zu rächen, den er sich ausdachte. Um ihm seine unschuldigen Freuden nicht zu verderben, hütete sie sich, Viktor zu gestehen, daß sie dieselbe Armut gekannt hatte, daß sie diese Armut gegen ihren Willen liebte und daß sie sich nie an den Gedanken gewöhnen würde, reich zu sein. Im übrigen ließ sie ihn glauben, was er wollte, und da sie nicht hoffen konnte, daß er ihr glaubte, verbarg sie ihm sogar die Gleichgültigkeit ihres Mannes, in dem der arme Bankangestellte einen Rivalen auf dem Gipfel des Glücks sah.

»Hier«, sagte er, als er wiederkam. Er reichte ihr ein Glas, dessen Inhalt sie mit einem Zug austrank. »Willst du dich hinlegen?« fügte er hinzu.

Sie sah mit dem Glas in der Hand im Zimmer umher.

»Wo denn?«

»Ich habe nebenan Feuer gemacht.«

Henriette schüttelte den Kopf und stellte das Glas auf den Kamin. Vor diesem kleinen Mann, der jede ihrer kleinsten Regungen beobachtete, hatte sie eine Scheu zu sprechen, eine Furcht, seine Eitelkeit zu verletzen, die nur eine Form seiner Liebe war. Ein tiefes Mitleid packte sie für dieses Wesen, dem es nicht gelang, sich von ihr lieben zu lassen. Er legte ihr zart die Hand auf den Arm und führte sie zu einem Sessel.

Sie war es gewesen, die ihm eines Tages gefolgt war, als sie unter dem Wetter litt und darunter, daß sie nichts zu tun hatte. In einer kleinen, überfüllten Straße drehte der Unbekannte sich nach ihr um, und sie entdeckte in seinen Augen den unruhigen, bösen Ausdruck der Begierde. Zuerst mißfiel er ihr derart, daß sie umkehrte und einen großen Laden betrat, um abzuwarten, bis er fort war. Aber sie konnte dieses abgezehrte, sorgenvolle Gesicht nicht loswerden. Ein paar Sekunden vergingen, sie befühlte mit ihren Fingern einen Seidenstoff, als das Verlangen zu wissen, wohin dieser Mann gegangen war, sie auf die Straße trieb. Sie erinnerte sich an seinen abgetragenen Mantel, an seine schwarze Krawatte und wunderte sich, daß sie seine Kleidung so genau beachtet hatte. Die Menge der Spaziergänger stieß sie hin und her und verlangsamte ihren Schritt. Als sie die Stelle erreichte, wo der Mann sie gesehen hatte, war er nicht mehr da. Vor Zorn und Trauer preßte Henriettes Herz sich zusammen. Jetzt wollte sie um jeden Preis mit dem Unbekannten sprechen oder ihn nur wiedersehen. Sie verließ den Gehsteig und setzte, um rascher voran zu kommen, ihren Weg auf der Fahrbahn fort. Kurz darauf erkannte sie ihn an seiner schäbigen Kleidung, vor allem aber an seinem Gang wieder, der zugleich abweisend und ängstlich war.

Die Armut hatte für sie eine Anziehungskraft wie für andere Frauen der Reichtum. Wäre sie selber arm gewesen, so hätte sie diesen Mann vielleicht verachtet. Doch da sie reich war, hatte sie für ihn ein Gefühl, in dem sich Bewunderung und Neugier mischten. Sie ging schneller und überholte ihn. Das Schwierigste war, ihn dazu zu bringen, daß er sie ansprach. Denn sie schüchterte ihn ein: sie war zu elegant. Sie mußte dem Unbekannten Zeit lassen, sich an den Gedanken eines großen, unwahrscheinlichen Glücks zu gewöhnen. Sie kehrte wieder um, und diesmal folgte er ihr.

Das alles kam ihr so seltsam vor, daß sie den Eindruck hatte, sie bewege sich wie eine Schlafwandlerin. Der Blick des Mannes machte ihr ein wenig angst. Jedesmal, wenn sie den Kopf drehte, begegnete sie dem Blick seiner Augen – es war der Blick eines Diebes. Vielleicht dachte er nicht, daß die Sache so rasch klappte. Doch jetzt wäre sie beinahe froh gewesen, wenn er seine Verfolgung aufgegeben hätte. Sie ging von Straße zu Straße, ohne daß es ihr gelungen wäre, ihn zu entmutigen. Als sie an einem Haus vorüberging, das etwas zurückgesetzt stand, trat sie in die Toreinfahrt. Einen Augenblick später kam er lächelnd auf sie zu. »Hier wohne ich«, sagte er.

Sie stand hinter dem Flügel des Tores, der sich nicht öffnen ließ. Draußen war die Straße mit ihren Stimmen, ihren Lichtern und ihren bekannten Geräuschen, aber hier in der feuchten Luft dieser dunklen Wölbung begann eine andere Welt. Der Mann wiederholte seinen Satz in einem anderen Tonfall und ohne Lächeln. Er hatte nicht gesagt »Hier wohne ich«, sondern – wie hatte sie es vergessen können? – »Hier hause ich.« Sie antwortete irgend etwas Gleichgültiges, und sie gingen hinauf. Auf der Treppe lag kein Teppich. Das Geräusch seiner Sohlen auf den Holzstufen rührte sie.

Von diesem Tag an bekam ihr Leben wieder eine Art Gleichgewicht. Halb arm, halb reich – beinahe hielt sie sich für glücklich. So wenig sie Tisserand liebte, sie gewöhnte sich an ihn, an seine Leidenschaft, die einerseits aus Neid und Rachsucht und andererseits aus Zärtlichkeit und Begierde bestand. Er verwünschte ihren Reichtum, ihren Schmuck, ihren Mann, der sich satt essen konnte und keine Schulden hatte. Sie dagegen liebte seine Armut über alles, seine ungesunde Wohnung und sogar seine Geldsorgen, die ernstzunehmen sie sich bemühte. Ein- oder zweimal hatte sie ihm mit absichtlich knapp bemessenen Summen geholfen, denn sie fürchtete, daß sein Hauswirt ihm kündigen würde, wenn er die Miete nicht zahlte. Abgesehen von diesem ärgerlichen Problem der Miete kümmerte sie sich freilich kaum darum, ob er fror oder schlecht aß. Gewiß hatte sie Mitleid mit seinem Schicksal, sie weinte sogar vor ihm darüber, glücklich über ihre eigenen Tränen, und solange sie diese Tränen vergoß, meinte sie es ehrlich. Aber sie fürchtete, daß sie, wenn sie ihm zu große Summen lieh, Luxusbedürfnisse in ihm erweckte, die sie haßte. Sie fürchtete, daß er sich einen zu eleganten Anzug machen ließe oder daß es ihm beispielsweise in den Sinn kommen könnte, die fleckigen Tapeten im Salon zu erneuern. In diesen Wänden mit den vergilbten Tapeten bekam das Leben erst sein wahres Gesicht. Sie selber war nur noch eine arme Kleinbürgerin, sie fror, weil das Feuer nicht gut brannte; das allein war wirklich. Unwirklich waren die langen Stunden, die sie bei Philipp verbrachte, neben dem fiktiven Gatten in einer wundervollen Wohnung, wo für jedes Bedürfnis gesorgt war, nur für das eine nicht, sich lebendig zu fühlen. Sie suchte nach der Wahrheit, wie andre sich in den Traum und seine verlogenen Paradiese stürzen.

»Mir ist kalt«, sagte sie.

Er faßte ihre Hand und sah sie mit einer Mischung aus Unruhe und Zärtlichkeit an.

»Was hast du heute, Henriette? Du denkst nicht an mich.«

»Im Gegenteil, ich denke sehr an dich, an deine Sorgen ...«

»Ich wollte mit dir nicht darüber sprechen.«

Sie setzte sich an den Kamin und stocherte in der glühenden Asche im kleinen Rost. Morgen würden keine Kohlen mehr da sein, sie wußte es. Dieses Feuer brannte seit vielen Stunden in dem vergeblichen Bemühen, ein feuchtes Zimmer zu heizen, in dem man seinen Atem sah. Und nebenan, in Viktors Zimmer, verglomm ein kleiner Brikettaufen in einem Rost, der genauso aussah wie dieser hier. Das liebevoll vorbereitete Feuer sorgte für eine gleichmäßige Temperatur in einem Zimmer, das bis zur Nacht leer bleiben würde; nur der Cretonnesessel, der schiefstehende Spiegelschrank und das Messingbett, das mit seinen beiden Kopfkissen wie ein Ehebett aussah, kämen in den Genuß. Denn es war spät, und sie mußte fünf Minuten vor sechs schon fortgehen. Die Komik dieser Situation erheiterte sie.

»Du wirst mich für herzlos halten, weil ich lache, kurz bevor ich dich verlasse«, sagte sie.

Er kniete vor ihr nieder und schaute ihr in die Augen.

»Ich glaube nur das, was du willst«, sagte er leise. »Ich denke nur an dich. Wenn du fortgehst, bin ich böse auf mich wegen meines unfreundlichen Gesichts, wegen meiner harten Worte, verstehst du mich? Ich bin nämlich nicht fähig, deine Gegenwart zu genießen. Ich kann nicht glücklich sein, wenn du da bist.«

»Ich lachte, weil ich froh bin, bei dir zu sein, Viktor. Wenn ich wieder zu Hause bin, wird mir alles so traurig vorkommen.«

»Ist es möglich? Du liebst mich also?«

Sie hatte Lust, ihm zu antworten, daß seine Frage sinnlos sei, aber sie hielt sich rechtzeitig zurück. Der arme

Mann konnte das nicht verstehen. Sie sah, wie er sich vor ihr niederbeugte und gleichsam aus Dankbarkeit den Kopf auf ihre Knie legte. In diesem Augenblick entdeckte sie mit Schrecken, daß ihm die Haare ausgingen. Ihre Hand, die im Begriff war, diesen armen Kopf zu streicheln, zuckte zurück und blieb in der Luft stehen. Ihr Geliebter wurde alt. Und sie? In ihr Gesicht, das sich über den knienden Mann neigte, trat ein Ausdruck des Entsetzens. Sie suchte nach der Wahrheit, sie wollte sie mit Gewalt in ihr Leben reißen und hatte sich dieses anrüchige Verhältnis geschaffen, um eine Verbindung zu ersetzen, die ihr nichts bedeutete. Endlich war es ihr gelungen: sie hatte die Wahrheit eingefangen. Henriette beugte sich vor und betrachtete die kleine Tonsur, das Zeichen der beginnenden Kahlheit. In den Abscheu, den sie zuerst empfand, mischte sich grenzenloses Mitleid. Dieser eitle Mensch würde leiden.

Beunruhigt von ihrem Schweigen hob er plötzlich den Kopf.

»Was hast du? Du sagst ja nichts.«

»Ich denke über etwas nach.«

Mit verstörtem Ausdruck sah er sie fragend an. Sie legte ihm sanft die Hand auf die Augen. Eben hatte sie noch die arme Kleinbürgerin gespielt, aber eine innere Stimme hatte gesagt: »In einer Stunde wirst du wieder in deiner schönen Wohnung sein, du wirst aus feinstem Porzellan essen und unter einem seidenen Baldachin schlafen«, und alle Freude war ihr verdorben. Aber jetzt, seit fünf Minuten, war sie wirklich diese Kleinbürgerin geworden. In diesem kalten, dunklen Zimmer lebten eine verzweifelte Frau und ein sorgenvoller Mann, eine wirkliche Frau, verbunden, verheiratet mit einem kleinen, häßlichen Mann, dessen Küsse ihr widerlich waren. Sie brach in Schluchzen aus.

»Ich bin unglücklich, ich ... ich ...«

Erschrocken erhob er sich und nahm sie in seine Arme.

»Was hast du denn? Du verbirgst mir etwas.«

»Nein. Ich will nicht mehr, daß du Sorgen hast. Ich werde das Geld auftreiben.«

»Weinst du deshalb, Henriette?«

Er zitterte vor Erregung und preßte sie so stark an sich, daß sie kaum atmen konnte.

»Laß ... laß mich doch, du erstickst mich.« (Sie trocknete ihre Tränen.) »Hör zu, meine Schwester hat versprochen, mir zu helfen. Heute abend vielleicht, ich hoffe es, werde ich in der Lage sein, dir das Geld zu schicken, das du brauchst.«

»Du bist so gut, du weißt nicht ...«

»Danke mir nicht, Viktor. Ich bin nur eine Egoistin, ich habe keine wirklichen Entbehrungen, keine wirklichen Sorgen ...«

Sie verstummte aus Furcht, sich hinreißen zu lassen und ihm zu erzählen, daß auch sie arm gewesen war. Denn sie schämte sich dieser Tatsache. Es war ihr lieber, daß er glaubte, sie sei launenhaft und ihm erotisch verfallen, während sie in Wirklichkeit seine Berührungen fürchtete. Nie hätte sie Worte gefunden, diesem Unglücklichen zu erklären, daß sie ihn nur seines Elendes wegen besuchte. Plötzlich packte sie eine Art Trunkenheit, und was sie eben noch abgestoßen hatte, zog sie auf einmal an: sie warf sich in seine Arme.

Philipp widmete einen Teil des Nachmittags seinen Geschäften. Er ging zu Fuß zur Madeleine und verweilte in den Tuilerien, obwohl die Kälte ihm ins Gesicht schnitt. Er war innerlich gespalten zwischen dem Wunsch, einen verdrießlichen Tag zu Ende zu bringen, und einer fast unüberwindlichen Abneigung gegen die lästigen Geschäfte, die er zu erledigen hatte. Als er bei dem Bronzelöwen angekommen war, stieg er die Stufen empor und warf einen letzten Blick auf den weiten, heiteren und freien Raum, den er jetzt verlassen mußte. Er erinnerte sich, daß früher, wenn er durch diese Gärten ging, um sich in den Mauern des Gymnasiums einzuschließen, die gleiche Trauer über ihn gekommen war, eine kindliche Trauer, die ihn bis in die Nacht verfolgte. Aber zu dieser Zeit – quälende Erinnerung – war er, was man einen hervorragenden Schüler nennt, war er seiner selbst und seiner Zukunft sicher, durchdrungen vom Gefühl seiner Wichtigkeit, und das bot einen Ausgleich zu seiner etwas sentimentalen Natur. Heute aber ... er dachte besser an etwas anderes. Er sagte halblaut »Los!« und ging zur Rue de Rivoli, die er überquerte.

In wenigen Minuten hatte er die Madeleine erreicht. Er bog in eine der dunklen Straßen ein, die zum Boulevard führen, und mit der mathematischen Genauigkeit des betrogenen Ehemannes ging er an dem Haus, in dem Viktor wohnte, vorbei, eine halbe Minute, bevor Henriette es betrat. Dank einem Gang durch eine Gemäldeausstellung und einem kleinen Umweg gelangte er an den Ort seiner Bestimmung, als die große Empireuhr im grünen Marmorvestibül gerade halb fünf schlug. Nie konnte er diesen matten und dünnen Ton hören, ohne daß ihm ein dummer Satz durch den Kopf ging, den sein Kindermädchen oft zu ihm sagte, als er noch klein war und vor einer unangenehmen Aufgabe ein Gesicht zog: »Das wird dir am Fegefeuer abgezogen.« »Das wird dir abgezogen ...« sagte er unwillkürlich vor sich hin, gereizt durch den fast mechanischen Charakter dieser Überlegung. Als er dem Diener seinen Hut reichte, fügte er in Gedanken hinzu: »Wenn das alles wenigstens zu irgend etwas gut wäre, wie dieses dumme Mädchen glaubte.« Dabei stieß er die mit olivgrünem Wachstuch bezogene Tür zum Sitzungssaal auf.

Trotz der überwältigenden Pracht hatte man in diesem Raum den Eindruck eines selbstverständlichen Luxus, an dem Philipp den Geschmack seines Vaters erkannte. In der Tat hatte sich der alte Herr Cléry selber um die Inneneinrichtung des Gebäudes gekümmert, das einmal in jedem Monat die acht Aufsichtsräte eines ziemlich großen Bergwerkunternehmens vereinigen sollte. Seit dreiundvierzig Jahren und trotz des ungeheuren Rückschlags im Krieg ging das Geschäft fast von selbst, aus dem einfachen Grund, weil die Menschen immer das Bedürfnis haben, im Winter zu heizen. Auch der Tod des rührigen alten Mannes hatte nichts geändert. In dem Sessel, der ausgehöhlt war von dem schweren, großen Körper, dessen Kräfte sich in der Arbeit verzehrt hatten, ließ sich ein Faulpelz träge nieder, und der Unterschied schien nicht nennenswert. Freilich hatte Herr Cléry sich für unentbehrlich gehalten, ganz anders als sein Sohn, der wußte, daß er überflüssig war.

Philipp drückte den Aufsichtsräten die Hand. Sie hatten, wie einer von ihnen mit sauersüßer Stimme sagte, nur auf ihn gewartet, um die Sitzung zu eröffnen. Denn alle diese Herren kamen fünfzehn bis zwanzig Minuten früher und verurteilten die »Verspätung«, wie sie sie nannten, des jungen Herrn Cléry oder des Sohnes des Herrn Cléry (»jung« nannten sie ihn, wenn sie dem Sohn den unverzeihlichen Fehler vorwerfen wollten, daß er nicht sechzig Jahre alt war, und »Sohn«, wenn es sich nur darum handelte, an die Überlegenheit des Verstorbenen zu erinnern).

»Hier haben wir also«, dachte er, als er in den Sessel sank, »auf der einen Seite die Jugend, auf der anderen das Alter. Ein uneingeweihter Zuschauer müßte die Dinge so sehen: auf der einen Seite die neuen Gedanken, Zukunft und Eifer, auf der anderen die hergebrachten Irrtümer und die Schläfrigkeit des Alters. In Wirklichkeit fühle ich mich ebenso müde wie der Vorsitzende der Aufsichtsräte. Wir erleiden alle zusammen Schiffbruch.«

Einen Monat früher hätte er solche Gedanken mit Abscheu von sich gewiesen, heute aber begegnete er ihnen mit größter Ruhe. Es gab Augenblicke, wo er, wie jetzt, eine sonderbare, unheimliche Freude daran hatte, sich ins Gesicht zu blicken. Seit jener Nacht an der Seine erstarb etwas in ihm, er wußte es. Sein Name entsprach nicht mehr dem Wesen, das er gekannt hatte. Gewiß gestattet das Leben keine jähen Veränderungen. Man entdeckt auf einmal, daß man anders ist, während die Veränderung schon seit Jahren vor sich geht. Er seufzte und versuchte sich zu erinnern, wann, in welchem Augenblick, in welcher Sekunde diese Veränderung begonnen hatte. In dem Augenblick, als die Frau nach ihm rief ... Viel früher. In dem Augenblick, als seine Hände zitterten, in denen er die Zügel des Pferdes hielt ... Vielleicht noch viel früher. Vergaß er die Ängste, die er als Kind hatte, die Furcht vor seinem Vater, diese fast übernatürliche Furcht, die ihn bis hierher verfolgte? Nie konnte er das Wort in diesem Saal ergreifen, ohne daß eine Stimme, die nur er selber hörte, ihn zum Schweigen zu bringen versuchte. Deshalb sprach er so verlegen und so undeutlich, wenn er seine Meinung sagen sollte. Mit schamrotem Gesicht mußte er die unverschämten Blicke über sich ergehen lassen, mit denen die Freunde des Verstorbenen ihn maßen. Sein Herz schlug schneller wie vor einer nahen Gefahr. Wußten sie etwas? Sonst brachte diese Frage ihn außer sich, aber heute beantwortete er sie zum ersten Mal ruhig: »Aber selbstverständlich wissen sie es. Sie wissen, daß ich Angst habe, daß ich vor ihnen Angst habe.«

Er hob die Augen zu dem monumentalen Kamin, dessen roter Marmor an rohes Fleisch erinnerte. Über diesem Kamin hing, nach vorn geneigt, ein großer Spiegel in einem schweren Rahmen. In ihm spiegelten sich der Saal, der lange, mit rotem Tuch bespannte Tisch und die kahlen Köpfe der Aufsichtsräte. Er suchte sich im Spiegel, fand sein Gesicht, das etwas bleich war, und hatte Lust, ihm wie einem Komplizen ein Zeichen des Einverständnisses zu geben. Hinter ihm waren die Fenster mit den riesigen, violetten Samtvorhängen, und dazwischen lächelte fratzenhaft das von Bonnat gemalte Porträt des Gründers. Ein Kronleuchter verbreitete eine fahle Helligkeit. Die Decke, zu hoch für dieses Licht, lag im Dunkel.

Vorläufig hatte Philipp nichts zu sagen. Der Vorsitzende las mit lauter Stimme ein Aktenstück vor. Von Zeit zu

Zeit warf er einen feindseligen und unruhigen Blick zur Tür und zupfte dabei an dem schwarzgrau karierten Schal, der seine Schultern bedeckte. Das Alter schien aus seiner hohen Gestalt jede Spur von Fett getilgt zu haben. Es hatte ihm nur eine schlaffe, vergilbte Hülle gelassen, die am Kinn in Falten herunterhing und sich auf den langen, schwarzbraun gefleckten Händen runzelte. Die hellblaue Iris lief zwischen roten Lidern von links nach rechts, so scharf und klar wie das Auge eines Zwanzigjährigen. Aber das Fehlen einiger Zähne störte beim Vorlesen. Trotzdem wirkte dieser Mangel nicht lächerlich. Es schien sogar gleichgültig, ob man die Worte des Aufsichtsrates verstand, denn die Feierlichkeit des Ortes, die fahle und zugleich grelle Beleuchtung und diese dünne Stimme, die sich am Ende jeden Satzes senkte, das alles fügte sich zu einem seltsamen Ganzen, dessen Teile allmählich jeden menschlichen Charakter verloren. Dieser Greis wurde zu einem Zauberer, der Menschen und Dinge in einen magischen Schlummer versenkte. Zu der Hitze im Saal kam die Langeweile und vor allem das Schlafbedürfnis. Philipp fürchtete, daß ihm gegen seinen Willen die Augen zufallen könnten, und um dieser Versuchung Herr zu werden, starrte er auf den Kronleuchter, den er im Spiegel sah. Bald glitzerte dieser Leuchter wie ein Eisblock in der Sonne, bald war er wie ein dunkler Stern, der sich auf einem funkelnden Grund im Kreis drehte. Ab und zu strich Philipp mit der Hand über die Augen und wischte einen Schweißtropfen weg, der ihm langsam über die Schläfe rollte. Neben ihm saß ein Mann mit mächtigen Schultern und rotem, an manchen Stellen bereits ergrauendem Haar und spielte mit einem Papiermesser, das er auf seinem dicken, behaarten Zeigefinger zu balancieren versuchte. Von Zeit zu Zeit schüttelte ihn ein kurzer, kräftiger Husten, und das Papiermesser glitt auf den Tisch. Die Regelmäßigkeit dieses kleinen Unfalls erregte schließlich Philipps Aufmerksamkeit, der anfing, die Schwingungen des dünnen Schildpattmessers zu beobachten. Es schwankte wie das Zünglein einer Waage und sah aus, als zögere es und überlege, nach welcher Seite es fallen wolle. In dem Dämmerzustand, der sich seiner bemächtigte, sah der junge Mann in diesem banalen Gegenstand ein von geheimnisvollen Absichten beseeltes Wesen. In ihm selber war etwas Dunkles, das dieser absurden Bewegung entsprach. So unterdrückte Philipp jedesmal, wenn das Messer fiel, ein schmerzhaftes Zusammenzucken, als ob er gerade noch rechtzeitig am Rand eines Abgrunds stehengeblieben wäre. Auf die Dauer hielt er es nicht aus, er beugte sich zu seinem Nachbarn und wollte ihm den abscheulichen Gegenstand wegnehmen, als er auf einmal merkte, daß das nicht möglich war. Die Worte, die er sagen wollte, blieben ihm in der Kehle stecken. Langsam lehnte er sich wieder zurück und legte den Kopf an die wappengeschmückte Lehne seines Sessels. Ein Lächeln vertiefte seine Mundwinkel, ein bitteres und trauriges Lächeln, das von einem jähen Erröten begleitet wurde. Jetzt war die Schläfrigkeit vorbei, und Philipp hörte dem Aufsichtsrat zu, der mit seinem Vorlesen immer noch nicht zu Ende war. Manchmal erklang mitten in einem unverständlichen Satz plötzlich der Name einer Stadt oder eines Flusses und beschwor die geheimnisvolle Landschaft des Nordens. Vor einem weißen, regnerischen Himmel bildete die aus den Zechen emporgeschleuderte Erde hohe, kegelförmige Berge, die langsam von einem inneren Feuer verzehrt wurden. Gras und Sträucher hatten in dem schwarzen heißen Boden Wurzeln geschlagen und bedeckten die Flanken der Halden, an manchen Stellen bis zum Gipfel, wo sich ein rauchender Spalt auftat. Weiter hinten, am Eingang der Grubenschächte, machten sich die großen, ernsten und massigen Bergarbeiter fertig, in die Hölle der Kohle hinabzufahren, schwarzen Göttern gleich, die der Schrecken des Feuers erwartet. Eingesponnen in seine Träumerei, stellte Philipp sich vor, wie sie einzeln oder zu Paaren hereinkamen, hier in diesen Raum, jedesmal, wenn der Name einer Zeche fiel. Sie stießen die Tür mit einer gewissen Ehrfurcht auf und standen einen Augenblick auf der Schwelle, geblendet von dem Kronleuchter, dessen Lichter auf ihren glänzend nackten Oberkörpern spielten. Ihre Münder standen offen; sie drückten sich aneinander und schoben sich in einen dunkleren Winkel des Saals, und ihre Schüchternheit schien zu wachsen mit ihrer Zahl. Schließlich löste sich einer, der jünger und kräftiger war als seine Kameraden, von der Gruppe und machte auf dem Aubussonteppich ein paar unsichere Schritte nach vorn. Auf diese Weise gelangte er bis zum Platz des Vorsitzenden. Mit einer Geste, in der sich Höflichkeit und Verlegenheit mischten, zog er ihm sacht den Schal aus, packte ihn ohne Zorn am Hals, hob den Alten aus seinem Sessel und trug ihn so bis zum Kronleuchter, wo er ihn aufhängte. In einer Gloriole aus Kristall und Licht drehte sich der Körper mehr als einmal um sich selbst.

Durch eine plötzliche Stille kam Philipp wieder zu sich. Der Vorsitzende war mit dem Aktenstück fertig. In dem großen, vorgeneigten Spiegel blitzte der Kronleuchter wie ein Bündel aus grünen und rötlichen Strahlen. Rings um den langen Tisch lief das Stimmengewirr, das allgemeinen Aussprachen vorherzugehen pflegt.

Für Philipp war dies der schwierigste Augenblick. Tatsächlich wurde ihm seine Überflüssigkeit nie grausamer vor Augen geführt als bei diesen Diskussionen, an denen er sich nicht ein einziges Mal beteiligt hatte, seit er im Sessel seines Vaters saß. Es war vorgekommen, daß man ihn mit ironischer Höflichkeit um seine Meinung bat, aber angesichts seiner Verwirrung und seines Stammelns hatte man sich angewöhnt, ihn in Frieden zu lassen. Wenn er jetzt zufällig hustete oder seinen Sessel verrückte, erntete er überraschte Blicke, weil man seine Anwesenheit jetzt erst wahrnahm.

An diesem Abend hatte er ein paar Minuten lang Lust, mit diesen Männern zu kämpfen. Er hatte das zaghafte Bedürfnis, sich in ihren Augen zu behaupten und einige passende Worte zu sagen. War es denn so schwierig, ein paar Worte aufzuschnappen und sie im geeigneten Augenblick mit den nötigen Variationen zu wiederholen? Er wollte es versuchen.

Die Diskussion drehte sich gerade um statistische Fragen, und einer der Aufsichtsräte verglich Zahlen miteinander, die er auf ein Blatt Papier notiert hatte. Es war ein magerer, untersetzter Greis von gepflegtem Aussehen, der nur aus Manschetten, Kragen und Hemdbrust zu bestehen schien. Am Ende jedes längeren Satzes nahm er seinen großen Schildpattkneifer ab, als wolle er ihn einem imaginären Kollegen überreichen, dann aber setzte er ihn wieder auf seine breite krumme Nase, deren Rücken glänzte. Als dieser Redner schließlich seine Manschetten schüttelte und seinen Kneifer auf den Tisch warf, um das Ende seiner Rede anzudeuten, merkte Philipp, daß er nichts verstanden hatte.

Dem nächsten Redner hörte er aufmerksamer zu. Diese plumpe, schlaffe Gestalt, die Philipp von der Seite sah, schien vom Alter nicht berührt. Keine Falte durchzog diese blühenden Wangen, und die feuchten Lippen waren wie die eines Kindes. Das blaue Auge stach unter den Lidern hervor, und der riesige Bauch schien im Kampf mit dem Tisch zu liegen, der ihn zurückstieß. Ein starker Geruch nach Kölnisch Wasser ging von diesem Mann aus. Er sprach mit gespielter Energie, um die Schwankungen seines ungenauen Gedankenganges zu verdecken. Philipp folgte seinen Ausführungen einige Zeit und versuchte bei sich einige Sätze zu bilden, die so etwas wie eine Meinung darstellen könnten, aber seine Gedanken schweiften unaufhörlich ab.

Ob er wollte oder nicht, er mußte an Dinge denken, die nicht das mindeste mit der Sache zu tun hatten, an den Ausspruch des Kindermädchens über das Fegefeuer, an die Kunstzeitschrift, die Eliane ihm an dem Abend hingelegt hatte, als er so lange am Seineufer gewesen war. Die vielen grünen und rötlichen Lichter glänzten schon im schwarzen Wasser, während er in diesem Sessel Qualen ausstand. An den Quaimauern begann das geheimnisvolle Kommen und Gehen, das bis zur Morgendämmerung dauerte. Leute, die man tagsüber nie sah, krochen aus ihrem Versteck und strichen geräuschlos an den aussätzigen Mauern entlang. Mit den Händen in den Taschen gingen sie zwischen den Sandhaufen hindurch, nahe an den großen leeren Kähnen, die Schulter an Schulter schlummerten. Manchmal blieben sie stehen und pfiffen leise, weil sie irgend jemand sahen, irgend jemand riefen. Manche schliefen am Fuß der Bäume, Strolche, mit der Mütze auf der Nase und mit offenem Mund, Frauen in Lumpen, die beim geringsten Geräusch in die Höhe fuhren und den Vorübergehenden ansahen wie Giftmischerinnen. Ein scharfer, unheimlicher Geruch stieg vom Fluß auf.

Plötzlich hatte Philipp sich wieder in der Gewalt. Sein Nachbar, der Mann mit den roten Haaren, hatte etwas zu sagen. Zuerst hustete er jäh und zornig, nahm das Papiermesser in die Hand und betrachtete es genau. Dann fing er an zu sprechen, ohne aufzuschauen. Seine großen Hände verrückten unaufhörlich den Bleistift, den Federhalter und die Löschblätter, die vor ihm lagen. In diesem runden, aufgeschwemmten Gesicht zeichneten sich sinnliche, fleischige Lippen ab und eine kleine Hakennase. Er sprach noch einige Worte, dann hustete er sehr stark, zupfte sich am bläulichen Läppchen seines großen, flachen Ohres und schwieg.

In diesem Augenblick hatte Philipp den Eindruck, daß es Nacht um ihn wurde. Er wischte seine Handflächen an der rauhen Tuchbespannung des Tisches ab. Ein überaus starkes Verlangen packte ihn, jetzt auch zu sprechen, jetzt endlich zu sprechen, da er sprechen mußte, um für diese Männer zu existieren. Schon schien es ihm, daß sich Blicke ihm zuwandten, zwei bis drei auf einmal, als wollten sie ihn herausfordern, sein Schweigen zu brechen. Nur zwei Herren am Ende des Tisches setzten leise ihre

Unterhaltung fort. Doch auch sie hörten mit dem Gespräch auf und lehnten sich in ihre Sessel zurück. Warum schwiegen sie alle?

Der Lüster im Spiegel wurde dunkler. Ein grauer Hof lag um jedes der kleinen Lichter. Philipp konnte das Bild des Gründers zwischen den violetten Samtvorhängen kaum noch erkennen. Eine warme Feuchtigkeit drang aus seinem Körper, sein Hemd klebte auf der Brust und im Kreuz. Verzweifelt suchte er seine eigene Gestalt im Spiegel, aber ein Nebel lag vor seinen Augen. Seine Finger klammerten sich an den Tischrand, als wollten sie sich neue Kraft aus der Berührung mit dem unnachgiebigen, harten Holz holen.

Plötzlich stand er auf und öffnete den Mund. Worte kamen über seine Lippen. Mit Bestürzung hörte er die Laute, die sich in der Stille formten.

An diesem Abend waren Henriette und Eliane schweigsam, und Robert, der den ganzen Tag mit dem Mädchen in Saint Cloud verbracht hatte, fielen die Augen beinahe zu. Philipp indessen war ausgezeichneter Laune.

»Ich habe euch eine Neuigkeit mitzuteilen«, sagte er gegen Ende des Essens.

»Eine Neuigkeit!« wiederholten beide Frauen wie aus einem Mund.

Philipp füllte ruhig sein Glas, dann entschuldigte er sich und bot auch seiner Frau und seiner Schwägerin Wein an.

»Nein, nein«, sagten sie, plötzlich munter geworden, »die Neuigkeit!«

Er hatte das nachsichtige Lachen eines Familienvaters, merkte es aber rasch und verabscheute die alberne Rolle, die er spielte.

»Also«, sagte er mit veränderter Stimme, »ich trete aus der Union aus.«

»Philipp!« rief Eliane. »Das ist nicht möglich.«

»Was soll das heißen?«

»Du verzichtest auf deinen Anteil am Geschäft?«

»Ich trete ihn ab gegen eine beträchtliche Summe.«

»Du gehst also nicht mehr jeden Monat in die Sitzung?« fragte Henriette.

»Philipp«, sagte Eliane wieder, »wie hast du einen so schweren Entschluß fassen können, ohne nachzudenken?«

»Woher weißt du, daß ich nicht nachgedacht habe?«

»Du hast uns kein Wort von dieser Geschichte gesagt.«

»Ich brauche mir von euch keinen Rat zu holen.«

»Sei nicht böse, Philipp. Sicher handelt es sich nur um einen Plan. Vielleicht ist es am Ende eine sehr gute Idee. Sprich doch, erzähle uns, was geschehen ist.«

»Es handelt sich um keinen Plan, sondern um ein Geschäft, das seit heute nachmittag sechs Uhr im Gang ist. Um sechs Uhr habe ich in der Sitzung das Wort ergriffen und meinen Kollegen mitgeteilt, daß ich geneigt sei, meinen Anteil an der Union zu verkaufen.«

»Und was haben sie getan?«

»Mit größtem Entgegenkommen hat mir der Vorsitzende geantwortet, daß er mir eine sehr hohe Entschädigung garantieren könne.«

»Das ist der Anfang vom Ende«, dachte Eliane. »Wenn ich ihn je heirate, werde ich einen armen Mann bekommen. Er wird nicht glauben, daß ich es aus Berechnung tue.«

»Mit größtem Entgegenkommen«, bemerkte sie laut. »Ich habe dich nicht veranlaßt, das zu sagen, mein armer Philipp.«

»Ich verstehe nicht, was an dieser Geschichte so furchtbar sein soll«, sagte Henriette. »Die Union ist außerordentlich reich, und Philipp wird sich nur mit einem sehr hohen Preis zufriedengeben, nicht wahr, Philipp?«

»Da kannst du sicher sein.«

»Deshalb bleibt doch die Tatsache bestehen«, erwiderte Eliane, »daß du an Stelle einer sozusagen unerschöpflichen Rente zu einem Kapital kommst, das zweifellos beträchtlich ist, das aber einmal zu Ende geht.«

»Du vergißt, daß ich mehrere Häuser besitze.«

»Daran denke ich schon. Aber die Mieten sinken und werden weiter sinken. Außerdem stammen fast alle Mietverträge aus der Zeit vor dem Krieg, das heißt, sie sind einfach lächerlich und dabei noch unkündbar.«

»Wir werden in einer kleinen, dunklen Wohnung leben«, dachte sie. »Zwei Schlafzimmer, ein Salon, ein Eßzimmer ... was sage ich? Ein Eßzimmer, das im Notfall auch als Salon dienen kann, wie früher bei Papa. Meinetwegen.«

Sie stellte sich vor, wie sie Besuche in einem Zimmer empfing, wo Zierteller an den Wänden hingen, und sie seufzte tief.

»Du kannst einem wirklich jeden Mut nehmen«, sagte Philipp. »Du weißt noch nicht einmal, über wieviel Geld ich verfügen werde, und siehst mich jetzt schon damit am Ende. Ist dir klar, daß ich mehrfacher Millionär sein werde?«

»Ah!« staunte Henriette, von diesem Wort geblendet.

Und zum ersten Mal in ihrem Leben bewunderte sie Philipp.

Eliane schüttelte den Kopf.

»Millionär, und wie lange?«

»Nie«, fuhr sie in Gedanken fort, »nie wird Henriette sich an die Armut gewöhnen, in die dieser Schwachkopf uns stürzt. Schwachkopf ist ein zu starkes Wort, er ist kein Schwachkopf, nein, Philipp ist ein Träumer. Wenn jemals eine tiefe Uneinigkeit zur endgültigen Trennung zwischen Philipp und Henriette führen sollte ... (Woran denkst du, böses Weib?) Nach dem bequemen und leichten Leben, das sie hier elf Jahre lang geführt hat, wird sie sich nie einschränken wollen, ich kenne sie. Ich werde also einen Träumer heiraten, das Gegenteil dessen, was ich bewundere. Aber ich habe ihn mir nicht ausgesucht. Ich liebe ihn.«

Ein kurzes Schweigen entstand, während der zweite Gang aufgetragen wurde. Sobald das Mädchen das Zimmer verlassen hatte, sagte Eliane mit ruhigerer Stimme:

»Welche Gründe hast du den Herren angegeben?«

»Keine. Und sie haben auch nicht danach gefragt.«

Bei der Naivität dieser Worte stiegen Tränen in die Augen des alten Mädchens.

»Kann man erfahren, weshalb du dich aus dem Geschäft zurückziehst? Denn ich mache dich darauf aufmerksam, daß du es uns noch nicht gesagt hast.«

»Diese Sitzungen langweilten mich zu Tode, Eliane.«

»Und das ist alles?«

»Das ist mehr als genug«, antwortete er und schlug energisch auf den Tisch. »Meine Interessen liegen woanders. Ich bin nicht für Geschäfte gemacht, ich bin geboren, ein Schriftsteller oder ein Künstler zu sein ...«

Verwirrt vom Klang seiner Worte schwieg er.

»Ein Kind«, dachte Eliane. »Henriette wird keine Schwierigkeiten haben, wenn sie sich von ihm scheiden lassen will. Aber auch sie ist nur ein kleines Mädchen. Ich muß ihr helfen. Und ich werde eine Partie für sie finden, jawohl, eine gute Partie als Ersatz für Philipp.«

»Weinst du, Eliane?« fragte Henriette leise.

»Bist du verrückt? Laß mich doch«, erwiderte ihre Schwester ebenso leise.

Das Essen ging schweigend zu Ende.

5

Eliane wartete, bis ihr Schwager sich schlafen gelegt hatte; dann ging sie, an Henriettes Tür zu klopfen. Sie verweilte ein wenig auf dem langen Gang und betrachtete nacheinander die japanischen Holzschnitte an den Wänden. Diese blauen und roten Fische erinnerten sie an glücklichere Tage als den, der jetzt zu Ende ging. Oft war sie durch diesen Gang gelaufen, und die Bilder waren Zeugen ihres Glücks gewesen, heute abend jedoch mahnte sie ihr Gewissen an eine Schuld. Sie hatte Lust, mit Philipp durch die Schlafzimmertür hindurch zu sprechen und ihm zu sagen: »Hier, nimm deinen Scheck wieder zurück. Ich habe dich vorhin angelogen. Ich brauche das Geld nicht. Es ist für Henriette.« Und sie hätte den Scheck unten durch die Tür geschoben und wäre im Frieden mit sich selbst zu Bett gegangen. War sie verrückt? Sie hätte Philipp erklären müssen, wozu Henriette diese siebentausend Francs brauchte. Sie hätte eine neue Lüge erfinden müssen, die vielleicht nicht geglaubt worden wäre. Nein, ihr Gewissen sagte ihr mit Recht, daß sie eine Schuld auf sich geladen hatte, eine Sünde gegen die Vernunft. Was hatte sie sich in die Angelegenheiten ihrer Schwester zu mischen und sie in ihrem schlechten Lebenswandel zu unterstützen? Der Tag würde kommen, wo Philipp alles wüßte. Er würde erfahren, daß er durch Elianes Vermittlung dem Liebhaber seiner Frau Geld geliehen hatte. Wie sie dann als Heuchlerin dastehen würde!

Nachdem sie einige Minuten mit sich gekämpft und mehr, als sie selber glauben wollte, einen so schweren Gewissenskonflikt ausgekostet hatte, trat sie entschlossen bei ihrer Schwester ein.

Nur die Lampe auf dem Schreibtisch erleuchtete das kleine Zimmer, in dem ein Mahagonibett mit orangegelben Seidenvorhängen fast eine ganze Wand einnahm. Eliane warf einen Blick auf diese Möbel, die sie selber kurz vor Henriettes Heirat in den Geschäften am Quai Voltaire ausgesucht hatte, und sie nickte mit dem Kopf, während sie sich die kleinen Freuden dieser Tage wieder ins Gedächtnis rief. Beim Licht der Lampe nahm das rote Holz des Schreibtisches Farbe und Zeichnung des Schildpatts an. In der Nähe des Kamins stand eine kleine Frisierkommode mit Säulen, die wie ein Achatstein schimmerte.

Die Vorhänge und der Aubussonteppich dämpften Schritte und Stimmen. Kein Laut drang von der Straße herein. Selbst die Stille hatte jene eigentümliche Beschaffenheit, die man gewöhnlich nur weitab von großen Städten findet; es war nicht einfach das Aufhören aller Geräusche, sondern etwas Inwendiges und Tiefes, das unmittelbar das Herz berührte. Jeder, der von draußen kam, mußte den Eindruck haben, daß das Leben in diesen Mauern um einige Grade leiser wurde.

Henriette betrachtete prüfend den Inhalt eines großen Wandschranks, den sie sogleich schloß, als sie ihre Schwester kommen sah. Sie raffte ihren himmelblauen Morgenrock über der Brust zusammen und drehte sich rasch um.

»Nun, was ist?« fragte sie mit halblauter Stimme. Eliane gab zu verstehen, daß sie sich zuerst einmal setzen wolle. Sie nahm vor dem Kamin in einem Stuhl mit geschweiften Lehnen Platz. Der unruhige Blick ihrer Schwester raubte ihr allen Mut und zwang sie, die Augen abzuwenden.

»Ich fürchte, du wirst auf das Geld verzichten müssen, sagte sie leise und ganz schnell.

Sie hatte die Handflächen auf die Knie gelegt und starrte mit traurigem Gesicht zu Boden. Sie wagte nicht aufzusehen. In diesem Augenblick hätte sie es selbstverständlich gefunden, wenn die junge Frau sie beschimpft hätte, und sie hätte die härtesten Vorwürfe gern über sich ergehen lassen. Statt dessen vernahm sie nur einen Seufzer, der sie aus der Fassung brachte. »Armes Kind, sie rechnete damit«, sagte sie zu sich. »Bei Gott, dürfte ich ihr den Scheck doch überlassen!«

»Wenn dieser Mann dich nicht hätte, würde er sich recht gut allein aus der Affäre ziehen«, sagte sie schließlich und nahm die Hand ihr Schwester, die vor ihr stand; einer plötzlichen Zärtlichkeit nachgebend, drückte sie ihre Lippen auf diese gewichtlose Hand, deren Finger sich ein wenig krümmten. Während sie den Kopf so neigte, hörte sie Henriettes dünne Stimme über sich, die flüsterte: »Verschaff mir das Geld, Eliane.«

»Ich kann nicht, ich habe dir gesagt ...«

Sie schämte sich ihrer Lüge, so daß das Blut ihr in die Wangen schoß. Mechanisch ergriff sie den Saum des himmelblauen Morgenrocks und fuhr mit dem Fingernagel über die feine Naht. Sie konnte die Fragen, die ihr am Herzen lagen, nicht mehr unterdrücken:

»Hängst du denn so sehr an diesem Mann?«

»Natürlich.«

»Mehr als du je an ... Philipp gehangen hast?«

»Viel mehr.«

Eliane ließ die Hand ihrer Schwester los und beugte sich noch ein wenig weiter vor, so daß sie fast gebückt in ihrem Lehnstuhl saß.

»Aber Philipp bedeutet doch noch etwas für dich?«

Diesen Satz hatte sie ganz leise gesprochen, als ob sie sich an das Feuer wende, dessen Schein auf ihr Gesicht fiel.

Henriette betrachtete den mageren Körper in dem schwarzen Kleid und diese Schultern, von denen eine sich an ihr Knie schmiegte.

»Ich verstehe nicht, was du sagst.«

»Es ist nicht wichtig.«

Der Kopf mit dem mattbraunen Haar beugte sich nach vorn und zeigte einen schlechtrasierten Nacken. Ein kurzes Schweigen entstand.

»Glaubst du nicht, daß du mir das Geld auf eine andere Weise verschaffen kannst?«

»Ich kann doch nicht an meine Papiere gehen, Liebes. Das wäre sehr unvorsichtig.«

»Vielleicht könnten Freunde dir das Geld vorstrekken?«

»Wo denkst du hin! Ich könnte nicht mehr ruhig schlafen.«

»Aber schließlich kann Philipp dir doch gut die siebentausend Francs leihen. Was sind siebentausend

Francs! Er ist reich, sehr reich. Vorhin hat er uns gesagt, daß er bald über eine Riesensumme verfügen wird.«

»Ich glaube, er bereut schon, sich auf diese Sache eingelassen zu haben.«

»Hat er nach dem Essen noch einmal mit dir darüber gesprochen?«

»Nein, aber er sah verstimmt aus.«

»Und er hat sich geweigert, dir das Geld zu leihen?«

Eliane lehnte die Wange an das Knie ihrer Schwester, als ob sie sich verstecken wolle. Ein Ausdruck der Verzweiflung trat in ihre Augen.

»Er hat sich geweigert«, sagte sie ganz leise.

»Das ist unbegreiflich«, sagte Henriette. »Dir etwas abzuschlagen, dir ... Eliane, was soll ich tun? Ich muß das Geld haben, verstehst du?«

»Bitte du ihn darum.«

»Das ist nicht dein Ernst. Er würde eine Erklärung verlangen.«

»Das weißt du nicht.«

»Ich will mich dieser Gefahr nicht aussetzen. Es fällt mir schon schwer genug, mit ihm zu sprechen.«

Elianes Herz begann zu klopfen.

»Was willst du damit sagen?« fragte sie. »Liebst du ihn denn nicht?«

»Ich denke nie an Philipp.«

»Und er?«

»Er? Welche Frage! Wie soll ich das wissen? Er sieht mich nie an.«

»Und wenn er allein mit dir ist ...«

»Du weißt doch, daß er nie mit mir allein ist.«

Eliane glaubte vor Erregung ohnmächtig zu werden. Alle Hemmungen schwanden, alle Scham. Sie stammelte:

»Und nachts ...«

Und in der tiefen Stille des Zimmers hörte sie über sich die Stimme ihrer Schwester, die mit leichtem Erstaunen dieses Wort wiederholte.

»Nachts ...«

Eliane beugte sich immer weiter vor. Mit ihren langen Händen umfaßte sie wie eine Bittstellerin die weißen Füße ihrer Schwester.

»Ich sollte nicht davon sprechen«, sagte sie demütig.

»Nachts kommt er nie«, sagte Henriette nach einer Weile. »Seit Roberts Geburt ...«

Viele Jahre schon ahnte Eliane das alles, sie, die durch die Zimmer, über die Gänge schlich, sie, die wachte, wenn alles schlief. Ein natürliches Schamgefühl hinderte sie, Fragen zu stellen oder auf andere Weise ein Geständnis herauszulocken. Sie fürchtete gewisse Worte, gewisse Ausdrücke, die sie hätte gebrauchen müssen. Sie war auch nicht imstande, ihren Stolz zu beugen, vor der jüngeren, schönen und weiblichen Schwester zu bekennen, daß sie unberührt geblieben war. Es schien ihr besser, davon überhaupt nicht zu sprechen und zu leben, als ob gewisse Dinge nicht existierten. Wenn sie bisweilen litt, so sagte sie sich, daß das Leid, und selbst das ihrige, nicht ohne Würde sei. Doch seit Henriette ihr das Geheimnis ihrer Untreue anvertraut hatte, bemerkte Eliane an sich selbst, wie sehr sie sich veränderte. So fühlte sie an diesem Abend, als sie im Dunkeln zu ihrer Schwester Füßen kauerte, daß ihre Seele gemein und mitschuldig war. Um ein so mächtiges und geheimnisvolles Wort wie: »nachts« auszusprechen, mußte sie sich zu Boden neigen und sich verbergen, aber auf ihrem Antlitz, das die Flammen fast versengten, lag ein Lächeln. »Böses Weib, abscheuliches Weib«, dachte sie. »Bist du jetzt zufrieden? Wie häßlich mußt du aussehen, hier am Feuer!«

Sie stieß einen langgedehnten Seufzer aus, richtete sich wieder auf und hob das Gesicht zu der jungen Frau empor. Die beiden Schwestern wechselten einen Blick.

»Seit der Geburt ... Ich ... ich wußte das nicht. Arme Henriette ...«

Ihre Wangen färbten sich rot. Henriette lächelte. »Das hat mich nie unglücklich gemacht, mußt du wissen. Ich habe Philipp nie geliebt.«

Freude strahlte aus Elianes Augen.

»Und das ist meine Schuld«, sagte sie leise und blickte zur Seite. »Ich habe diese Heirat gewünscht. Kannst du mir verzeihen?«

»Bist du verrückt, Eliane? Ich sage dir doch, daß ich gar nicht wirklich unglücklich bin. Ich habe manchmal Sorgen, es macht mir Kummer, wenn ich nicht weiß, wie der arme Tisserand mit dieser Sache fertig werden soll. Alles andere ist unwichtig.« Sie wartete einen Augenblick und legte die Hand auf Elianes Kopf.

»Du wirst mir helfen, das Geld zu bekommen, nicht wahr, Eliane?«

Ein Schweigen folgte, dann nahm Eliane plötzlich Henriettes Hände in die ihren und drückte sie, so stark sie konnte.

»Ich habe es hier, dein Geld, hier ist es, schau, hier ist es!«

Und sie hielt ihr den Scheck vor die Augen.

»Ich habe dich vorhin angelogen«, sagte sie schnell und mit flammendem Gesicht. »Philipp hat mir das Geld gegeben, ohne zu zögern. Und dann habe ich Bedenken bekommen, als ich sah, wie großzügig er ist, wie . . . gut. Er hat ein solches Vertrauen, vor allem zu mir und dann auch zu dir. Nie käme er auf den Gedanken, daß du ihm untreu sein könntest. Oh, das ist kein Vorwurf!«

»Hoffentlich nicht«, sagte Henriette und nahm den Scheck aus Elianes Fingern. »Welches Recht hätte er auch auf meine Treue?«

»Aber, Henriette, dein Mann . . .«

»Philipp ist nicht mein Mann.«

Von neuem schoß Eliane das Blut in die Wangen. Etwas Häßliches schlich sich in ihr Leben, sie fühlte es, und sie glaubte, noch nie so brutale Worte gehört zu haben wie die, die eben von den Lippen ihrer Schwester gekommen waren. Henriette brach in Lachen aus, als sie ihre Verwirrung sah.

»Arme Eliane, was beunruhigt dich so sehr? Hast du

Gewissensbisse? Wirst du immer Gewissensbisse haben?«

»Henriette, bedenke, welche Rolle du mich in dieser Geschichte spielen läßt. Ich mißbrauche Philipps Vertrauen, ich ermutige dich, ihn zu betrügen ...«

»Schweig. Und laß mich auf deinen Knien sitzen. Du begreifst nicht, daß du mich glücklich machst, daß ich dank deiner Hilfe jetzt schlafen kann. Gleich werde ich dem armen Tisserand schreiben.«

Sie küßte das verdrossene Gesicht ihrer Schwester und legte ihr den Arm um den Hals.

»Ich sollte dir böse sein, weil du mir vorhin Kummer gemacht hast«, fuhr sie fort und schmiegte sich an Eliane, »aber ich bin zu glücklich. In solchen Augenblicken denke ich ... weißt du, woran ich denke?«

»Wie soll ich das wissen?«

»An unsere Wohnung in der Rue Monge.«

»Wie komisch!«

»Ja. So dunkel und so traurig sie gewesen ist, ich erinnere mich, wie es dort war, und daß ich dort glücklich war.«

»Den Eindruck hatte man aber nicht.«

»Was weißt du davon! Im Eßzimmer war eine Ecke, wo im Sommer gegen drei Uhr die Sonne hinkam. Dann sah man die Fäden des roten Teppichs, der sich an dem einen Ende immer aufrollte. Wir haben ein Zweikilogewicht draufgestellt, damit er liegenblieb, aber es hat nichts genutzt, erinnerst du dich?«

»Ja, tatsächlich.«

»Oft stand ich da, mit beiden Füßen auf diesem Teppichende. Ich habe das Muster betrachtet, das die Teppichfäden an den Stellen bildeten, wo sie sichtbar wurden. Bald sah ich eine Landschaft, bald die Hälfte einer Figur. Die Sonne wärmte meine Beine, und mit größtem Vergnügen sah ich, wie ein Lichtreflex über meine Strümpfe und über meine alten, ganz abgetragenen Schuhe lief. Mit zwölf, mit sechzehn, ja auch noch mit achtzehn Jahren konnte ich so dastehen, ohne mich zu bewegen, fast zehn Minuten lang, und manchmal sagte ich zu mir selber: ›Rühr dich nicht weg von hier. Alles ist still, und du bist glücklich.‹ Findest du mich albern?«

»Durchaus nicht, mein liebes Kind.«

»Auch die Stühle im Eßzimmer, diese scheußlichen Stühle mit den Stäben, erinnerst du dich an sie?«

»Mit Schaudern erinnere ich mich an sie.«

»Ich habe sie angebetet, die kleinsten Verzierungen kannte ich auswendig, die beiden Kugeln rechts und links an der Rückenlehne, die spitz ausliefen, und dann diese häßlichen Rillen, die den Schaft einer Säule imitieren sollten.«

»Du bist wohl verrückt, Henriette?«

»Ich wußte ja, daß du darüber lachen würdest. Du verstehst das nicht. Es war falsch von mir, darüber zu sprechen.«

»Aber, liebe Henriette, ich will dich doch so gern verstehen. Nur mußt du einsehen, daß es schwer ist. Wie kannst du in diesem Zimmer, umgeben von all den hübschen Möbeln, dich nach so billigen Stühlen und nach einem abgetretenen Teppich zurücksehnen?«

»Es gibt Tage, wo ich dieses Zimmer hasse.«

»Und ich habe mir so große Mühe gegeben, es einzurichten ...«

»Verzeih, Eliane, aber siehst du, ich kann dir das nicht erklären. Du hast recht, wenn du sagst, daß ich in der Rue Monge nie glücklich war. Es ist wahr. Ich lachte, ich lache immer, aber ich litt unter unserer Armut. Ich schämte mich deswegen. Ich schämte mich meines Zimmers, meines rosa Frisiertischs, meines Messingbetts, all das war mir peinlich, selbst der Teppich im Eßzimmer, manchmal ... wenn Besuch kam.«

»Weiß Gott, mir auch! Vor allem, wenn Besuch kam ...«

»Und jetzt, jetzt, wie soll ich es sagen, damit du es verstehst, jetzt zieht es mich zu jenen Dingen, und ich liebe diese schönen Möbel hier immer weniger und sehne mich nach den anderen.«

»Du bist wirklich unvernünftig, mein Kind.«

»Gewiß. Ich kann nichts dafür. Zum Beispiel die Decke in diesem Zimmer ...«

»Was ist damit?«

»Siehst du, wie hoch sie ist?«

»Sie ist gar nicht besonders hoch, so hoch wie in den meisten Zimmern.«

»Sie ist sehr hoch, zu hoch, viel zu hoch. Sie ist schrecklich hoch. Ich habe niedrige Decken gern, Eliane, wie früher bei uns.«

»Aber warum, warum nur?«

»Was weiß ich? Mir scheint, daß unter einer niedrigen Decke Menschen und Dinge an ihrem Platz sind, an ihrem wirklichen Platz. Ich bin unter einer niedrigen Decke aufgewachsen. Mit sechzehn Jahren konnte ich, wenn ich auf einen Stuhl stieg, mit dem Finger die Decke des Eßzimmers erreichen. Zu dieser Zeit träumte ich davon, daß ich einmal reich sein würde ...«

Doch Eliane hörte nicht mehr so aufmerksam zu. Seit Jahren sah sie in ihrer Schwester nichts als ein kleines Mädchen. Vorhin hatte sie für kurze Zeit eine erwachsene Frau vor sich gehabt. Jetzt erkannte sie an diesem Geplapper wieder das kleine Mädchen.

»Sie ist ebenso kindisch wie ihr Mann«, dachte sie. »Wie konnte ich nur auf den Gedanken kommen, sie zusammenzubringen! Dennoch schien sie ihm zu gefallen. Konnte ich ahnen, daß er sich schon vor Ablauf eines Jahres von ihr entfernen würde? Du hast keinen Instinkt bewiesen, meine Liebe. Du hättest dich in den Vordergrund stellen und den Platz dieser Kleinen da einnehmen sollen, die sich nicht für Philipp interessierte und es nicht verstand, ihn zu halten. Ach was! Deine Zeit wird kommen. Irgend etwas wird geschehen.«

Sie hing diesen Gedanken nach, den Blick auf das Feuer gerichtet, das am Verlöschen war, und schüttelte den

Kopf zu dem, was ihre Schwester sagte. Einige Minuten vergingen. Dann riß ein plötzliches Schweigen sie aus ihren Überlegungen. Sie merkte, daß Henriette eingeschlafen war.

Die junge Frau träumte, sie liege in einem niedrigen Zimmer. Darin war es dunkel und kühl, und ihr Bett stand so, daß sie sowohl die offene Tür sehen konnte, wie das Fenster, an dem eine Jalousie hin und her schlug. An der einen Wand standen in großen irdenen Vasen sechs oder sieben Zitronenbäume, und die Früchte leuchteten im dunklen Laub. In einem Zimmer nebenan tauchte jemand einen Besen ins Wasser und fuhr damit heftig und laut über die Steinfliesen, ein Geräusch, das sich anhörte wie ein keuchender Atem. Von weiter her, von der Straße, kamen Schreie, Gelächter und Worte in einer fremden Sprache. Sie glaubte Schritte zu hören, die den Hof überquerten, und sie erhob sich ein wenig, um den Musselinvorhang zurückzuschlagen, der ihr Bett umgab. Aber niemand kam.

Sie sank auf ihr Bett zurück und träumte, daß sie glücklich sei. Neben ihr stand ein Mann, dessen Gesicht gelb war wie Sand. Manchmal schien er fortgehen zu wollen. Dann ergriff sie seine Hand, und er lächelte. Schließlich kniete er dicht vor ihr nieder, und sie fühlte die Last dieses gelben Kopfes, der sich hin und her bewegte, auf ihrem Bauch. Plötzlich wachte sie auf. Sie war wieder allein in dem niedrigen Zimmer. Die Jalousie schlug leise an das Fenster, und die Tür stand immer noch offen, weil man einen Sessel mit geschweiften Lehnen davorgestellt hatte. Sie lauschte. Sie hatte das Gefühl, daß jemand käme, aber sie täuschte sich. Es war jetzt viel dunkler. Im Zimmer nebenan war es still geworden, und auch die Geräusche von der Straße wurden seltener und leiser. Sie war nicht mehr glücklich, sie war unruhig, es war ihr zu warm. Sie riß den Musselinvorhang zurück, wollte rufen . . . und wachte auf.

Sie mußte ziemlich lange geschlafen haben. Sie lag mit angezogenen Beinen tief in dem großen Sessel, wie Eliane sie hingelegt hatte, als sie das Zimmer verließ. An der Art, wie der Funkenfänger vor dem Kamin stand, erkannte sie die vorsichtige Hand ihrer Schwester. Aber sie war ihr nicht dankbar für diese liebevolle Besorgnis. »Wo hat sie meinen Scheck hingelegt?« dachte sie, mit noch vom Schlaf geröteten Lidern. Sie fand ihn schließlich halb verdeckt vom Fuß einer hübschen kleinen Kupferlampe und griff schnell danach. Mit einem Teil ihres Wesens war sie noch in dem Traum von vorhin, und sie versuchte vergebens, wieder darin unterzutauchen, während ihre Finger nach dem Zettel griffen und ihre Augen lasen, was darauf stand. Von allen Seiten kehrte das Leben zurück mit seinen Sorgen, seinen Zahlen und all der Härte und Gier, die sie in sich selber fühlte. Sie hatte den Eindruck, in ihren Träumen sei sie ein besserer Mensch, mit bescheideneren Ansprüchen, mit Unglück und Enttäuschungen, die ihr einen Anspruch auf Mitgefühl gaben. Aber sobald sie erwachte – wie war es nur möglich? – wurde aus ihr wieder die kleine egoistische und launenhafte Person, die sie jetzt im Spiegel sah, mit dem verkniffenen Mund, dem verdrossenen Blick und den unordentlichen Haaren.

Sie zuckte die Achseln und betrachtete mit strengem Auge ihr Bild im Spiegel, dann blickte sie weg. Sie fröstelte. Es war kalt in dem ungeheizten Zimmer. Aber sie wollte nicht zu Bett gehen, ohne an Tisserand zu schreiben, weniger um ihn, als um sich selber zu beruhigen. Sie fürchtete diesen Mann und seine Bitten um Geld, die immer dringlicher wurden. Denn wenn er auch absichtlich nie mit ihr darüber sprach, so entschädigte er sich dafür, indem er ihr Briefe schickte, in denen er mit einer billigen Geschwätzigkeit schrieb, was er ihr nicht ins Gesicht zu sagen wagte. Sie erinnerte sich, daß sie ihn damals, als er ihr nachgegangen war, für einen Dieb gehalten hatte. Zunächst schien das Geld, das sie jeden Monat von ihrem Mann bekam, für die Bedürfnisse ihres Liebhabers auszureichen. Dann verlor Tisserand plötzlich jedes Maß und verlangte Summen von ihr, die ihr außerordentlich hoch vorkamen, aber Eliane verschaffte sie ihr. Sie setzte sich an den Schreibtisch und kritzelte folgende Worte:

Lieber Viktor, anbei die siebentausend Francs, die ich Ihnen versprochen hatte.

Als sie am Ende dieses Satzes angelangt war, machte sie den Schlußpunkt so dick, daß er wie ein Klecks aussah. Was wollte er wirklich mit den siebentausend Francs? Er hatte von einer großen Schuld geschrieben, die er vor fünf Jahren bei einem Kollegen aufgenommen hatte, der ihm jetzt mit Pfändung drohte. Das Wort »Pfändung« hatte auf Henriette wie ein Peitschenhieb gewirkt. Es war ein Wort ihrer Sprache, ein *wahres* Wort, das Angst einjagte. Seit sie freilich den Scheck in Händen hatte, glaubte sie nicht mehr an die Geschichte von der Schuld und der Pfändung. Tisserand machte sich über sie lustig. Übrigens dachte Eliane, die doch so gut und so freundlich war, nicht anders. Sie nahm ein zweites Blatt und schrieb in einem Zug:

Lieber Viktor, ich bin sehr unglücklich, daß ich das Geld nicht beschaffen konnte. Aber die Geschäfte meines Mannes gehen sehr schlecht.

In diesem Augenblick verabscheute sie ihn und stellte sich ohne Bedauern vor, wie dieser Brief ihn treffen würde. Er hielt sie für ein kleines Mädchen, dem man etwas vormachen kann. Er würde schon sehen.

Sie fuhr fort:

Ich glaube also, daß Sie in Zukunft gut daran tun werden, nicht auf mich zu zählen, wenn Sie in Schwierigkeiten sind.

Noch nie hatte sie ihm in diesem Ton geschrieben. Aber Eliane hatte recht mit ihrem Urteil: von einer Frau, die man liebt, verlangt man nicht, daß sie einem die Schulden bezahlen soll. Die ganze Aufregung, in die sie sich wegen dieser siebentausend Francs gestürzt hatte, kam ihr jetzt sehr lächerlich und sehr unklug vor. Wußte sie denn, ob er das Geld nicht seiner Bank gestohlen hatte? Sie legte den Federhalter hin. Wieso hatte sie daran nicht gedacht? Er hatte siebentausend Francs unterschlagen, und aus Furcht vor einer Entdeckung lieh er das Geld von seiner Geliebten, um es wieder in die Kasse zu legen. Es war die banale Geschichte vom »unzuverlässigen« Angestellten. So erklärten sich seine dringlichen Bitten und seine albernen Selbstmorddrohungen. Alles klärte sich auf, und beinahe wäre sie zur Komplizin eines Gauners geworden. Ihre Hand packte den Federhalter wie eine Waffe, und sie schrieb weiter an ihrem Brief:

Mein Mann (nie hatte sie ihm so viel von ihrem Mann erzählt) *beabsichtigt in den Süden zu reisen, und selbstverständlich begleite ich ihn. Seien Sie daher nicht überrascht, wenn Sie mich einige Wochen nicht sehen.*

Sie brauchte eine geraume Zeit des Nachdenkens, bis sie begriff, daß vor allem sie selbst unter dem Bruch leiden würde. Sie stand auf und ging im Zimmer umher. Wie kam sie darauf, daß er gestohlen hatte? Welche Beweise hatte sie? Er hatte einfach Schulden, wie andere auch, oder vielleicht verbarg er ihr ein Laster, eine teure Leidenschaft: das Spiel – aber man spielte nicht mehr, Frauen – bestimmt nicht, er hätte sich seit langem verraten. Sie überlegte eine Zeitlang und dachte: Drogen. Diese Vermutung schien ihr richtig, und sie war stolz, daß sie daran gedacht hatte. Wie war sonst seine fahle Gesichtsfarbe zu erklären, die schrecklichen Magenschmerzen, über die er manchmal klagte, und seine immer nachlässigere Kleidung? Alle Geschichten, die sie über Morphinisten gehört hatte, fielen ihr wieder ein. Einige Zeit verging. Sie unterschrieb den Brief wie im Traum. Dann öffnete sie das Fenster und ging zu Bett.

Im Finstern fing sie wieder an nachzudenken. Sie hatte das Gefühl, daß sie sich in der Dunkelheit nicht mehr selber betrügen könne. Was ging es sie an, ob Tisserand Dieb oder Morphinist war? Sie hätte vor ganz anderen, noch entehrenderen Schwächen die Augen geschlossen, wenn nur ihr Glück gesichert war, wenn sie nur jede Woche über einem kleinen, dunklen Hof die Illusion wiederfinden konnte, arm zu sein. Sie wünschte sich nur eine Umgebung, die es ihr erlaubte, sich in ihre Kindheit und die glücklichsten Jahre ihrer Jugend zurückzuversetzen. Dort, nur dort gehörte sie hin. Sie drehte sich um und stöhnte leise. In diesem zu weichen Bett schlief sie immer erst am frühen Morgen ein. Sie war ein schmales, hartes Bett gewohnt, ihr Körper hatte es nicht vergessen.

Natürlich mußte sie Tisserand gegenüber fest bleiben. Er durfte nicht glauben, daß sie sich von ihm täuschen ließ. Die Geschichte mit den siebentausend Francs entbehrte jeder Wahrscheinlichkeit. Nur ein wohlhabender Mann kann sich eine Schuld von siebentausend Francs leisten. Ein armer Mensch, ein wirklich armer Mensch, hat fünfhundert Francs Schulden und kann daran krepieren. Sie glaubte gern, daß er Schulden hatte, unbezahlte Rechnungen beim Milchmann und beim Bäcker. Sie glaubte auch, daß er einem unangenehmen Hauswirt seine Miete schuldig war. Aber siebentausend Francs . . . Sie hatte sehr oft gehört, daß Morphium außerordentlich kostspielig sei.

Es schlug zwei Uhr. Sie knipste die kleine Lampe über ihrem Bett an und richtete sich ein wenig auf. Angenommen, sie schickte ihm das Geld (denn sie wollte es nicht bis zum äußersten treiben), würde er dann auch seine Miete bezahlen? Das Morphium, die Rechnungen beim Bäcker konnten ihr gestohlen bleiben! Plötzlich sprang sie aus dem Bett und lief zum Schreibtisch.

Lieber Viktor, schrieb sie mit energischer Hand, *zu meinem größten Bedauern konnte ich das erbetene Geld nicht auftreiben. Aber machen Sie sich wegen des Geldes für Ihre Miete keine Sorgen. Morgen schon lasse ich Ihrem Hauswirt in Ihrem Namen einen Umschlag zugehen.*

So groß Tisserands Not auch sein mochte, die Wohnung war gerettet. Sie hatte den Eindruck, die Gefahr endlich ausgeräumt zu haben, die ihr Glück bedrohte. Sie unterschrieb den Brief, dann löschte sie das Licht. Jetzt konnte sie schlafen.

6

Einmal in der Woche zog Philipp die Pendeluhr in der Bibliothek auf. Mit ernsten Bewegungen, die er seinem Vater abgeschaut hatte, steckte er den Messingschlüssel in die Löcher des Zifferblatts, und bedächtig drehte er ihn um. Es kam ihm dann so vor, als schenke er dem ganzen Haus ein neues Leben, und das Gefühl seiner eigenen Wichtigkeit machte ihn einige Sekunden lang glücklich. Eliane wohnte dieser feierlichen Handlung fast immer bei. Sie sah gern zu, wie geschickt und zart Philipps große braune Hand hinter das Glas griff, um den Schlüssel zu holen, ohne dabei das kleine Pendel zu berühren, das die Form einer Lyra hatte. Sie saß in ihrer Kaminecke und bewunderte das aufmerksame Gesicht ihres Schwagers, seine ruhigen Augen und seine vollen Lippen, die er bei den letzten Umdrehungen des Schlüssels leicht zusammenkniff. So wartete sie, bis Philipps Blick auf sie fiel, um ihm zuzulächeln; weil sie aber eine ungünstige Beleuchtung fürchtete, wagte sie nicht, den Kopf vorzuneigen, und blieb ganz gerade in ihrem Lehnstuhl sitzen. Er nannte das ihre steife Haltung, wenn Elianes Gegenwart ihn bedrückte.

»Du sitzt da wie ein Soldat«, sagte er, während er die Scheibe über dem Zifferblatt schloß.

Sie lächelte. Eines Abends verlor er die Geduld.

»Wie steif du in deiner Ecke sitzt!« rief er ärgerlich.

Eliane brach in Schluchzen aus. Sie hatte noch nie vor Philipp geweint, und er war höchst erstaunt.

»Es ist wahr«, antwortete sie mit einer vom Schluchzen unterbrochenen Stimme, »ich weiß es, laß mich doch!«

Sie flüsterte noch einige Worte, die er nicht hörte. Dann überwältigte sie plötzlich der Kummer, aber sie versuchte ihre Tränen nicht zu verbergen, als sei es nun, da sie doch unwiderruflich verspielt hatte, gleichgültig, ob er ihr von Gram verwüstetes Gesicht sähe oder nicht. Philipp rührte sich nicht, er wußte nicht, was er sagen sollte, und war wütend über das verlegene Aussehen, das er haben mußte. Er hatte Lust, aus dem Zimmer zu gehen und die langweilige Schwägerin sitzenzulassen. Aber er wagte es nicht.

»Aber Eliane«, sagte er schließlich, »sag mir doch wenigstens, was du hast.«

Er beugte sich über sie, die Hände in den Rocktaschen. Durch ihre Tränen hindurch sah sie seine schwarzen Pupillen in der blauen Iris, die sie unfreundlich anschauten. Sie weinte, wie nur eine Frau weinen kann, die sich zu lange beherrscht hat. Sie weinte auf eine schreckliche Art. Ihr Körper warf sich hin und her, und über ihre Wangen liefen warme Tränenströme, die sie kitzelten und ihr bis in den halbgeöffneten Mund liefen. In ihrer Verzweiflung dachte sie nicht einmal mehr an ihre Schminke, die sich an den Schläfen häßlich auflöste. Ein krampfhaftes Schluchzen schüttelte ihre Schultern. Sie konnte in Philipps Augen einen Ausdruck des Ekels lesen, der sie erschreckte. In dieser Minute wurde alles zunichte, ihre Berechnungen, ihr langes Warten, ihre Pläne, die dem Ziel schon so nahe waren. Plötzlich ergriff sie Philipps Arm und legte ihre Stirn auf seinen Ärmel. Er wich nicht zurück, aber er schwieg, und sie erriet, welchen Zwang er sich antat, so stehenzubleiben. Trotzdem wünschte sie, daß dieser Augenblick nie enden möge, denn sie fürchtete, was dann kommen würde, die Worte, die gesprochen werden mußten. Ein unaufhörliches Zittern hatte sie befallen. Sie drückte den kräftigen Arm, der sie sanft zurückschob, stärker und flüsterte mit leiser, schluchzender Stimme: »Verzeih mir, Philipp.« Langsam und höflich machte er sich endlich los und setzte sich mit finsterem Gesicht seiner Schwägerin gegenüber.

»Lieber Philipp«, begann sie nach langem Schweigen, »ich komme dir gewiß lächerlich vor... O ja, lächerlich und schamlos (sie putzte sich die Nase), aber ich habe oft eine so schwere Last auf dem Herzen, und heute konnte ich mich nicht beherrschen. Sonst gelingt es mir ja sehr gut, aber... Was wollte ich sagen? Ja, ich will dir zunächst die siebentausend Francs zurückgeben, die du mir vergangene Woche geliehen hast. Ich habe sie nicht gebraucht. Wenn ich es mir richtig überlegt hätte, wäre es gar nicht nötig gewesen, den Scheck einzulösen.«

»Du willst also die Papiere nicht kaufen, von denen du sprachst?«

»Die Wertpapiere... nein. Ich habe es mir anders überlegt. Hier!«

Sie reichte ihm einen Umschlag, den sie seit dem Beginn dieser Szene zusammengefaltet in der Hand hielt.

»Zähl nach«, sagte sie nur.

Er lächelte, als er sah, wie ruhig und wie vernünftig sie auf einmal war. Wortlos nahm er den Umschlag.

»Zähl nach«, wiederholte sie.

Philipp zählte folgsam nach und steckte die Scheine in seine Brieftasche.

»Und jetzt«, sagte sie, während sie die Arme über der Brust kreuzte, »möchte ich dir sagen, was ich vorhabe. Aber stell mir keine Fragen, Philipp. Hör zu. Aus Gründen, die du später erfahren wirst, habe ich mich entschlossen, eine Woche in einer kleinen Pension in Passy zu wohnen. Ich gehe morgen aus dem Haus. Du bekommst die Adresse. Henriette kannst du zur Beruhigung sagen, was du willst.«

Vor Überraschung stand er aus dem Sessel auf und stammelte:

»Was sagst du da? Warum willst du denn fortgehen?«

»Zunächst gehe ich nicht wirklich fort, Philipp, da ich ja in einer Woche wiederkomme. Und dann habe ich dich gebeten, mir keine Fragen zu stellen.«

»Aber, Eliane, du hast doch kein Geld.«

»Doch, mit meinen Papieren habe ich mehr, als ich brauche.«

»Du hast deine Wertpapiere verkauft?«

»Alle.«

Philipp wollte etwas sagen, aber er schwieg, aus Angst vor einem langen Gespräch und vor neuen Tränen. Schließlich ... Mit einer vagen Geste beendete er einen Gedanken, der ihm gekommen war. Seine Augen begegneten dem Blick Elianes, aber sie konnten ihn nicht ertragen. Eliane richtete mit gespielter Gleichgültigkeit etwas an ihrem schwarzen Kleid und versuchte zu lächeln, ohne großen Erfolg.

»Das wäre alles«, sagte sie und stand auf. »Guten Abend, Philipp.«

Elianes Weggang änderte fast nichts an den Gewohnheiten Philipps.

Zuerst langweilte er sich ein wenig mehr als sonst. Vor allem zog sich der Beginn des Nachmittags in die Länge, er war leerer als der ganze übrige Tag. Was sollte er auch zwischen halb zwei und drei Uhr tun? Diese Zeit war für nichts zu verwenden, da die Verdauung alle Kräfte in Anspruch nahm. Früher hörte er Elianes Plaudereien zu. Er ging mit wichtiger Miene auf und ab, während sie sich über eine Handarbeit neigte und ihn mit ihren Geschichten erfreute. Oft reizte sie ihn durch ihre übergroße Freundlichkeit und den gleichmäßigen Tonfall ihrer Stimme. Aber wenigstens ging die Zeit vorüber. Freilich hätte er sich jetzt mit einem Schläfchen auf dem großen Kanapee im Bücherzimmer helfen können. Doch er fürchtete, daß die zusätzliche Ruhe sein Gewicht ungünstig beeinflussen könnte.

Er versuchte, auf dem Flügel zu spielen. Aber die ersten Noten, der erste Akkord genügten, eine ganze Welt der Erinnerungen und der Sehnsucht zu wecken. Sein Herz zog sich zusammen. Wenn es nicht so ungesund gewesen wäre, nach dem Essen zu arbeiten, hätte er mit einem

Buch begonnen, das er seit vielen Jahren schreiben wollte. Auch bekam er Lust, eine Rötelzeichnung von sich selber zu machen. Jedesmal, wenn er sich in einem bestimmten Spiegel zwischen den beiden Fenstern der Bibliothek betrachtete, mußte er daran denken. Nirgends war die Beleuchtung so günstig: das Licht fiel voll auf das Gesicht, nahm die Schatten um Augen und Nase weg und zeigte eine edlere Wangenpartie. Philipp seufzte, wenn er an die Schwierigkeiten eines Porträts dachte. So könnte er zum Beispiel das Leuchten der Augen ausgezeichnet wiedergeben, aber wäre er auch imstande, die Augen selber richtig zu zeichnen? Und an den Umrissen des Kinns mußte man immer wieder radieren und von vorne beginnen. Er entschloß sich, gar nichts zu tun und nachzudenken. Aber worüber? Morgen wäre es nicht anders als heute. Auf der Straße gingen Leute vorüber: er sah aus dem Fenster. Dann stellte er ein paar Bücher um und blies den Staub von den Seiten.

Als er die große Schublade des Schreibtischs öffnete, fiel sein Blick schließlich auf einen Stapel Photographien, der mit einem roten Seidenband verschnürt war. Nach langem Zögern griffen seine Finger nach dem Knoten, der sich fast von selber löste. Fünfzehn bis zwanzig Porträts von Philipp, die auf Karton geklebt waren, glitten heraus wie ein Spiel Karten, das man aufblättert. Mit der Hast eines Diebes raffte er sie mit beiden Händen zusammen. Dann setzte er sich ans Fenster, um sie in aller Ruhe zu betrachten. Gewöhnlich vermied er es, sie anzurühren, obwohl er diese Zeugen seiner ersten Jugend mit frommer Ehrfurcht aufbewahrte. Aber heute siegte die Neugier über die Furcht zu leiden. Mit gebeugtem Rükken, ein Bein unter das andere gezogen, neigte er sich über die erste Photographie.

Sie zeigte einen Jungen von sechzehn Jahren in kurzen Hosen, der vor einem Baum stand. Das dickliche Gesicht war ohne Kraft, ein freundliches Lächeln trennte die Lippen, ohne die Zähne zu entblößen. Glänzende Locken warfen einen gezackten Schatten auf die Stirn. Er erinnerte sich, daß er damals glaubte, in eine Frau verliebt zu sein, in eine Freundin seiner Mutter, die ihn mit Komplimenten überhäufte, sobald sie ihn sah. Diese geschwätzige und noch hübsche Dame kniff ihn in die Wangen und legte ihm die Hand auf den Nacken und die Schultern. Eines Tages nahm sie ihn im Wagen mit und stellte ihm Fragen, auf die er keine Antwort wußte. Dann gingen sie im Wald spazieren. Sie sprach kaum noch, aber von Zeit zu Zeit lächelte sie mit ernstem Gesicht. Beunruhigt von dieser Veränderung und in einer unbestimmten Angst erwiderte Philipp ihr Lächeln und wandte sich ab. Bald danach stellte die Dame ihre Besuche ein. Er weinte.

Ein anderes Bild erinnerte ihn an den Tag, als er sich durch den Verkauf seiner Krawattennadel bei einem Juwelier die Summe verschafft hatte, die ihm seine Eltern nicht geben wollten. Er machte auf das sorgfältigste Toilette und begab sich heimlich zu einem bekannten Photographen. Es war kurz nach dem Krieg, Philipp war gerade siebzehn geworden. Obwohl die Wangen schmaler waren und der Blick weniger freundlich, schien er kaum älter als auf dem ersten Bild. Ein kindlicher Zug lag noch immer um seinen Mund. Sein Haar zeugte von übertriebener Pflege. Von der Pomade gebändigt, klebte es am Kopf und bildete über der rechten Schläfe leichte Wellen. Und der Kragen war viel zu hoch! Sein Hals war kaum zu sehen, der frische, unschuldige Hals, den er unter dem Panzer der Kleider erriet. Er verstand noch nicht, sich elegant zu kleiden, aber ... wie schön war er! Philipp riß sich endlich los von der Photographie und stieß einen Seufzer aus. Wie kam er darauf, diese Schublade zu öffnen und das rote Band aufzuknoten! Er fragte sich einen Augenblick, ob es nicht besser sei, die Bilder, die ihn so unglücklich machten, auf der Stelle zu verbrennen. Doch eine plötzliche verliebte Schwäche hinderte ihn daran. Und außerdem würde ihn das doch nicht vor dem Altern schützen.

Als er die Bilder wieder an ihre Stelle gelegt und den Schreibtischschlüssel herumgedreht hatte, sah er auf die Uhr. Siebzehn Minuten waren vergangen. Die Stunden vergingen zu langsam und die Jahre zu schnell. Von neuem setzte er sich auf das weiße Samtkanapee. Er beschloß, bis zwei Uhr ruhig sitzenzubleiben. Zur Not könnte er lesen, aber man sollte sich so bald nach dem Essen nicht bewegen, auch wenn dieses Essen nur aus einem Tournedo bestanden hatte, aus grünen Bohnen ohne Butter und einem jener kleinen Toastbrote, die den Hunger beschwichtigen, ohne dick zu machen. Er nahm ein Buch von dem kleinen Ahorntisch und schlug es irgendwo auf. Früher hatte ihn das Lesen mehr als jede andere Beschäftigung zerstreut. Unzählige Verse gingen auf diese Weise in sein Gedächtnis ein und wurden ein Teil seines Wesens. Bisweilen rezitierte er sie still für sich und glaubte dabei zu leiden. Heute aber dachte Philipp daran wie an einen zu üppigen Nachtisch. Sein Auge fiel auf den ersten Halbvers eines Gedichts, in dem sich die ganze Albernheit seiner zwanzig Jahre spreizte, wie Rosenkränze und Fächer in einem Spiegel. In seinem Kopf ging der Vers weiter, während seine Finger das Büchlein fallen ließen und nach einer unter Kreuzband gefalteten Zeitung griffen. Es war das Blatt, das seine Schwägerin täglich mit der Post bekam. In dicken Lettern breiteten sich schlimme Nachrichten auf den Spalten rechts und links aus, Grenzzwischenfälle, Streiks, drohende Unruhen. Er gähnte. Seit zehn Jahren war es immer das gleiche und nichts geschah. In der Mitte der Seite stand eine Ministerrede, die das Land zur Ruhe und zur Arbeit ermahnte. Philipp warf das Blatt beiseite und stand auf, um sich im Spiegel zu betrachten. Der Schnitt seines violettbraunen Anzugs entzückte ihn. Er hatte ihn dem Schneider auch dreimal zurückgeben müssen, weil er noch unter den Armen spannte und an den Schultern zwei sehr häßliche Falten warf. Er streckte die Hand aus, legte den Ellbogen an und blickte auf den verdächtigen Ärmel, aber der Fehler war nicht mehr zu sehen, und auch im Rücken saß der Anzug vortrefflich. Nach mehreren Minuten strenger Prüfung hob er das Kinn und schob die Lippen vor wie ein schmollendes Kind, während er starren Auges die sorgsamen Bewegungen überwachte, mit denen er sich die dunkelgrüne Krawatte band. In diesem Augenblick schlug es zwei auf der Pendule.

Als er sich auf der Treppe die Handschuhe zuknöpfte, wußte er trotz allem Nachdenken nicht, was er eigentlich vorhatte. Die Lust auszugehen, trieb ihn ohne Plan auf die Straße. Oft kam es vor, daß er sich in einen Wagen setzte und nichts zu sagen wußte, wenn der Chauffeur ihn fragte, wohin er fahren solle. »Irgendwohin«, hätte er am liebsten gesagt, »wenn es nur weit und schön ist«, aber das wagte er nicht. Diesmal ging er die Avenue hinauf bis zum Trocadéro, und unterwegs machte er einen genauen Plan für den Nachmittag. Ein scharfer Wind strich über den Boden und wirbelte graue Staubsäulen auf. Die Erde des Reitwegs war gefroren und zeigte noch die ungleichmäßigen Spuren der vergangenen Tage. Von Zeit zu Zeit trabten junge Offiziere in schwarzen Waffenröcken hinunter zum Cours-la-Reine, in Grüppchen zu zweit oder zu dritt. Manchmal sprachen und lachten sie miteinander, und ihre Stimmen schwankten mit der Bewegung ihrer Pferde. Philipp ging langsamer, wenn er sie kommen sah, und dann drehte er sich um und folgte ihnen mit den Augen, bis ihre hohen, straffen Silhouetten sich zwischen den Wagen verloren. Ein unbestimmtes Verlangen durchzuckte ihn, ihr Leben zu teilen, das er sich voll heftiger Leidenschaften dachte; und plötzlich kamen ihm seine Pläne für den Nachmittag ganz läppisch vor. Zwischen den Gedanken in seinem Innern und dem komplizierten Geräusch der Hufe, die in ungleichem Takt auf den Boden schlugen, entstand eine undeutliche Beziehung. In einem plötzlichen Stimmungsumschwung hielt er sich für unnütz und eitel, aber für weit demütiger als früher. Und er war unschlüssig, ob es nicht besser sei, wieder nach Hause zu gehen, seinen schönen Mantel auszuziehen, die Fensterläden zuzumachen und sich zu verstecken, um anderen das Licht zu überlassen.

Auf dem Platz vor dem Trocadéro blieb er stehen. Er holte Atem und fuhr sich mit zwei Fingern zwischen Schal und Hals. In der Ferne knirschten die Bremsen eines Autobusses, und der flockig weiße Himmel schien sich so tief auf die Erde zu neigen, daß er die Wipfel der kleinen Bäume berührte, die den leeren Kiosk umstanden. Er überschritt die Avenue und ging auf das hohe Gebäude zu. Ein eisiger Wind wehte um die brandroten Mauern und verfing sich im Säulenvorbau, wo Papierfetzen im Staub flatterten. An dem Gitter vor dem Theater lehnte ein Teil einer mit grünem Laub und gelben Lichtern bemalten Kulisse, ein andres lag auf dem Kies. Mit gesenktem Blick stieg Philipp die wenigen Stufen empor und betrat den Vorbau mit den stämmigen Säulen. Der Wind zwang ihn, den Hut mit einer Hand festzuhalten. Mit halb geschlossenen Augen erreichte er das andre Ende. Er stützte sich an die äußere Mauer und atmete tief wie auf dem Bug eines Schiffes.

Zu seinen Füßen zogen sich die Gärten mit ihren kahlen Beeten in sanfter Neigung zum milchiggrünen Fluß hinunter, den man zwischen seinen steilen Ufern wie in einem tiefen Graben fließen sah. Drüben auf der anderen Seite des Flusses ging das Häusermeer in eine breite graue Wand und in Rauchfahnen über, die der Wind von den Dächern riß. Bleierne Wolken wurden von Westen herangetrieben und zerteilten sich über Paris, dessen Kuppeln und Türme einen langen gewundenen Weg zu markieren schienen. In der Mitte erhob sich aus dichten Bäumen alles beherrschend der Eiffelturm über die weiten Flächen des Marsfelds.

Philipps Augen durchforschten die ihm so wohlbekannte Landschaft. Er bemerkte die gelben Würfel der neuen Häuser in der Nähe der Ecole Militaire, dann sprang sein Blick vom Invalidendom nach Saint-Sulpice und von da zur düsteren Kuppel des Panthéon. Weiter hinten hob sich im fahlen Licht nichts mehr von der dunklen Häusermasse ab, und der Blick ermüdete in dieser grauen Unermeßlichkeit, bevor er die unbestimmte Silhouette der Hügel am Horizont erreichte.

Noch einige Minuten lang ging seine hohe Gestalt zwischen den Säulen auf und ab, im Gesicht den scharfen Wind, der jetzt feine Regentropfen herwehte. Irgend etwas hielt ihn hier fest, vielleicht die Genugtuung, allein im Sturm vor der riesigen Stadt zu stehen, und das dunkle Verlangen, diese Kulisse zu benutzen, um etwas darzustellen. Er warf den Kopf zurück, aber plötzlich merkte er, daß er Komödie spielte, zog ein bitteres Gesicht und wandte sich rasch zum Gehen.

Auf dem Platz rief er einen Wagen und gab dem Chauffeur die Adresse irgendeines Geschäftes. Trotz der Kälte ließ er zur Gesundheit das Wagenfenster herunter. Er schlang seinen Schal fester um den Hals und blieb unbeweglich und vor Langeweile wie erstarrt. Die Uhr eines Juweliers zeigte zehn nach drei. Erst! Philipp war niedergeschlagen bei dem Gedanken, daß die Stunden morgen ohne Zweifel genauso langsam vergehen würden wie heute. Und wäre es nicht das ganze Jahr lang so? Um sich zu zerstreuen, las er den Namen des Chauffeurs, der mit der Wagennummer auf einem kleinen Zelluloidschild stand. Der kleine, rechteckige Spiegel darunter überraschte ihn mit seinem Bild, auf das er nicht gefaßt war. Sofort spannte ein halbes Lächeln die Lippen, die zu einem kindlichen Schmollen verzogen waren. Die Brauen traten auseinander, und eine dieser Brauen hob sich im Bogen zur Schläfe, wo sich zwei kleine Falten bildeten. Sein Gesicht nahm jetzt den Ausdruck an, den man hat, wenn man durch einen glücklichen Zufall an einer Straßenecke einem Freund begegnet; und das von der Kälte belebte Rosa der Wangen färbte sich eine Nuance dunkler.

So fuhr er durch einige Viertel, ohne sein Bild aus den Augen zu lassen, fasziniert von diesem Blick, der sich nicht abwandte. Mit einem leichten Schrecken sah er plötzlich den schwarzen Giebel und die pompösen Säulen der Madeleine vor sich. Fast zur selben Sekunde drang der Lärm des Boulevards in den Wagen wie eine Wolke schlechter Luft. Er klopfte ungeduldig an die Scheibe und stieg aus. Dieses Leben auf der Straße war ihm sonst widerwärtig. Heute aber zog es ihn an, ohne daß er wußte warum, und aus den vielen Geräuschen hörte er eine laute, undeutliche Stimme heraus, die ihn von weitem zu rufen schien. Mit vor Freude zusammengebissenen Zähnen erreichte er den belebtesten Teil der Straße und verlor sich in der Menge.

Eine Reihe von Marktbuden stand am Rand der Straße, wo, je nach Alter oder Geschmack der Vorübergehenden, Pfefferkuchen feilgeboten wurden, Spielzeug in Schachteln oder unanständige Bücher, die man nicht aufmachen darf und im Vertrauen auf den schlüpfrigen Umschlag kaufen muß.

Man sah die Händler hinter ihren Tischen auf und ab gehen, während sie mit gellender Stimme die Gaffer zum Kaufen einluden, die mit schleppenden Schritten und verdrossenen Blicken vorüberkamen. Manchmal streckte sich eine Kinderhand nach einem Schweinchen aus, das an einem Faden tanzte, aber ein mütterlicher Klaps unterdrückte dieses Begehren. Oder naive Kunden stöberten Kunstgegenstände durch, erkundigten sich nach den Preisen und entfernten sich mit betretenen Gesichtern unter dem Gezeter des enttäuschten Verkäufers.

Es wurde schon Abend. In den Buden gingen die elektrischen Lichter an, deren Strahlen wie Pistolenschüsse aufleuchteten. Die Menge blinzelte und schob sich vorüber. Das Gold glänzte an den Tellern, den Leuchtern, den Vasen, die bei großen Einkäufen als Zugabe winkten, und in Strömen grellen, bläulichen Lichts erhoben sich die Stimmen der Ausrufer, als wollten sie die Nacht begrüßen: die gute Zeit für Geschäfte. Aber dieser Eifer auf der einen und die nicht zu besiegende Langeweile der vorüberziehenden Massen auf der anderen Seite gingen einem schließlich auf die Nerven.

Philipp amüsierte sich zunächst und war glücklich, in der Menge unterzutauchen, von der er sich tragen ließ. Er ging, wohin die Leute gingen, er blieb mit ihnen vor den schimmernden Auslagen stehen, die er schön finden wollte. Doch dann packte ihn plötzlich die schreckliche Trauer, die von den leeren Blicken der Gaffer ausgeht, und er schlug mit den Bewegungen eines Ertrinkenden um sich. Man schimpfte über ihn, aber niemand wagte es mit diesem gut gekleideten Herrn aufzunehmen, der so stark zu sein schien. Philipp stieß mit den Ellbogen und wirkte ein wenig verstört; sein perlgrauer Hut rutschte ihm in den Nacken. Als die Menge sich bei einem Zeitungskiosk teilte, gelang es ihm endlich, sich zu befreien.

Er stand vor einem Kino, das in blauen und hellgrünen Lichtern strahlte, während eine schrille Glocke ertönte. Von einer farbigen Reklame lächelte ein riesiges Gesicht auf den Boulevard herab. Viele Leute drängten sich vor der Kasse. Ein Mann in der Reihe der Wartenden glaubte, daß Philipp ihm seinen Platz wegnehmen wolle und stieß ihn roh zurück. Ein Angestellter in Livree und weißen Handschuhen berührte ihn am Arm und gab ihm ein Zeichen, daß er warten solle, bis er an die Reihe käme. Schwindlig und benommen von so viel Häßlichkeit, fühlte Philipp sich gefangen und dachte an keinen Widerstand mehr. Endlich erreichte er den Schalter, und eingeschüchtert von dem Fräulein an der Kasse, nahm er mit einem Klappsitz vorlieb. Ein himmelblauer Boy schlug eine Portiere zurück, und er trat ein.

Eine schwüle, drückende Hitze lag über dem Saal. Bekannte Opernmelodien schwangen in der verdorbenen Luft, die Übelkeit verursachte. Tastend fand er seinen Platz und zog den Mantel aus. Auf der Leinwand bewegten sich zwei Männer. Der eine machte trotz seiner dikken, komischen Figur ein tragisches Gesicht, legte seine breite Hand mit gespreizten Fingern auf die Stirn und sagte dazu Worte, die man nicht verstehen konnte. Der andere, der jünger war und nur aus schmachtenden Blikken bestand, antwortete mit einem Zucken seines Schnurrbarts. Dann zeigte sich eine Frau mit gezupften Augenbrauen und einem Mund, der schwarz war von Schminke; nichtsdestoweniger trug sie eine Küchenschürze und warf sich an die Brust des Dicken, der sie zuerst zurückstieß, dann aber kräftig an seinen Bauch drückte. Der junge Mann verschwand grinsend. Als die hübsche Frau allein war, fing sie ungemein heftig zu weinen an, und damit nichts von diesem Schauspiel verlorenginge, kam sie dem Publikum so nahe, daß ihr Gesicht die ganze Leinwand füllte. Man sah sogar die Poren ihrer Haut. Ihre ungeheuer großen Augen schwammen in Tränen, deren ununterbrochener Fluß an eine Traufe im Gewitterregen erinnerte. Eine trunkene Musik stieg zu diesem schweren Leid empor.

Mehrere Minuten vergingen, bis Philipp den Faden fand, der diese Bilder miteinander verknüpfte. Nach einigen überflüssigen Verwicklungen trat die Frau wieder in den Vordergrund, aber diesmal weinte sie nicht mehr; im Gegenteil, ein glückliches Lächeln vertiefte die Grübchen ihrer Wangen. Sie wandte sich einem milchbärtigen Jüngling zu, der ihren Kopf brutal in seine Hände nahm und nach ihren Lippen schnappte. Das Orchester spielte ›Manon‹ dazu.

Diese Geschichte interessierte Philipp nicht, und er wäre gleich aufgestanden, um zu gehen, wenn er den Vorzug, in diesem Saal zu sitzen, nicht sehr teuer bezahlt hätte. Sein Sitz ohne Lehne zwang ihn, sich nach vorn zu beugen. Er setzte sich anders, und schon spürte er Stiche im Kreuz.

Inzwischen entfaltete sich die Handlung langsam und gründlich. Eine Reihe von Bildern zeigte die treulose Gattin, die unter einer von Glyzinien überhangenen Laube mit einem Offizier kokettierte. Oder sie lauerte, aus ihrem Küchenfenster gelehnt, auf die Lieferanten, um ihnen so viel wie möglich von ihren Armen und ihrem Busen zu zeigen. Ein anderes Mal schob sie einen Gymnasiasten aus der Tür, der mit offenem Hemd und einem Schuh in der Hand auf einem Bein davonhüpfte.

Der ehrbare Gatte ahnte diese Untreue und überwachte sein Weib. Man sah ihn einen langen Korridor entlanglaufen und mit seinen großen, traurigen Augen durch das Schlüsselloch in ein leeres Zimmer blicken. Das Publikum lachte. Aber fast im gleichen Moment war die Handlung plötzlich überhaupt nicht mehr komisch. Hinter dem Spiel der Personen, die es kaum merkten, kam schließlich die Verzweiflung selbst zum Vorschein. So zeigt sich auch zwischen den Zeilen des armseligsten Buches manchmal eine geheimnisvolle Wirklichkeit, die hier durch die magische Kraft der Worte wie in einem Netz gefangen ist.

Ein Detail erregte Philipps Aufmerksamkeit. Der Korridor auf der Leinwand hatte gewisse Ähnlichkeiten mit dem Gang, der von seinem Zimmer zur Bibliothek führte, und ein paar Sekunden lang schlug sein Herz schneller, als sei er mitten in einer plumpen Täuschung auf etwas gestoßen, was ihn selber betraf. Seine Gedanken schweiften einen Augenblick von dem Drama ab, das sich vor ihm entrollte, und wirre Erinnerungen an sein eigenes Leben bestürmten ihn.

Allmählich glitt er in einen Traum, worin sich nach dem Takt einer banalen Musik ein imaginäres Wesen bewegte, das seine Züge trug, bald wild und zanksüchtig, bald gefühlvoll und von großem Kummer gequält. Vor ihm bewegten die Schauspieler die Lippen und schrieben Briefe, erschienen plötzlich oder verschwanden hinter Türen, aber Philipp verstand nichts mehr. In einer kurzen Pause kam er wieder zu sich. Er hörte das Geräusch der Blätter, die auf den Pulten der Musiker umgedreht wurden. Dann begann das Orchester mit der Ouvertüre zu ›Wilhelm Tell‹, einem sehr lärmenden Stück. Dumpfe Schläge kündigten das Gewitter an, das mit dem Donner einer trabenden Schwadron zwischen den hallenden Felsenwänden der Schweizer Berge heraufzog.

Die Leinwand zeigte den Eingang eines ärmlichen Hauses. Zwei Koffer aus schwarzem Holz standen in einer Ecke. Ein Kragen und eine Krawatte hingen an einem Nagel. Es wurde Abend. Inzwischen machte sich die Heldin im Halbdunkel zu schaffen, hob mit der Kraft einer Verbrecherin eine Falltür in die Höhe und stieg die ersten Treppenstufen hinab. Ein großer Mann, der mit einer Laterne in der Hand hinter ihr stand, schickte sich an, ihr zu folgen. Sie drehte sich nach ihm um und lächelte ihm zu. Dann stieg sie noch etwas tiefer hinunter, und man sah sie nicht mehr. Auch der Mann wagte sich in die gähnende Öffnung, wobei er die Füße seitlich auf die Stufen setzte. Dicht über dem Fußboden verschwand sein Verbrechergesicht im Lichtstrahl der Laterne. Die Falltür schlug zu, dann blieb die Szene einen Augenblick leer.

Eine schmelzende Liebesmusik füllte die Zwischenzeit aus und half der Phantasie der Zuschauer nach. Schließlich öffnete sich eine Tür hinten im Hausflur, und ein heftig erregter Mann trat hervor. Philipp fühlte, wie er außer sich geriet, als er dieses Gesicht sah, aus dem Furcht und Wut, Schweiß und Tränen zugleich hervorpreßten. Es war der Ehemann, der betrogene Ehemann in seiner erschütternden Banalität. Sein Kragen störte ihn: er riß ihn mit Gewalt herunter und verzog das Gesicht wie ein Erhängter. Das Licht einer Kerze, die er vor sich hertrug, flackerte bei jedem Atemzug. Er ging auf Zehenspitzen, mit den vorsichtigen Bewegungen eines Kindes, das Verstecken spielt. Ein paar Schritte noch, und er stand vor der Falltür, lange genug, um die Heiterkeit des Saales zu entfesseln. Eine Stimme rief: »Feuer!« Was jetzt geschah, war einer jener seltsamen, unerklärbaren Fälle, wo zwei Welten plötzlich zusammenstoßen. Der Mann schien nämlich zu verstehen und wandte sich mit halb offenem Mund und einem langen, erstaunten Blick dem Publikum zu. In seiner Zerstreutheit hielt er die Kerze schief, und das Wachs fiel in langen Tropfen auf seine weiße Weste. Dieses Detail trieb die allgemeine Heiterkeit auf die Spitze. Man hörte das Orchester nicht mehr. Wie von einer dunklen Unruhe ergriffen, wechselte der Gatte seinen Platz und begann wieder umherzuirren, wobei er gegen die Koffer stieß und einen Stuhl umwarf, den er dann mit abwesender Miene betrachtete. Seine Wut legte sich. Er hielt den Blick gesenkt, schüttelte einige Male den Kopf und hob die Achseln mit allen Zeichen der Verzweiflung. Nichts konnte banaler, nichts wahrer und trauriger sein als dieses Spiel. Plötzlich erblickte er die Falltür. Eine lange Pause folgte seiner Entdeckung, und auf dem Grund seiner großen, hellen Augen konnte man die methodischen Gedanken des Argwohns lesen. Er stellte den Leuchter auf den Boden, kniete nieder und nahm den Eisenring in die Hand.

Das Publikum schwieg. Es lag etwas Schmerzhaftes im Warten auf das, was geschehen sollte. Philipp zerknüllte sein Taschentuch in den feuchten Händen. Seit einer Weile existierte für ihn weder der Ort, an dem er sich befand, noch die Menge der Zuschauer mehr. Nur der arme verstörte Tropf auf der Leinwand lebte wirklich. Philipp sah, wie er mit unendlicher Behutsamkeit die Falltür hob. Durch die Öffnung im Boden drang das Licht hervor wie die Strahlen einer unterirdischen Morgenröte. Jählings warf der Mann die Falltür zurück und beugte sich vor, um hinabzublicken.

Da vernahm Philipp in dem inneren Schweigen, zu dem die Aufmerksamkeit zwingt, einen Schrei, der aus der Tiefe seines Herzens und aus dem Nichts seines Lebens emporstieg, seltsame Worte, die er auf seinen Lippen zurückdrängen mußte: »Der Glückliche, er wird leiden!«

Draußen angekommen, dachte er schon nicht mehr daran. Bei diesem so sehr von sich selber eingenommenen Menschen erreichte der Leichtsinn manchmal so etwas wie Tiefe. Im Augenblick beschäftigte ihn eine andere

Frage, und als er zur Madeleine zurückging, blieb er plötzlich stehen und stieß mit seinem Spazierstock auf den Boden: »Warum ist sie eigentlich fortgegangen?« Sogleich antwortete eine Stimme: »Du weißt doch, daß sie in dich verliebt ist. Du quälst sie, ohne es zu wollen.« Ein Lächeln vertiefte seine Mundwinkel. Er hatte auf einmal Lust, seine Schwägerin zu besuchen. Den ganzen Nachmittag hatte er sich nach ihr gesehnt.

Er überquerte jetzt den Blumenmarkt, und die Verkäuferinnen, die hinter wehenden grünen Planen vor dem Wind geschützt waren, riefen ihn an. Zwischen den Winterpflanzen schimmerten Talglichter in ledernen Untersätzen. Blumensträuße, die die Kälte entfärbt hatte, fröstelten in ihrer Hülle aus Zeitungspapier. Nur die zähen Ringelblumen reckten ihre orangegelben Blüten empor und verlangten in dem scharfen Wind nach Luft. Philipp blieb vor diesen ländlichen Blumen stehen. Sie gefielen Eliane, die oft den Kamin im Bücherzimmer damit schmückte, und einen Augenblick war er unschlüssig, ob er den Strauß kaufen solle, den eine Frau in einer Pelerine ihm entgegenstreckte. Er könnte sie Eliane schenken. Welche Überraschung! Aber die Furcht, lächerlich zu erscheinen, lähmte seine Hand in der Tasche: mit diesem Blumenstrauß in der Hand würde er wie ein Bräutigam im Lustspiel aussehen.

Als ein Wagen vorüberfuhr, stieg er ein.

7

Die Pension, in der Eliane wohnte, ein Haus mit einer schäbigen Fassade, stand in einer lärmenden Straße in Passy. Es gehörte zu jenen dreistöckigen Häusern, mit denen die Stadt unter der sparsamen Regierung Louis-Philippes zu Tausenden versehen wurde. Man sah hier keine blinden Fenster, die sonst aus Gründen der Symmetrie so gern verwendet werden, und wenn sich der unwiderstehliche Trieb zu Verschönerung und Zierat sich an dem eisernen Gitterwerk der Haustür verriet, so zeugte dafür alles übrige von strengster Zweckmäßigkeit. Die Stützen an den Fenstern zum Beispiel waren wirkliche Stützen und kein Vorwand, um Schnörkel und Zierat anzubringen. In besseren Zeiten hatten die Mauern vermutlich einen strohgelben Anstrich gehabt, dann hatte die Feuchtigkeit Blasen geworfen, die später allmählich in der Sonne platzten, bis die ganze Fassade verunstaltet war und das grindige Aussehen bekam, das sie heute hatte. Ein Emailschild sagte den Vorübergehenden, daß ein großer, schattiger Garten vorhanden sei.

Gewöhnlich ging die Tür beim zweiten oder dritten Klingeln auf. Sie schien sich von selbst zu öffnen dank einem Draht, den eine Hand in der Tiefe der Küche kräftig in Bewegung setzte. Man mußte die Eichentür aufstoßen, in einen Vorraum aus rotem Plüsch eintreten und an einer Treppe warten, die zum Souterrain führte. Dann kam eine junge Person, die mit provinzieller Eleganz gekleidet war, einige Jahre hinter der gerade herrschenden Mode zurück, gemächlich die Treppe herauf. Eine malvenfarbige Jacke, die sie offen über einer weißen Bluse trug, bauschte sich unterhalb der Taille nach allen Richtungen. Der zu kurze Rock zeigte die kräftigen Waden eines Radlers, auf die sie ungemein stolz zu sein schien. Lackschuhe, ein über die Schulter geworfener Fuchspelz und schwarze Handschuhe vervollständigten eine Kleidung, die allem Anschein nach für den Sommer wie für den Winter bestimmt war. Mit einer weniger exzentrischen Aufmachung und einem freundlichen Gesicht hätte Fräulein von Moroso für hübsch gelten können. Aber eine große, gekrümmte Nase stand hart in einem Gesicht, in das fünfunddreißig Jahre ihre Falten eingegraben hatten. Die dunkelbraune Gesichtsfarbe und stechende schwarze Augen deuteten auf eine fremde Herkunft, und ihre reizvoll gebogenen Wimpern senkten sich zu häufig, als daß dabei nicht Koketterie im Spiel gewesen wäre. Ihr dichtes, aber kurzes Haar ringelte sich oben auf dem Kopf in glänzenden Locken und stand wie ein Schopf in die Höhe. während sie die Stufen heraufkam, strickte sie an einer winzigen, schmutzig-weißen Handarbeit und schien den Bewegungen ihrer Finger größere Aufmerksamkeit zu schenken als derAnkunft eines möglichen Gastes.

Dennoch erregte Elianes verstörtes Gesicht sofort ihr Interesse. Sie war nicht ohne Gefühl und spürte, daß ein großer Kummer ihr diesen neuen Gast ins Haus brachte. Obwohl sie gewisse, sehr bestimmte Vorstellungen darüber hatte, was eine Moroso tun und lassen konnte, ohne sich etwas zu vergeben, ergriff sie Elianes Koffer und trug ihn persönlich in ihr Zimmer.

»Ruhen Sie sich aus«, sagte sie und drängte Eliane zu einem Sessel. »Ich gebe Ihnen das beste Zimmer. Nein, über den Preis sprechen wir später. Sie werden gleich Ihr Mittagessen bekommen.«

Eliane ließ alles über sich ergehen. Durch ihre Tränen hindurch, die fast unaufhörlich flossen, sah sie diese seltsame Person mit dem Profil einer Schwalbe kommen und gehen. Sie war aus ihrem Schmerz in einen Traumzustand geglitten, in dem sich alles verwandelte und Fräulein von Moroso ihr nicht lächerlich, sondern nur unverständlich erschien, wie ein seltenes und kluges Tier, das sich als Frau verkleidet hat. »Warum ist sie nur so gut?« fragte sie sich. Es schien ihr nicht mit rechten Dingen zuzugehen. Und in einer Art Betäubung hörte sie das Geräusch der Absätze auf dem nackten Fußboden. Auch das südländische Plappern fiel ihr auf, das sie umschwirrte, aber es fand nicht den Weg zu ihrem Hirn. Sie konnte in diesen Sätzen mit dem rollenden R keine Ähnlichkeit mit einer menschlichen Sprache entdecken. Plötzlich passierte ihr etwas, was ihr nachträglich sehr lächerlich vorkam: sie wurde ohnmächtig.

Als sie wieder zu sich kam, waren die Vorhänge zugezogen, und sie war allein. Gewiß hatte Fräulein von Moroso geglaubt, sie sei eingeschlafen, was Eliane sehr erwünscht war; denn sie liebte es nicht, anderen Leuten ein Schauspiel zu bieten, und hoffte, daß die Ausländerin ihre Tränen nicht gesehen hätte. Die Kälte, die im Zimmer herrschte, riß sie aus ihren Gedanken. Sie wollte aufstehen, aber ihre Knie versagten. Sie sank in den Sessel zurück und zog ihre Handschuhe aus, um sich die Hände zu reiben. Dann blickte sie sich um. Wie alle alt gewordenen Mädchen, denen weder Glück noch Besitz zuteil geworden ist, wußte sie, was ein Pensionszimmer ist. Sie erkannte das große Messingbett und die stumme Aufforderung des dreieckig über der roten Bettdecke zurückgeschlagenen Tuches, den kleinen kretonnebespannten Wandschirm, der den Waschtisch verdecken sollte, und den Spiegel mit dem Rahmen aus Rohrgeflecht, auf dem noch Zahnpastaspritzer zu sehen waren. Kein weiterer Stuhl, außer dem Sessel, in dem sie lag. Das Zimmer wirkte deshalb so geräumig, weil es fast leer war.

Diese letzte Bemerkung machte sie mit halblauter Stimme und wurde dabei von einer schrecklichen Unruhe ergriffen. Seit einigen Minuten versuchte sie vergeblich zu begreifen, warum sie hier war. Ein Abgrund tat sich plötzlich in ihrem Gedächtnis auf und verschlang einen ganzen Tag ihres Lebens. Sie starrte auf ihren Koffer, der den Aufkleber eines Hotels in Cabourg trug. Sie konnte sich an die unbedeutendsten Einzelheiten dieser vierzehn Jahre zurückliegenden Reise nach Cabourg erinnern, während alles, was gestern geschehen war, in tiefer Dunkelheit lag. Ihr war kalt. Sie hatte das Gefühl, mit dem Tod zu kämpfen. Dann füllte sich die Leere plötzlich wieder, sie sah sich selber, wie sie an Philipps Knien weinte, und erinnerte sich, daß sie die unglücklichste aller Frauen war. Ein Stöhnen kam aus ihrer Brust. Sie würde weiter leiden müssen. Wenn sie nur alles vergessen könnte!

Eine Viertelstunde lang rührte sie sich nicht. Ihre Hände lagen bewegungslos auf den Sessellehnen, und ihr

Blick war starr. Es klopfte leise an der Tür, sie fuhr in die Höhe und hätte vor Schreck fast aufgeschrien. Aber es war nur Fräulein von Moroso, die ihr auf einem Tablett das Essen brachte.

»Habe ich Sie geweckt?«

»Nein.«

»Soll ich die Vorhänge aufziehen?«

»Ja.«

»Sie sind doch nicht krank?«

»Nein, durchaus nicht, nur etwas müde, und mir ist kalt.«

Fräulein von Moroso sah sie vorwurfsvoll an.

»Kalt? Aber es ist doch geheizt.«

Sie stellte das Tablett auf das Bett.

»An Ihrer Stelle würde ich mich ins Bett legen.«

»Nein, wozu denn. Reichen Sie mir doch bitte das Tablett. Ich stelle es auf meine Knie. So ist es recht. Mein Gott, was bringen Sie mir da alles! Das ist doch viel zuviel!«

Sie versuchte zu lachen, obwohl ihr Magen sich hob beim Anblick des zähen Schnitzels, das in warmem Öl schwamm.

»Sie sehen schon besser aus«, sagte Fräulein von Moroso zu ihr. »Ich lasse Sie jetzt allein, aber ich komme bald wieder, um Ihnen Gesellschaft zu leisten. Wenn Sie etwas brauchen . . .«

Sie deutete mit dem Finger auf die Klingel.

»Ach, die Vorhänge . . .«

Sie lief ans Fenster, um sie aufzuziehen. Durch den Tüll der Scheibengardinen sah Eliane einen leeren, umzäunten Platz, an dessen Ende eine verfallene Laube an einer kleinen, niedrigen Mauer lehnte. Dicht daneben schlangen zwei Akazien ihre Äste ineinander. Am Fuße dieser Bäume kroch kranker Efeu entlang und machte die schwarze Erde einigen verwegenen Grashalmen streitig. Das war der große, schattige Garten.

»Im Sommer bringe ich meine Hängematte zwischen

diesen beiden Bäumen an«, erklärte Fräulein von Moroso. »Ich schließe die Augen, ich schaukle mich, ich wiege mich, ich versuche zu vergessen, daß ich in Paris gefangen bin . . .«

Sie senkte mit einem lustvollen Ausdruck ihre langen Wimpern und schlenkerte mit den Armen, um die Bewegung der Hängematte nachzumachen. Eliane wandte den Kopf ab. Sie war etwas verblüfft von diesem Gebärdenspiel und fürchtete, daß Fräulein von Moroso nach dem ersten Geständnis dazu übergehen würde, ihr ganzes Leben zu erzählen, doch wider Erwarten war sie kurz darauf allein.

Ihre erste Bewegung war, ein Glas Rotwein einzugießen, das sie hinunterstürzte in der Hoffnung, wieder zu Kräften zu kommen. Dann stellte sie mit ihren zitternden Händen das Tablett auf den Boden, und es gelang ihr, aufzustehen. Die geistige Energie ersetzte die körperlichen Kräfte, die ihr noch fehlten. Mit Knien und Händen schob sie den Sessel so nah wie möglich an die Heizung. Einige Minuten lang ruhte sie aus, dann holte sie aus ihrem Koffer einen Briefblock, einen Umschlag und einen Füllfederhalter. Nach kurzer Überlegung schrieb sie die folgenden Worte:

Lieber Philipp, Du wolltest wissen, warum ich das Haus verlassen habe. Ich werde es Dir sagen. Jetzt, da ich fern von Dir bin, wird es mir leichter fallen. Du hast keine Ahnung vom Herz eines alternden Mädchens, auch nicht von dem Mut, den ich brauchte, um diesen Satz niederzuschreiben. Zehn Jahre lang habe ich täglich unter demselben Dach mit zwei Menschen gelebt, die mit ihrem Glück, ihrer Trauer und ihren Sorgen zu mir kamen. Ich selber existierte kaum. Ich war dazu da, die Rechnungen nachzuprüfen, die Mahlzeiten zu bestellen und dafür zu sorgen, daß weder das Holz im Keller noch die Blumen im Salon fehlten. Ich hörte mir an, was Du mir zu sagen hattest, wenn Du von Deinen Spaziergängen nach Hause kamst. Ich nahm auch die Geständnisse Deiner Frau entgegen. Ich schien Euch nicht zu stören.

Heute kann ich nicht mehr. Ich bin einunddreißig Jahre alt, Philipp (und nicht dreißig, wie ich Dir neulich sagte). Vielleicht hast Du Dir nie die Frage gestellt, welche Rolle das Gefühl in meinem Leben spielte, und mit Gefühl meine ich die Liebe. Aber ich zögere, dieses Wort zu schreiben, wenn ich daran denke, wie ich aussehe, wenn ich an mein Gesicht und an meine Falten denke.

Sie unterbrach das Schreiben und beugte sich vor, um aus dem Fenster zu sehen. Ein schwarzes Huhn ging langsam im Garten hin und her, den Schnabel dicht am Boden. Die Äste der Akazien neigten sich im Wind, und an einem benachbarten Haus schlug ein Fensterladen gegen die Mauer. Sie fuhr fort:

Bestimmte Frauen sollten von der Liebe verschont bleiben, wenn sie es nicht verstehen, Liebe zu erwecken. Doch die Natur ist blind oder pervers. Ich bin in einen Mann verliebt, der nichts von mir wissen will, weil ich nicht hübsch genug bin. Kannst Du Dir vorstellen, in welche Verzweiflung ich stürzen mußte, um so sprechen zu können? Dennoch, wie hätte ich ihn geliebt, Philipp …

Dieser Satz war mißverständlich. Sie verbesserte:

Wie hätte ich diesen gleichgültigen Mann geliebt, der nichts von der Leidenschaft weiß, die er geweckt hat. Doch wozu dient diese überflüssige Liebe? Ich bin dadurch, daß ich gelitten habe, nicht besser geworden. Im Gegenteil, Kummer, Neid und lange stumme Verzweiflung haben mich allmählich vergiftet; ich bin zu keinem freundlichen Wort, zu keiner liebreichen Geste mehr fähig. Manchmal glaube ich, daß mich fremdes Unglück für mein eigenes Unglück entschädigt und empfinde Schadenfreude. Das Äußerste, was ich mir unter diesen Umständen abringen kann, ist Schweigen und die Verpflichtung, meinem Nächsten im Streben nach meinem eigenen Vorteil nicht zu schaden.

Dennoch wäre es mir ein leichtes, mein Leben zu ändern und das Glück zu erlangen, für das ich geboren war. Ein paar Worte genügten, um den Mann, den ich liebe, und die Frau, die er statt meiner geheiratet hat, für immer auseinanderzubringen, und obwohl ich weder schön noch sehr jung bin, wäre ich wohl imstande, die Liebe auf mich zu lenken, an der meine Rivalin wohl keine Freude gehabt hat. Erspare es mir, Dir den Namen dieses Mannes zu nennen. Immerhin sollst Du wissen, daß auf der ganzen Welt kein Mensch so schwach und vielleicht auch so erbärmlich ist. Er würde mir zu Willen sein, wie er der ersten besten zu Willen sein würde, wenn sie nur seinem Hochmut zu schmeicheln und seine Sinne zu wecken verstünde ...

Eine Blutwelle schoß ihr ins Gesicht.

»Das ist gemein«, sagte sie laut. »Ich habe kein Recht ...«

Und entsetzt sah sie auf die Worte nieder, die sie soeben geschrieben hatte. Sie wollte etwas ganz anderes schreiben, und plötzlich stand dieser Satz auf dem Papier.

»Wenn er daraufkommt, daß ich ihn meine«, dachte sie, »wird er mir nie verzeihen.«

Sie legte ihren Federhalter auf den Block und murmelte leise mit finsterer Miene:

»Um so besser. So zwinge ich ihn, mir die Tür eines Hauses zu verschließen, wo ich nur Schaden angerichtet habe.«

Sie nahm die Feder wieder auf und fuhr fort:

Verstehst Du, wie ich dazu komme, einen Mann zu lieben, den ich verachte, den ich anlächle, weil die Liebe mich dazu zwingt, während mir vor meiner eigenen Feigheit graut? Ich wundere mich selber darüber. Den ganzen Tag lang kämpfe ich mit mir, um nicht dem Wunsch nachzugeben, ihm zu sagen: »Du bist lächerlich, deine Frau betrügt dich, ich weiß mit wem, ich weiß wo, ich weiß alles, was du seit Jahren nicht weißt, sie findet dich widerwärtig, sie gehört dir nicht mehr, sie macht sich mit ihrem Liebhaber lustig über deine Kälte, die sie mit einem beleidigenden Ausdruck belegt.«

Von neuem hielt sie inne, um nachzudenken.

»Vielleicht ist es wahr«, sagte sie laut.

Sie fuhr fort:

Dennoch schweige ich, Philipp. Ich bin eine schlechte Frau, aber keine Verbrecherin, und ich werde mich keiner der Waffen bedienen, die das Schicksal mir in die Hände spielt. Da hast Du das Wesen, mit dem Du täglich zusammen bist, da hast Du die Welt des Hasses, die unter Deiner Blindheit atmet, leidet und vor Unruhe zittert. Ich halte es nicht länger aus, Dich so ruhig und so fern zu sehen. Das ist kein edles Gefühl, ich gebe es zu, aber es ist natürlich. Zehn Jahre lang habe ich geduldig zugehört, wenn Du mir von Deinen Spaziergängen erzählt und mir Deine kleinen Sorgen anvertraut hast. Ich bitte Dich, in diesem Satz auch nicht den leisesten Vorwurf meinerseits zu erblicken, aber denke an die Wirkung, die ein gleichförmiges Leben wie das Deine mit der Zeit auf die unglückliche Schreiberin dieser Zeilen haben muß, ein Leben, in dem der Kauf eines Buches, die Heilung eines Schnupfens, die Kündigung eines Dienstboten zu Haupt- und Staatsaktionen werden. Aus all diesen Gründen ist es besser, wenn ich mich entferne. Du bist gut zu mir gewesen, soweit es Dir möglich war, und ich muß Dir undankbar vorkommen, lieber Philipp, aber unsere Charaktere passen nicht zusammen. Wie ich manchmal Deine Ruhe und die Sicherheit hasse, in der Du Dich wiegst, so mußt Du die Verwirrung fürchten, die ich mit mir bringe. Adieu. Ich hoffe, Du wirst mich nie wiedersehen.

Sie faltete den Brief, ohne ihn noch einmal durchzusehen, und steckte ihn in einen Umschlag, den sie mit fester Hand und mit einer heiteren Gelassenheit adressierte, die sie über sie selbst hinaushob. Der Brief, den sie soeben beendet hatte, löste sie von Philipp. Sie konnte ihm nur deshalb so schreiben, weil sie ihn nicht mehr liebte. Freilich waren ihr die ersten Worte nicht leichtgefallen; denn es kostet Überwindung, ein angebetetes Wesen zu verurteilen oder sich an den Gedanken zu gewöhnen, daß man es auf die Anklagebank setzen kann. Aber was bleibt von dem Augenblick an, wo diese Haltung möglich wird, von der gewaltigsten Liebe übrig?

Für einen Menschen, der das logische Denken so sehr liebte wie Eliane, mußte diese Überlegung etwas Erlösendes haben. Tatsächlich fühlte sie sich befreit. Statt sich zu prüfen, ob sie Philipp noch liebe, blieb sie auf halbem Weg vor dieser gefährlichen Frage stehen und wiederholte wie ein Gläubiger, der vom Glauben abfällt und nun mit einer Mischung aus Freude und Furcht lästert: »Nachdem ich ihm so geschrieben habe, darf ich nicht mehr daran denken, daß ich ihn liebe.« Und das genügte ihr für den Augenblick.

Sie klebte eine Briefmarke auf den Umschlag und stand auf, um ihn auf den Kamin zu legen. Ihre Kräfte kamen wieder und mit ihnen ein unwiderstehliches Schlafbedürfnis. Vor Erregung und Müdigkeit hatte sie einen trockenen Hals. Sie trank ein Glas Wein mit Wasser, nahm ihr Filzhütchen ab, zog ihre Schuhe aus und glitt unter die rote Daunendecke.

Als sie aufwachte, war es viel dunkler. Die Winternacht brach schnell herein.

Der Himmel hinter den Scheiben schimmerte in aschgrauen und rötlichen Tönen, die am Horizont in ein tiefes Rot übergingen und mit flammender Schrift die Dächer umrahmten. Eliane bewunderte diese Farben. Sie erging sich in tausend wirren Gedanken, die sie bald fallenließ und bald wiederaufnahm. Nach einer Weile erhob sie sich ohne Mühe. Sie suchte nach dem elektrischen Licht, fand es nicht und ging tastend zum Fenster. Obwohl sie sich im Zimmer aufmerksam umgesehen hatte, war ihr nicht aufgefallen, daß dieses Fenster direkt in den Garten ging. Sie öffnete es. Die kalte Luft hob das Haar an ihren Schläfen und zwang sie, den Mantelkragen zuzuknöpfen. Einen kurzen Augenblick zögerte sie, dann ging sie eine Stufe hinunter und war im Garten. Mit wenigen Schritten gelangte sie zu einer kleinen Mauer, deren Steine abbröckelten. Hier blieb sie stehen, in träumerischen Gedanken verloren, die ihren Blick gefangennahmen und ihn auf ein fallendes welkes Blatt oder auf eine kleine Holzschaufel lenkten, die ein Kind hier liegengelassen hatte. Das fahle Licht der Dämmerung geisterte dicht über dem Boden hin. Seit kurzem hatte sich der Wind gelegt, aber man hörte noch den Laden an die Mauer des Nachbarhauses klopfen, manchmal mit einem lauten, manchmal mit einem schwächeren Schlag. Eliane setzte ihren Spaziergang fort. Sie kam bald zu den beiden kleinen Akazien. Reglos und mit schwerem Herzen stand sie zwischen ihnen und lehnte sich mit der Hand an einen Stamm. Ihr Schatten lag in dem seltsamen Licht, das wie der Widerschein einer trüben Laterne schimmerte, zu ihren Füßen. Zwischen den Steinen krümmten sich die Ranken des Efeus unter seinen Blättern. Die Blätter leuchteten an den Rändern. Sie ging weiter. Als sie an der Laube vorbeikam, scheuchte sie das schwarze Huhn auf, das ihre Röcke mit ängstlichem Gackern umflatterte. Eliane schlug in die Hände, um das Tier zu vertreiben, und nahm ihren Weg wieder auf. Sie wunderte sich, daß sie die kleine Mauer nicht fand, die sie vom Fenster aus gesehen hatte. Aber allem Anschein nach erstreckte sich der Garten noch sehr viel weiter.

Eine große graue Wolke, wie ein Erdteil gezackt, schwebte langsam am Himmel vorüber. Bald glaubte Eliane einen Drachen mit vorgerecktem Hals zu sehen, dann glich die Wolke der Bretagne, dann einer Kriegsflotte, die ihre Rauchfahnen über einen blutigen Horizont schleppt. Dieses Schauspiel beschäftigte sie kurze Zeit, aber sie dachte nicht daran, stehenzubleiben. Aus Neugier, auch aus Eigensinn, ging sie mit raschen Schritten weiter. In ihrer Eile stolperte sie und wäre beinahe gefallen, denn der Boden unter ihren Füßen wurde steinig und uneben. Die Mauern zu beiden Seiten senkten sich und zeigten andere, größere Gärten, Baumschulen und unbebautes Gelände, über die die Nacht ihre Schatten wandern ließ. Hunde bellten wütend an ihren Ketten.

Sie fing an, schneller zu gehen, dann lief sie. Sie war nicht so sehr beunruhigt wie überrascht von diesem Garten, der nirgends endete. Um ihre Gedanken etwas zu sammeln, versuchte sie, sich den Plan von Passy in die Erinnerung zu rufen. Früher oder später mußte sie auf eine Straße, auf eine Mauer stoßen. Aber auf welche Straße? Sie wollte sich in Gedanken orientieren, es gelang ihr nicht. Von Zeit zu Zeit streifte ihr Rock das dichte Gebüsch, dessen Blätter wie fließendes Wasser rauschten. Einen Augenblick lang glaubte sie, jenseits der grünen Hecken, die jetzt den Garten begrenzten, ein Licht zu sehen, und sie wollte schon rufen, aber eine Regung der Scham hielt sie zurück. Wozu sollte sie rufen? Sie war außer Atem, weil sie zu rasch gelaufen war. Sie ging langsamer. Das Licht verschwand.

Trotz der Kälte fühlte sie Schweißtropfen an ihrem Hals. Sie öffnete den Mantel. Die Erde dröhnte unter ihren Schritten. Die Nacht war jetzt dunkel, und Eliane hatte den Eindruck, als sei sie schon seit dem frühen Morgen unterwegs. Als sie sich nach rechts wandte, wo der Boden weniger steinig schien, merkte sie plötzlich, daß sie an einem Graben entlangging. Ein paar Schritte weiter stieß ihr Fuß an einen Kilometerstein. Voller Schrecken blieb sie stehen und wollte die Inschrift lesen, die in diesen Stein eingemeißelt war. Vergebens legte sie ihren Finger in die Vertiefung der Buchstaben: der erste war ein c, der zweite ein i, aber der Rest war nicht zu entziffern. Sie ging weiter.

Eine ungeheure Stille lag über dem Land. Im Dunkel verschmolzen die großen Felder mit dem schwarzen Himmel. Nur eine matte Helligkeit zeigte den Weg an, schwebte wie ein langer Nebel tief durch die Nacht, und manchmal hatte Eliane den Eindruck, gegen diesen Nebel anzukämpfen wie ein Schwimmer gegen eine starke Strömung. Manchmal kam es ihr auch vor, als bewege sie sich seit Stunden nicht von der Stelle. In Wirklichkeit ging sie sehr rasch.

Während des Gehens schlief sie ein, den Kopf tief gesenkt und die Arme am Körper baumelnd. Von Zeit zu Zeit stieß sie gegen einen Stein, aber sie wachte nicht auf, und ihre Beine trugen sie mit der Regelmäßigkeit eines Uhrwerks weiter.

Nach einer halben Stunde kam ein Wind auf, vertrieb die Wolken und enthüllte einen Himmel, der aussah wie ein riesiger blauer Fleck. Der Mond erschien. Sein blindes Gesicht neigte sich zur Erde, die er aus leeren Augenhöhlen betrachtete, und sein metallisches Licht rief die Menschen zur verschwiegenen Tätigkeit des Traums. Eliane öffnete die Augen und sah die Felder, deren Furchen sich endlos hinzogen. Die Müdigkeit lähmte ihre Glieder. Seit ihrem Erwachen hatte sie in ihrer tiefen Erschöpfung das Gefühl, als sitze jemand auf ihren Schultern und drücke mit Gewalt auf ihren Nacken und ihren Rücken. Um wieder zu Atem zu kommen, hätte sie sich gern zwischen die Steine fallen lassen, das Gesicht im Straßenstaub, aber ein anderes Gefühl widersprach diesem Verlangen und trieb sie vorwärts. Sie riß ihre Füße vom Boden auf und ging weiter.

Das Gelände stieg jetzt an, zuerst so sacht, daß man es kaum merkte. Dann führte die Straße mit unerbittlicher Grausamkeit immer steiler in die Höhe, wie eine Leiter, die aufgerichtet wird. In der Hoffnung, ihre Müdigkeit zu überlisten, versuchte Eliane, die Steine zu zählen, die sie am Weg zu ihren Füßen sah. Große Steine waren darunter, deren Bruchstellen wie Marmor schimmerten, und andere, die mit der Zeit rund geworden waren, aber mit diesen konnte sie sich nicht abgeben, denn sie waren zu zahlreich. Sie blieb auch nicht eine Sekunde stehen. Ihre Lippen, die sich unaufhörlich bewegten, glichen den Lippen einer Betenden, die ihren Heiligen anfleht. Ihre

Füße, die sie über den Boden hinschleifte, brannten in ihren Schuhen, und sie wußte nicht mehr, ob sie es war, die diesen schrecklichen Weg fortsetzen wollte, oder ob eine stärkere Macht sie dazu zwang. Schließlich hörte sie auf, die vielen Steine zu zählen, die der Mond mit einem violetten Schimmer umgab. Ihre Zunge schwoll zwischen den Zähnen an und wurde rauh. Plötzlich raufte sie sich mit beiden Händen die Haare und stieß einen langgezogenen Verzweiflungsschrei aus, der weit in das Land hinausgellte. Noch eine ganze Weile hallte der Ton in ihren Ohren nach. Da schrie sie von neuem, sie rief, sie schleuderte die Namen aller ihr bekannten Menschen in die Nacht. Stunde um Stunde verrann.

Ein kleiner Baum stand einsam am Straßenrand. Leicht gebeugt von dem Wind, der von den Höhen herunterblies, warf er einen krummen, schrägen Schatten auf die Erde. Der Winter hatte ihm kein Blatt gelassen, aber trotzdem war er etwas Lebendiges in dieser schwarzen Unendlichkeit, wo nicht ein Grashalm wuchs. Elianes Herz begann zu klopfen. In einer halben Minute würde sie das Bäumchen erreichen, und welch ein Trost, wenn sie nur mit den Fingerspitzen seine Rinde berühren könnte! Diese Aussicht gab ihr die Kräfte zurück, und sie ging etwas schneller, obwohl der Anstieg sehr steil war.

Zwanzig Schritte trennten sie noch vom Ziel, und schon streckte sie die Hand aus, um bereit zu sein und keine Sekunde von der Zeit zu verlieren, die ihr geschenkt wäre. Als sie dann die Zweige bemerkte, die wie Haare im Wind flatterten, packte sie die Lust, einen dieser Zweige im Vorübergehen zu ergreifen, ihn abzubrechen und mitzunehmen. Sie wählte den längsten und dünnsten der Zweige, die sie mit der Hand erreichen konnte, sie sah ihn genau zwischen den vielen anderen, sie bemerkte sogar den Knoten, wo sie ihn abreißen müßte. Sie näherte sich, war endlich da, ihre Hand streckte sich aus. Der Wind entriß ihr den Zweig.

Es ging so schnell, daß sie es nicht gleich begreifen

konnte. Mit einer heftigen Anstrengung versuchte sie stehenzubleiben, aber sie vermochte es nicht. Jetzt drang ein Wutschrei aus ihrer Kehle, und sie schlug sich die Nägel in die Brust, um diesen Körper, der ihr nicht mehr gehorchte, zu zerkratzen und zu zerreißen. Die Müdigkeit, die sie einen Augenblick lang vergessen hatte, sank wieder auf ihre Schultern. Ihre Füße bluteten. Sie wünschte sich den Tod.

Eine gute Viertelstunde Weges gab ihr die Ruhe und eine Art Ergebung in ihr Schicksal wieder. Jedesmal, wenn sie den Fuß aufsetzen mußte, rieb ihre Haut sich blutig, und starke Schmerzen wühlten in ihrem Leib. Sie wußte nicht mehr, weshalb sie auf dieser Straße war.

Alles verwirrte sich in ihrem Kopf, und selbst vor ihren Augen begann es trübe zu werden. Eine Wagenspur, die sie mit mattem Blick betrachtete, verschwand in einem Nebel. Da streckte Eliane ihre Hände in das Dunkel wie ein Blinder, während ihre Füße gegen die Steine stießen, die mit ungleichmäßigem Poltern den Abhang hinunterrollten.

Kurz vor Anbruch der Dämmerung verschleierte sich der Mond, der Wind hatte sich gelegt, und für ein paar Sekunden herrschte eine tiefe Stille. Nur das Geräusch ihrer eigenen Schritte klang in Elianes Ohren. Bald schien dieses Geräusch aus so weiter Ferne zu kommen, daß sie es kaum vernahm, bald schwoll es an und stieg mit ungeheurem Dröhnen zum Himmel. Unter dem Einfluß des Fiebers, das in ihren Adern brannte, stellte sie sich vor, daß eine große, unendlich komplizierte Maschine mit riesigen, ausgreifenden Hebelarmen ihren Weg begleitete. Dieser Eindruck wurde stärker und deutlicher, und bald glaubte sie, mitten in einer Fabrik zu sein, wo Metallblöcke in einem Funkenregen auf- und niederschwangen. Der Fieberwahn ließ sie vergessen, daß sie mit nackten, blutenden Füßen ging. Sie litt, aber ihr Leid überstieg jedes menschliche Maß und glich dem Leid einer Welt voll Finsternis. Sie selber existierte nicht mehr; eine unbekannte Gewalt trug sie.

Plötzlich kam sie wieder zu sich. Ein meergrünes Licht breitete sich zögernd über den Hügeln aus, und dünne Tropfen eines eisigen Regens sickerten durch die dunkle Luft. Mit einem haßerfüllten Schrei begrüßte sie diesen Tag, der über der Erde aufging. Ein Blick nach rückwärts zeigte ihr den Abgrund, dessen Wand sie erstiegen hatte. Die Straße hinter ihr verlor sich in einem Meer von Dunkelheit. Einen Augenblick lang sah sie in die gähnende Tiefe hinunter, dann packte sie der Schwindel, und sie brach zusammen.

Sie lag mit dem Gesicht auf der Erde am Rande eines langgestreckten kahlen Plateaus. Hier und da tauchten bucklige Felsen aus dem Dunkel auf. Bereifte Grasbüschel wuchsen spärlich zu ihren Füßen, wo die Mäuler der Tiere sie nicht erreicht hatten; überall sonst war die Erde kahl.

Die Kälte und das Geräusch des starken Windes, der auf diesen Höhen wehte, weckten Eliane aus ihrer Ohnmacht. Mit Hilfe des Ellbogens gelang es ihr, sich auf den Rücken zu drehen, und sie sah die Sterne, die noch hoch oben am dunklen Himmel flimmerten. Sie wagte lange nicht, sich zu rühren, blickte starr zu den Sternen empor und wurde von so heftigen Schauern geschüttelt, daß ihre Zähne aufeinanderschlugen. Dann versuchte sie aufzustehen, aber die schrecklichen Wunden an ihren Füßen hinderten sie daran. Dennoch gelang es ihr, auf die Knie zu kommen, und so schleppte sie sich bis zur Mitte des Plateaus.

Brandspuren waren hier zu sehen, und zuerst glaubte sie, Nomaden hätten in der Einsamkeit dieser Berge ein Holzfeuer angezündet, um gegen die Kälte und vielleicht auch gegen die Angst anzukämpfen. Doch als sie näher hinsah, bemerkte sie mitten in dem schwarzen Kreis, den die Flammen auf die Erde gezeichnet hatten, ein Stück Papier. Auf dieses Papier, auf dem man noch einige

Schriftzeichen lesen konnte, war ein Stein von der Größe eines Menschenkopfes mit der Gewalt eines Meteoriten niedergefallen. Und im Licht der Dämmerung erkannte sie ein abgerissenes Stück ihres Briefes an ihren Schwager: »Lieber Philipp, Du wolltest wissen ...«

Sie wachte auf.

Fräulein von Moroso stand vor ihr und sprach lebhaft auf sie ein:

»Bitte entschuldigen Sie, wenn ich Sie wecke. Aber es ist jemand da, der Sie zu sprechen wünscht.«

Eliane sprang etwas verlegen aus dem Bett, weil sie nicht verstand, was man zu ihr sagte.

»Wie spät ist es?« fragte sie unvermittelt.

»Viertel nach sechs. Der Herr wartet im Salon. Ich will ihm schnell sagen, daß Sie kommen.«

»Was für ein Herr?«

Die Brasilianerin schien auf diese Frage gewartet zu haben. In theatralischer Haltung wölbte sie ihren Busen vor und legte die Fingerspitzen auf das Brustbein. Zugleich richtete sie sich auf, als ob sie von etwas erhoben würde. Dann gab sie plötzlich diese Zeichensprache auf und sagte mit fast natürlicher Stimme:

»Ich finde ihn sehr schön.«

»Philipp«, dachte Eliane.

»Sie hätten ihm nicht sagen sollen, daß ich da bin«, sagte sie verstimmt.

»Sie wollen ihn nicht sehen?«

»Ich kann ihn jetzt nicht sehen.«

»Er wird schon warten.«

»Nein«, antwortete Eliane, die nicht mehr wußte, was sie sagte.

»Doch doch! Er sieht so nett aus. Ist es Ihr Bruder oder vielleicht Ihr Verlobter?

»Ja.«

»Ihr Bruder oder Ihr Verlobter?«

Eliane ließ sich auf die Bettkante fallen.

»Fräulein von Moroso, wollen Sie mir einen großen Gefallen tun? Hier liegt ein Brief, hier auf dem Kamin. Er ist bereits frankiert. Hätten Sie die Güte, den Brief persönlich zur Post zu bringen?«

Beim Ton dieser Worte machte die Brasilianerin große Augen.

»Ich soll den Brief fortbringen? Aber natürlich. Auf der Stelle.«

»Sehr schön. Auf der Stelle.«

»Fühlen Sie sich nicht wohl?«

»Das geht vorüber.«

»Ich kann also dem Herrn sagen, daß Sie kommen?«

Eliane schüttelte den Kopf.

»Vergessen Sie den Brief nicht«, sagte sie.

»Ich will nur schnell meinen Hut aufsetzen. Dafür müssen Sie mir aber einen Gefallen tun, gnädiges Fräulein, ich bitte Sie darum. Laden Sie den Herrn zum Essen ein, ja? Ich möchte es. Bitte!«

»Das ist nicht möglich, es tut mir leid.«

»Es versteht sich von selbst«, fuhr die Brasilianerin mit königlichem Ton fort, »es versteht sich von selbst, daß dieses Essen nicht auf Ihre Rechnung geht. Es ist eine Einladung.«

»Ich danke Ihnen, ich danke Ihnen sehr, Fräulein von Moroso. Leider kann ich sie nicht annehmen.«

»Aber er?« rief Fräulein von Moroso verzweifelt.

»Er auch nicht, ich weiß es.«

Ein Schweigen folgte, dann warf die Brasilianerin den Kopf zurück.

»Ich bestehe nicht darauf«, sagte sie stolz.

»Werden Sie an meinen Brief denken?« frage Eliane mit freundlicherer Stimme.

»Ich habe gesagt, daß ich ihn zur Post tragen werde, und ich werde ihn zur Post tragen.«

»Wenn sie ihn nur zerreißen würde!« dachte Eliane, als sie allein war.

Eine Hand auf der Türklinke, lauschte sie auf die Geräusche im Haus. Sie ließ mehrere Minuten verstreichen, entschlossen, nicht aus ihrem Zimmer zu gehen, bevor die Brasilianerin die Pension mit ihrem Brief verlassen hatte. Ohne Zweifel war es eine Schwäche von ihr, daß sie Philipp wiedersehen wollte, aber es konnte sich nur um einen Abschied handeln. Wenn er erst einmal diese vier Seiten voller Verdächtigungen und Gemeinheiten gelesen hätte, würde er nicht so schnell wieder die Glocke an der Pensionstür ziehen.

Ein Schluchzen schüttelte ihren Körper, aber sie nahm sich zusammen. Sie stellte sich ihren Brief vor wie ein lebendes Wesen, das einen eigenen Willen hat, das unabhängig geworden ist und statt ihrer schnell und energisch handelt. Das war nicht Fräulein von Moroso, die über ihrem Kopf hin und her ging, das war das geheimnisvolle Wesen, das Eliane erschaffen hatte, als sie die Worte auf die Blätter eines Briefblocks schrieb. Gleich würde es sich auf den Weg machen. Voller Ungeduld, seine Pflicht zu erfüllen und sein Gift zu verspritzen, würde es in Philipps Zimmer kommen und seine Rückkehr abwarten. Es würde ihm mit seiner schwatzhaften Stimme die Botschaft der Zwietracht wiederholen und den Geist dieses Mannes, der für jeden Argwohn offen war, so lange bearbeiten, bis er überzeugt wäre, daß seine Frau ihn betrog. Nach getaner Arbeit würde es als Zeuge dableiben, den man nach Belieben befragen kann und der seine Aussage bereitwillig wiederholt.

Als die Haustür sich öffnete und wieder schloß, hatte sie Lust, hinter Fräulein von Moroso herzulaufen. Wenn sie ihren Brief jetzt hätte wiederhaben wollen, wäre es nötig gewesen, eine Treppe zu überwinden, den Salon, der als Vorzimmer diente, zu durchqueren, und an Philipp vorbeizugehen. Die Sache erschien ihr unmöglich, aber sie war darüber erleichtert und verließ das Zimmer etwas ruhiger.

Philipp schaute durch das Fenster und drehte sich auf dem Absatz um, sowie er Eliane kommen hörte. Mit gespielter Natürlichkeit ging er auf die Schwägerin zu, die ohne Bewegung vor ihm stand.

»Eliane, ich hoffe, du bist mir nicht böse, wenn ich dich in deinem Schlupfwinkel überfalle.«

Diese förmlichen Worte ließen Eliane erschaudern. Sie lächelte, ohne zu antworten, und setzte sich auf den Rand des Kanapees.

»Gibst du mir keinen Kuß?« fuhr er fort, entschlossen, von ihrer Verwirrung, die ihn störte, keine Notiz zu nehmen.

Seine hohe Gestalt beugte sich vor, und sein Mund berührte die Wange der armen Frau. Sie seufzte tief und suchte vergebens nach Worten. Klugerweise hatte sie ihre Augen auf Philipps Füße gesenkt, denn sie fühlte sich außerstande, seinem Blick zu begegnen, und fürchtete einen Tränenausbruch.

»Wer hätte gedacht, daß wir uns hier sehen würden?« sagte sie schließlich.

Ihr war, als habe eine lange Reise sie voneinander getrennt.

»Wie geht es Henriette?«

»Gewiß recht gut. Du weißt doch, wir sehen uns kaum.«

Ohne daß sie es wollte, zuckte Eliane zusammen. Es war richtig: sie sahen sich kaum. Wozu heiratete man, wenn man sich doch nie sah? Welches Glück war hier vertan und verloren! Sie vertiefte sich in diesen Gedanken und hörte Philipp nicht zu, der mit gleichmäßiger Stimme weitersprach:

»Übrigens hast du sie doch gestern nachmittag noch gesehen. Heute hat sie nicht zu Mittag gegessen. Ich glaube, sie hatte Kopfweh.«

Er zog jetzt mit respektvoller Langsamkeit seine maulwurfgrauen Handschuhe aus und musterte dabei mit unzufriedenem Blick die lila Tapete, auf der die Feuchtigkeit braune Ornamente hervortreten ließ. Zwei weißgestrichene Sessel standen schräg vor dem Kamin. Er wählte einen, betrachtete argwöhnisch den Kretonnestoff, mit dem er bespannt war, und setzte sich schließlich.

»Bist du hier gut aufgehoben?« fragte er dann.

»Nicht schlecht, Philipp.«

Schließlich war es besser, Albernheiten zu sagen, da er darauf Wert zu legen schien.

»Nicht schlecht«, sagte sie noch einmal. »Die Pension wird von einer Amerikanerin geführt, von einer Südamerikanerin, einer sehr netten, sehr freundlichen Person.«

»War das die Frau, die mir geöffnet hat? Schwarze Augen, nicht wahr, und eine große Nase.«

»Das war sie.«

»Sie schien sehr verblüfft, als sie mich sah. Sie blieb mit offenem Mund vor mir stehen. Ich hätte ihr fast ins Gesicht gelacht.«

»Ah?«

»Was schaust du denn so? Meine Schuhe sind doch nicht schmutzig?«

»Wo denkst du hin! Du bist doch immer so gepflegt.«

»Was sagst du zu meinem neuen Überzieher? Hoffentlich ist er nicht zu eng in der Taille?«

»Das kann nicht dein Ernst sein. Bei deiner Figur wäre es schade, einen Sack zu tragen.«

Er erhob sich und tat, als habe er das Kompliment nicht gehört, das mit schuldbewußter Stimme vorgebracht wurde. Nachdem er einen Augenblick gezögert hatte, schien er einen Entschluß zu fassen.

»Eliane«, sagte er und trat vor sie hin, »ich muß dir eine Frage stellen, eine ernste Frage. Kann ich mit einer offenen Antwort rechnen?«

Sie legte die Hände übereinander und gab sich Mühe, ruhig zu scheinen. Aber das Herz klopfte ihr.

»Eine offene Antwort? Selbstverständlich, Philipp. Worum handelt es sich?«

Er trat einige Schritte zurück und starrte sie an wie ein Hypnotiseur.

»Hör zu. Wenn ich dir meine Frage gestellt habe, überlege nicht, antworte auf der Stelle.«

»Wie du willst. Ich werde dir antworten, so gut ich kann. Ich hoffe, es ist nichts Schlimmes.«

»Nein, nichts Schlimmes. Aber doch etwas sehr Ernsthaftes.«

»Bitte, Philipp, beeile dich. Du machst mich unruhig.«

»Eliane, habe ich zugenommen?«

Sie war so bestürzt, daß sie den Mund öffnete und sprachlos blieb.

»Siehst du«, sagte Philipp traurig, »du kannst nicht antworten. Ich habe also zugenommen. Ich habe es geahnt, ich habe es befürchtet.«

»Aber nein«, sagte sie leise.

»Doch, doch, versuche nicht, mich zu beruhigen. Deine Verlegenheit sagt mir mehr als die empfindlichste Waage. Ich nehme zu, zwar nur allmählich, aber dafür unerbittlich.«

»Ich versichere dir...«

Er streckte mit einem enttäuschten Lächeln die Hand aus.

»Nein, nein. Du bist zu gütig, Eliane, du verbirgst mir die Wahrheit, um mir einen Kummer zu ersparen. Aber deine Augen sprechen eine andre Sprache. Vorhin, auf dem Weg hierher, bin ich in eine große homöopathische Apotheke gegangen, die ich schon lange kenne. Dort ist eine Waage, eine erstklassige Waage. Ich habe mich auf ihr gewogen.«

Der besseren Wirkung halber machte er eine Pause.

»Nun, und?« fragte sie wie in einem Traum.

»Dreiundsiebzig Kilo und vierhundert Gramm. Nein, nein, weißt du, ich und dick werden... das ist zu ungerecht. Ich esse nichts, ich trinke nicht zu den Mahlzeiten, morgens und abends treibe ich Gymnastik . . . Was hast du denn?«

»Nichts.«

Ihr wurde schwindlig. Sie glaubte die gymnastischen Übungen und Philipps braunen Körper zu sehen, wie er ausgestreckt auf einem wollenen Berberteppich lag. Sie litt um so mehr darunter, als sie sich dabei auf eine unbestimmbare Weise lächerlich vorkam. Aber seit einigen Monaten verfolgten sie mit unwiderstehlicher Kraft gewisse Bilder. »Warum auch nicht?« rief eine innere Stimme ihr zu. Sie überließ sich ihren Wachträumen. Dann sah sie sich plötzlich in einem Schaufenster an einer Straßenecke, ein Grauen packte sie, und sie kam wieder zu sich, sie floh vor sich selbst. Das Blut schoß ihr in die Schläfen bei dem Gedanken, daß Philipp erraten könnte, was in ihr vorging.

»Willst du dich nicht ein wenig auf das Sofa legen?« schlug er vor, ohne sich zu rühren.

»Nein. Warum denn? Ich fühle mich sehr wohl.«

Sie hatte den Eindruck, daß eine fremde Stimme an ihrer Stelle sprach.

»Du bist ganz rot«, beharrte Philipp, »sieh dich nur an.«

Diese Worte trafen Eliane wie eine Beschimpfung. Sie machte eine Handbewegung, eine Bewegung, die nichts besagen wollte.

»Gut«, sagte er beruhigt und fuhr fort, während er sich mit dem Ellbogen an die Kaminecke lehnte: »Ich berühre den Fußboden mit den Fingerspitzen, ohne die Knie zu beugen, das mache ich zwanzigmal. Ich lege mich auf den Rücken und stehe mit über der Brust verschränkten Armen wieder auf, auch zwanzigmal. Glaubst du, daß mir das Spaß macht? Aber das ist nicht alles.«

»Nein?«

»Nein. Ich mache die Bewegung eines Ruderers, eines Mähers. Ich setze mich auf die Fersen und richte mich bloß mit der Kraft der Knie auf, eine langweilige und schwierige Übung.«

Etwas trieb ihn, weiter zu gehen, zu weit zu gehen.

Vielleicht hätte er zu Hause nicht so gesprochen. Aber hier, in dem kleinen, armseligen Salon, wo nichts Vertrautes seinem Blick begegnete, bekamen seine Worte einen ungewöhnlichen Klang, der ihm gefiel, und die Angst vor dem Altern, die ihn eben noch gepeinigt hatte, wich einem dunklen Gefühl des Wohlbehagens. Er lehnte sich mit dem Rücken an den Kamin und überkreuzte in einer vorteilhaften Haltung die Füße.

»Das Merkwürdigste ist, daß ich nicht weiß, wo das Fett mich bedroht. Wenn es sich gleichmäßig über alle Stellen meines Körpers verteilt, habe ich noch einige Jahre nichts zu fürchten. Alle Muskeln sind an ihrem Platz, und ich passe auf, daß keiner schlaff wird.«

Er schlug sich voller Stolz auf den Bauch.

Der kleine Lüster, der von der Decke herabhing, traf mit hellem Schein Elianes Gesicht, auf dem sich die Falten wie tiefe Wunden einkerbten. Sie schüttelte den Kopf.

»Warum machst du dir denn solche Sorgen?« fragte sie leise.

Er hörte sie nicht und fuhr mit ruhiger Stimme fort:

»Du kannst dir nicht vorstellen, wie sorgfältig, wie streng ich mich jeden Morgen beobachte.«

»Ah?«

»Nackt natürlich, wie du dir denken kannst.«

Er schlug verschämt die Augen nieder. Eliane erbleichte.

»Anders«, erklärte er mit verlegenem Lächeln, »anders kann man sich keine Gewißheit verschaffen ... Die Kleider täuschen zu sehr. Vielleicht ist doch mein Schneider daran schuld, wenn es aussieht, als ob ich zugenommen hätte.«

Er wurde aufs neue ängstlich.

»Bitte, Eliane, sag mir die Wahrheit.«

»Du bist nicht dicker geworden«, hauchte sie.

»Aber bedenke, ich habe in vierzehn Tagen zweihundert Gramm zugenommen.«

Sie wiederholte:

»Zweihundert Gramm in vierzehn Tagen.«

Plötzlich fing sie an zu lachen. Philipp sah sie mit so ernstem Gesicht an, daß sie erschrak, aber sie konnte nicht aufhören, denn sie lachte gegen ihren Willen, fast so, als ob sie weinte. Sie hatte die Hände vor den Mund gepreßt, ihr Körper schwankte hin und her. Für den Zeitraum einer Sekunde war ihr dieser Mann wie eine komische Person vorgekommen, die von einer läppischen Sorge gequält wird, während vor ihren Augen ein Leben zerbrach. Jetzt aber, da ihre kurze Heiterkeit unter diesem feindseligen Blick vergangen war, lachte sie noch immer. Sie lachte so heftig wie eine Frau, die am Erstikken ist und nach Atem ringt. In diesem Kampf mit sich selbst führte sie die Hände an die Brust, an die Stirn und an die Schläfen, und ihre verstörten Augen füllten sich mit Tränen. Schließlich sank sie auf das Kanapee, und das Gesicht in einem Kissen vergraben, brach sie in Schluchzen aus.

»Ich weiß nicht, was ich habe« flüsterte sie. »Ich fühle mich nicht wohl . . . seit Jahren . . . seit Jahren geht es mir so.«

»Beruhige dich«, sagte er in eisigem Ton und kreuzte die Arme.

»Du mußt mich komisch finden, Philipp.«

Sie stand wieder auf. Aber sie hielt die Hände vor das Gesicht, damit er sie nicht sah.

»Wenn du wüßtest . . .« fuhr sie fort.

In diesem Augenblick fand er sie wirklich komisch, und er bereute den Impuls, der ihn in bester Absicht hierhergetrieben hatte. Ein solcher Ausbruch kummervoller Verzweiflung kam ihm entsetzlich schamlos vor.

»Möchtest du nicht das Licht ausmachen?« fragte sie plötzlich hinter vorgehaltenen Händen.

»Das Licht ausmachen?«

Der fast spöttische Ton dieser Worte empörte Eliane.

»Jawohl, ausmachen!« befahl sie mit einer heftigen Kopfbewegung.

Er gehorchte.

»Philipp«, sagte sie in der Dunkelheit, »es ist aus.«

Ihre Stimme war fest. Sie stand auf und preßte die Hände ineinander, wie um alle Kräfte zusammenzunehmen.

»Aus«, wiederholte sie. »Ich will dich nicht mehr sehen. Ich gehe jetzt aus dem Zimmer, hier durch die Tür beim Kanapee. Du wirst mich nicht wiedersehen. Adieu.«

Sie wartete eine Sekunde, aber Philipp schwieg. Da erhob sich ein blinder Haß in der Seele des alt gewordenen Mädchens. Furchtbare Worte kamen ihr auf die Lippen, und sie taumelte, so sehr war sie versucht, diese Worte auszusprechen. Aber ein stärkerer Instinkt riet ihr zu schweigen. Allmählich wurde ihr Atem gleichmäßiger, und ihr Herz schlug nicht mehr so wild. Sie konnte noch froh sein, daß sie der Verachtung Philipps nicht bei voller Beleuchtung ausgesetzt war... Ihre Finger tasteten sich am Sims der Holzverkleidung entlang. Endlich fand sie die Türklinke und stürzte hinaus.

Am nächsten Tag ging sie den ganzen Morgen durch die belebtesten Straßen von Passy. Sie hoffte, sich im Straßenlärm zu betäuben und dabei weniger an Philipp zu denken. Sie wurde von der Menge der Hausfrauen, die ihre Einkäufe machten, hin und her geschoben und alle Augenblicke vom Gehsteig heruntergedrängt. Schließlich verlor sie die Geduld und suchte die ruhigere Gegend am Trocadéro auf. Der Zufall führte sie zum alten Friedhof, der eine Seite des großen Platzes überragt. Sie irrte einige Zeit durch die kleinen Wege und las die Namen auf den Grabsteinen mit der eigentümlichen Aufmerksamkeit jener Menschen, die alles betrachten, was vor ihren Augen liegt, während sie an etwas ganz anderes denken. Als sie die Zypressen an der langgestreckten Mauer erreichte, kehrte sie um. Sie war jetzt etwas ruhiger, aber so in ihr Unglück versunken wie eine Nonne in die Betrachtung eines Mysteriums.

Als sie in die Pension zurückkam, aß sie, was man ihr hinstellte, und wunderte sich über die Bewegungen, die sie ausführte. Sie lebte also noch weiter nach allem, was Philipp ihr gesagt hatte. Was mußte noch geschehen, um sie zu töten? Ein- oder zweimal hörte sie, wie Fräulein von Moroso ihr Fragen stellte. Da sie nicht antworten konnte, begnügte sie sich mit einem Lächeln. Sie nahm den Lindenblütentee, den die Brasilianerin ihr anbot, und leerte die Tasse in einem Sessel, der neben dem Ofen im Eßzimmer stand. Diese kleinen Beweise der Fürsorge rührten sie. Sie gab sich Mühe, nicht mehr an Philipp zu denken und sah Fräulein von Moroso an:

»Wie soll ich Ihnen danken?« sagte sie leise.

Die Brasilianerin betrachtete sie mit ernstem Gesicht:

»Bleiben Sie ruhig«, sagte sie schließlich. Und wie zu sich selber sprach sie weiter: »Der größte Kummer geht vorüber, wenn man ruhig bleibt.«

»Glauben Sie, Fräulein von Moroso?«

»Wenn man sich aufregt, leidet man nur.«

Ein langes Schweigen folgte, das wie eine Erläuterung dieser Worte wirkte. Die beiden Frauen saßen einander unbeweglich gegenüber und hörten auf das Prasseln der Flammen hinter den kleinen Glimmerscheiben. Den größten Teil des Zimmers nahm ein langer Tisch ein, an dem zehn bis zwölf Gäste sitzen konnten. Aber nur das eine Ende war statt eines Tischtuches mit einer blau geblümten Serviette bedeckt. Die Höhe der Decke, der lange, fast leere Tisch und das trübe Dezemberlicht, das durch ein Fenster ohne Vorhang fiel, alles das kam zusammen, um aus diesem Raum einen der traurigsten und verlassensten Plätze auf der Welt zu machen. Eliane blickte auf ihren Teller, wo die Schale einer Apfelsine die Form eines großen P bildete.

»Vielleicht hätten Sie gern einen Kaffee gehabt?« fragte Fräulein von Moroso.

Eliane wünschte keinen Kaffee, aber in der Verzweiflung, in der sie seit zwei Tagen lebte, rührte die kleinste Aufmerksamkeit sie zu Tränen.

»Warum sprachen Sie vorhin von Kummer?« sagte sie nach einer Weile. »Woher wußten Sie, daß ich Sorgen habe?«

»Erinnern Sie sich, daß Sie gestern, als dieser Herr weg-ging, aus dem Salon kamen und im Vorzimmer mit mir zusammengestoßen sind?«

»Ich bin mit Ihnen zusammengestoßen ... Nein, ich kann mich nicht erinnern. Gewiß habe ich es gar nicht bemerkt.«

»Das dachte ich auch. Als ich Sie sah, habe ich gleich begriffen, daß etwas geschehen war.«

»Etwas ...« wiederholte Eliane. »Ja.«

Sie sah zum Fenster, und ihr Blick blieb an den kleinen schwarzen Bäumen hängen, deren Stämme im Regen glänzten.

»Was hat der Herr zu Ihnen gesagt, als Sie ihm öffneten?« fragte sie plötzlich, ohne die Bäume aus den Augen zu lassen.

»Er hat mir gesagt, daß er Sie zu sprechen wünsche.«

»Aber was hat er Ihnen genau gesagt? Können Sie sich genau erinnern?«

Diese nichtssagenden Worte, die Philipp einer anderen Frau sozusagen geschenkt hatte, wollte Eliane haben, wie sie alles aus Philipps Leben und seine flüchtigsten Gedanken haben wollte.

»Genau kann ich mich nicht erinnern. Ich glaube, er hat gesagt: ›Ich möchte Frau ...‹«

»Fräulein«, verbesserte Eliane. Dann wandte sie sich jäh der Brasilianerin zu und sah ihr mit einem ungewöhnlich starren Blick ins Gesicht. »Sie hatten recht«, sagte sie mit veränderter Stimme, »er hat wirklich Frau gesagt. Ich möchte Frau Cléry sprechen.«

Sie stand auf.

»Ich bin Frau Cléry, verstehen Sie mich? Der Herr ist mein Mann.«

»Gewiß doch, gnädige Frau. Was haben Sie denn? Sie dürfen sich nicht so aufregen.«

»Heute abend gehe ich nach Hause zurück«, fuhr Eliane fort, ohne auf diese Worte zu achten ... »zu meinem Mann.«

Dieser einfache Satz, den sie vor einer Fremden aussprach, erfüllte sie mit so heftiger Freude, daß sie von einer Schwäche ergriffen wurde und sich an den Tisch lehnen mußte. Dabei fiel ein Glas um, das zur Hälfte mit Rotwein gefüllt war. Der Wein floß über die blaue Serviette und auch auf Elianes Kleid. Aber sie bemerkte nichts von diesem kleinen Unglücksfall. Eine neue Welt stand plötzlich vor ihren Augen. Nie hatte sie geglaubt, daß sie Philipps Frau wäre. Jetzt glaubte sie daran. Sie mußte zu ihm zurückkehren und ihren Platz wieder einnehmen: nicht auf der Stelle, aber heute nacht, während Philipp schlief. Morgen wollte sie etwas sagen, irgend etwas tun, wodurch alles anders werden würde. Dieser Gedanke gab ihr die Ruhe wieder, und mit triumphierendem Blick sah sie Fräulein von Moroso an. Aber die Brasilianerin war außer sich:

»Ihr Kleid, gnädige Frau!«

»Mein Kleid?«

Sie sah den großen dunklen Fleck und stieß einen Schrei aus. Sie rieb mit ihrem Taschentuch über den Stoff und wollte dann auch den Teppich aufwischen, wo der Wein einen kleinen See gebildet hatte. Aber die Brasilianerin lag schon auf den Knien und versuchte mit einer zusammengerollten Serviette das Unglück wiedergutzumachen.

8

Von Tisserands Wohnung zur Madeleine, wo Henriette gewöhnlich einen Wagen nahm, waren es kaum mehr als vier bis fünf Minuten zu Fuß. Die junge Frau rannte aus dem Haustor, doch trotz ihrer Eile und der späten Stunde zögerte sie keinen Augenblick, den Weg einzuschlagen, den ihr eine abergläubische Gewohnheit vorschrieb und der mit den geringsten, vom Zufall bestimmten Einzelheiten nun für alle Zeiten zu einem unveränderlichen Ritual gehörte. Ein Schritt nach rechts oder links hätte Henriette vom gedachten Weg entfernt, der ihr allein gehörte. Zum Beispiel mußte sie vor einem bestimmten Laden so die Straße überqueren, daß sie auf der anderen Seite genau die Einfahrt eines bestimmten Hauses erreichte. Wenn der unsichtbare Pfad von anderen widerrechtlich betreten wurde, bestand die Regel darin, zu warten oder im Notfall einige Schritte zurückzutreten, aber nie durfte sie die imaginären Grenzen überschreiten, hinter denen der dunkle Schrecken einer Todesgefahr lauerte. Bei einem Gewitter bot ein bestimmter Hauseingang erlaubten Schutz, während ein anderer mit einem ausdrücklichen Verbot belegt war. In der Nähe der Madeleine hörte der Zwang plötzlich auf, und nachdem das Gesetz auf das peinlichste befolgt war, öffneten sich tausend Wege, weder gut noch schlecht und wie alle Wege der Erde, außer einem, den Launen des Schicksals unterworfen.

Es kam Henriette nicht in den Sinn, daß ein so streng eingehaltener Ritus etwas Seltsames haben könnte. Gleich allen anderen Wesen, die in der Welt ihr Glück nicht fanden, suchte sie in ihrem Innern die Elemente ihrer Freude. Sie spielte mit dem Leben, wie Kinder Krieg oder Räuber spielen, und nichts schien ihr *wahrer* als dieser nur in ihrer Phantasie existierende Weg, der den Weg der anderen kreuzte, manchmal mit ihm verschmolz und ihn verließ, um wieder mit ihm zusammenzutreffen, aber dennoch deutlich unterschieden.

Die Stille der verlassenen Straßen ließ sie ihren Schritt beschleunigen, ohne daß sie es wollte, vielleicht sogar ohne daß sie es wußte, denn ihre Aufmerksamkeit ließ keinen Augenblick nach, und sie ging mit den Augen am Boden, als ob sie eine Spur verfolge. Bald merkte sie, daß ihre Schritte ein Echo hatten. Sie drehte sich um: drüben auf der anderen Straßenseite ging ein Mann in dunklem Überzieher in der gleichen Richtung wie sie. Er schien sie nicht zu sehen, denn er senkte den Kopf. Nach einer Weile wurde sie etwas unruhig und fing an zu laufen. Zuerst aus purem Mutwillen, dann wirklich aus Unruhe. Die Luft trug das Klappern ihrer Sohlen weiter, bis ein beständiges Geräusch daraus wurde, das sie in ihrem Lauf begleitete. Die Einsamkeit im Herzen einer riesigen Stadt, die starre Gleichgültigkeit der Häuser und die feindselige Wachsamkeit der Laternen verfehlten ihre Wirkung nicht. Freilich war ihr keine Gegend in Paris so vertraut, und ihre Angst kam ihr selber lächerlich vor. Aber nie hatte sie so wie in dieser Nacht die Verwirrung gefühlt, die von der Vervielfachung des gleichen Eindrucks ausgehen kann. Vergebens hielt sie die Augen gesenkt. Sie sah trotzdem die ununterbrochene Linie der Fensterläden, die mit ihren Holzlatten den Schlaf oder die Schlaflosigkeit von Tausenden von Menschen beschützten, deren Gesichter und deren Namen sie nie kennen würde. Der Gedanke an eine Welt, die außerhalb ihrer selbst existierte, kam ihr niederschmetternd vor, und sie fragte sich, ob sie mit ihren Schritten Kranke aufweckte, ob Menschen den Kopf in die Kissen drückten, um sie nicht zu hören, oder ob andere am Fenster standen, ihren Schritten lauschten und das Geräusch verfluchten oder segneten, das die Stille der Nacht zerteilte. Vielleicht ging sie mit ihren Schritten durch die Gesichte eines Sterbenden oder durch den Alptraum eines Irren; Diebe spitzten die Ohren, Liebende hörten sie aus der Nacht kommen und in der Ferne verschwinden, dann nahmen sie ihr Werk wieder auf, das sie eine Weile unterbrochen hatten. Diese ungeheure, vielfältige Gegenwart hinter den schwarzen Fassaden verwirrte sie wie eine Drohung. Öfter war sie nahe daran, den vorgezeichneten Pfad zu verlassen, weil ein Umweg ihn verlängerte, aber die Angst vor einer noch größeren Gefahr hinderte sie daran. Endlich bemerkte sie am Ende einer Straße die Lichter eines Cafés, und das Brausen des Boulevards drang an ihr Ohr. Begierig, sich selbst zu entrinnen, wieder auf die Menge zu treffen, auf ihre schützende Gewöhnlichkeit, ihre beruhigende Stimme, ihre großen leeren, von keinem Gedanken beseelten Augen, preßte sie die Hand auf die Brust und lief noch schneller. Ein Stechen in der Hüfte zwang sie bald darauf, langsamer zu gehen und schließlich stehenzubleiben. Aber von hier aus konnte sie schon das dumpfe Rollen der Wagen hören, und sie lachte bei sich in Gedanken an die ausgestandene Angst. Während sie Atem holte, blickte sie umher, und zu ihrer Überraschung sah sie den Mann von vorhin, der mit großen Schritten auf der anderen Straßenseite ging. Einen Augenblick zuvor wäre sie erschrocken, wenn sie gesehen hätte, daß dieser Unbekannte ihr folgte, aber hier waren Menschen in der Nähe. Außerdem ging der Mann jetzt sehr viel langsamer. In diesem Augenblick zündete er sich in einem Hauseingang eine Zigarette an und hielt die beiden Hände vor das Gesicht, um die kleine Flamme vor dem Wind zu schützen.

Henriette setzte ihren Weg mit ruhigen Schritten fort und wandte ihr Gesicht nicht ab vor dem scharfen Wind, der die Luft wie ein Peitschenhieb durchschnitt. Die beißende Kälte war ihr fast angenehm. Eine Weile fühlte sie sich so glücklich wie vor zwölf Jahren, als sie auf dem Teppichende stand und wünschte, der Augenblick würde ewig dauern. Bei näherer Besinnung jedoch verlor sich das Glück. Wie hatte sie Elianes Verschwinden vergessen können? Und sie sah Philipps verlegene Miene vor sich, seinen schiefen Blick, das Achselzucken, das seinen Ärger verriet. »Weißt du, Eliane ist fortgegangen, oh, nur für einige Tage. Sie hat ein paar Zeilen geschrieben. Du kannst sie lesen ... Nein, ihre Adresse hat sie mir nicht gegeben.« Die junge Frau erinnerte sich daran wie an eine sehr schlimme Nachricht. Unter den wenigen realen Dingen, aus denen Henriettes Leben sich zusammensetzte, nahm Eliane in der Tat einen besonderen Platz ein. Während Philipp in den Augen seiner Frau immer wesenloser wurde und sich in einer Art Halbdunkel verlor, erschien Eliane dagegen in dem hellen Licht, das die Träume verscheucht, und sie verschaffte ihrer Schwester viele glückliche Augenblicke. Ohne Eliane zerbrach das Gleichgewicht der Stunden, der Tag wurde ein Abgrund, den die Zeit nicht mehr auszufüllen vermochte. Gewiß hatte Henriette ihre Einsamkeit heute leidlich überstanden dank der Aussicht auf den Besuch, den sie nach dem Abendessen machen wollte, aber jetzt ... Wem sollte sie von diesem Besuch erzählen? Plötzlich blieb sie stehen: wenn sie nach Hause kam, wäre die Wohnung leer und auch das Zimmer würde leer sein, wo Eliane gewöhnlich auf sie wartete, manchmal bis zum frühen Morgen, um sie zu Bett zu bringen. Henriette wurde so traurig, daß sie sich am liebsten wie eine Bettlerin auf die Straße gesetzt hätte; die Kälte sollte sich von den Gliedern über ihren ganzen Leib ausdehnen und bis zum Herzen dringen, damit es aufhörte zu schlagen. Sie hatte das Gefühl, daß eine eifersüchtige Gewalt sie nicht nur jedes künftigen Glückes, sondern auch aller vergangenen Freuden beraube, und die Nacht, die jetzt zu Ende ging, fiel ebenso ins Nichts wie alles übrige.

Mit langsameren Schritten ging sie weiter bis zu einer Straßenkreuzung. Warum hatte Philipp, dieser Dummkopf, nicht versucht, Eliane zurückzuhalten oder sie wenigstens zu finden? Vorübergehende Spaziergänger stießen Henriette an, ohne sie aus ihren Gedanken zu reißen. Sie sah nur mit dem Blick einer Schlafwandlerin auf und ging ruhig weiter. Schon als Kind war sie so gewesen: nur die vollzogene Tatsache zählte für sie, nicht das Wort, das eine Tatsache ankündigte. Man sagte ihr, daß ihre Schwester fortgegangen sei, aber sie glaubte es erst in der Minute, als Elianes Abwesenheit sich bemerkbar machte und in den Bereich der Realität rückte. Ein Zeitungsverkäufer schwenkte sein Blatt vor ihren starr blickenden Augen, dann zuckte er die Achseln. Sie ging, ohne etwas zu sehen, und achtete nur darauf, daß sie nicht von dem Weg abkam, den die Gewohnheit ihr vorschrieb. Der Lärm nahm zu, je weiter sie ging, ein starkes Brausen, in dem die menschlichen Stimmen sich mit dem tiefen Brummen der Wagen vermischten. Der Lärm drang undeutlich und mit Unterbrechungen an Henriettes Ohren, denn es gab Augenblicke der Stille in ihr, tiefe schwarze Löcher, in denen die Unruhe der äußeren Welt versank. Plötzlich fand sie sich mitten in einem Sturm wieder, der Boden unter ihren Füßen schwankte in langen Stößen, ein Lichterregen fiel auf die Menge, und die dröhnende Straße stürzte in einen Abgrund. In der Ferne flimmerten die bunten Lichter des Boulevards. Eine schwarz umrandete Sonne blendete Henriette, und blindlings ging sie auf dieses Gestirn zu, das in das Dunkel zurückwich. Das Donnergrollen, bei dem ihre Zähne aufeinanderschlugen und ihre Wangen zitterten, schien ihr von dem fahlen Brennpunkt phosphoreszierender Strahlen zu kommen. Es war das Licht, das so vibrierte, mit diesem hohlen, dumpfen Ton. Die junge Frau ging schneller. Fast wäre sie am Rand des Gehsteigs ausgeglitten, dann fühlte sie unter ihren Sohlen das Holzpflaster des Fahrdamms. Ein furchtbares Geschrei erhob sich und trieb sie einen Schritt zurück. Sie sah zwei Laternen mit weiß sprühenden Lichtern zwischen riesigen Rädern und ein hohes, schwarzes, heulendes Etwas auf sich zukommen. »Das ist der Tod«, dachte sie. »Ich muß zur Seite springen, meinen Weg verlassen . . .« Sie stand wie behext und rührte sich nicht. Eine Hand packte heftig ihren Arm und riß sie zurück.

Seit einer knappen Minute war sie wieder zu sich gekommen, aber sie zögerte, die Augen zu öffnen. Am Rütteln des Wagens, an der Art der Stille glaubte sie eine der großen Avenuen an der Seine zu erkennen. Langsam kam die Erinnerung zurück. Der abscheuliche Geruch einer schlechten Zigarre hüllte sie plötzlich ein und brachte sie zum Husten. Sie hob vorsichtig die Lider und sah durch einen bläulichen Nebel den aufmerksamen Blick zweier schwarzer Pupillen. Eine große Hand fuhr durch die Luft, um den Rauch zu vertreiben. Dann erschien ein Gesicht, zuerst die Nase, kräftig und rot, dann ein Schnurrbart, der struppig herunterhing. Henriette stieß einen Schrei aus.

»Sie brauchen keine Angst zu haben«, sagte der Mann mit heiserer Stimme. »Wenn es Ihnen Spaß macht, schreien Sie ruhig.«

Er lehnte sich ein wenig zurück.

»Wer sind Sie?« fragte Henriette.

Der Mann zog an seiner Zigarre, ohne eine Antwort zu geben. Er trug einen Überzieher, den er über den Knien zusammenschlug.

»Ich möchte wissen, wer Sie sind«, wiederholte die junge Frau.

»Das geht Sie nichts an«, sagte er schließlich.

Henriette streckte die Hand zum Fenster, aber er hatte ihre Bewegung verstanden, bevor sie sie vollendet hatte, und packte kräftig ihre beiden Handgelenke. Seine Zigarre, die ihm schon fast den Mund verbrannte, zwang ihn, mit den Augen zu blinzeln, und er öffnete die Lippen, wobei er eine unvollständige Reihe brauner Zähne enthüllte. Ein paar Minuten hielt er die junge Frau so fest, als sei sie ein Kind, das zur Ruhe gebracht werden muß, aber sie wehrte sich noch immer, erschreckt von dem scheußlich verzerrten Gesicht des Unbekannten. Schließlich beugte er sich über einen kleinen Aschenbecher an der Seite des Wagens und ließ fluchend seine Zigarre hineinfallen.

»Wenn ich Ihnen etwas tun wollte, hätte ich es getan, als Sie ohnmächtig waren. Verstehen Sie das nicht? Man sollte nicht glauben, daß Sie mir Ihr Leben verdanken.«

Henriette wehrte sich nicht länger.

»Was wollen Sie damit sagen?«

»Wenn ich nicht zur rechten Zeit dagewesen wäre, um Sie zurückzureißen, hätte der Autobus Sie überfahren.«

Sie schrie. Der Mann ließ ihre Hände los und zuckte die Achseln.

»Jetzt fängt das Theater wieder an. Sehen Sie bloß, was Sie mit meiner Zigarre gemacht haben. Sie ist ausgegangen.«

»Sagen Sie mir Ihre Adresse. Mein Mann wird Ihnen eine Belohnung geben.«

Er sah sie spöttisch an.

»Ah?« machte er und zündete sich seine Zigarre wieder an.

Plötzlich begriff Henriette: »Das ist der Mann von vorhin«, sagte sie zu sich selber. »Philipp, dieser Esel, hat Verdacht geschöpft und läßt mich verfolgen.«

Und trotz des Ärgers, den sie empfand, weil sie sich in ein so komisches Abenteuer verstrickt sah, konnte sie ein Lächeln nicht unterdrücken. »Vielleicht habe ich einen Brief von Tisserand liegen gelassen. Er muß ein nettes Gesicht gemacht haben, als er ihn las!« Ein beißender Qualm erfüllte den Wagen. Henriette ließ ein Fenster herunter und erkannte die Kastanienbäume des Cours-la-Meine. Mit der Gewalt eines Wasserfalls strömte die kalte Luft in den Wagen.

»Wollen Sie mich umbringen?« sagte der Mann und schloß sofort das Fenster wieder.

»Ich will wissen, wohin Sie mich fahren.«

»Zu Ihnen nach Hause, kleine Frau.«

»Woher wissen Sie meine Adresse?«

Ein furchtbarer Husten packte ihn, ein kurzer, lauter Husten, der sich wie ein Geschrei anhörte. Er starrte Henriette mit vorwurfsvollem Blick an. Jetzt bemerkte sie eine weiße Linie, die um seine Pupillen lief und wurde von plötzlichem Mitleid ergriffen vor diesem Blick, den die Blindheit schon mit einem milchigen Schleier zu bedecken schien. Ahnte der Mann die Gefahr, die sein Augenlicht bedrohte? So niedrig sein Geschäft auch sein mochte, er verrichtete es, so gut er konnte, und hielt sich vielleicht für nützlich. Seine Kleidung war ärmlich. Sie hätte ihn gern gefragt, wie hoch man seine Dienste bezahle. Aber sie tat es nicht, weil sie sich dachte, daß er in dieser Frage nur eine Unverschämtheit erblicken würde. In einigen Jahren wäre er gewiß blind und dazu verurteilt, die Hand nach milden Gaben auszustrecken. Eines Tages würde er ohne Zweifel sein Los mit der Resignation und dem zynischen Humor der Großstadtbettler auf sich nehmen und tastend seinen Weg suchen, und sie verglich ihn in Gedanken mit ihrem Mann, der sich Sorgen machte wegen einer Krawatte, die nicht zu seinem Teint paßte, oder in einem Glas Wasser ein Schlankheitspulver auflöste. Voller Verachtung öffnete sie ihre Tasche, um den Unbekannten dafür zu belohnen, daß er Philipp so wenig glich. Aber vergebens durchsuchte sie die mit weißer Seide gefütterten Taschen. Sie fand darin nur ihren Lippenstift, ihren Schlüssel und das Taschentuch, das noch feucht war von den eben vergossenen Tränen. Sie fuhren über die Place de l'Alma. Der Mann beugte sich zur Seite und tat den letzten Zug aus seiner Zigarre.

Vom Vorzimmer aus bemerkte sie Licht im Salon. Zuerst glaubte sie, daß Philipp sich in diesem Zimmer wärmte und dabei, wie sie zu sagen pflegte, vor dem Spiegel den großen Mann markierte. Dann aber bemerkte sie durch die halb geöffnete Tür Elianes Hut, der auf einer Konsole lag.

Eliane selbst stand unter dem Lüster, dessen glitzernde Glasscheiben sich wie Girlanden aufwärtsschwangen. Sie rührte sich nicht in dem strahlenden Licht, das wie eine Dusche über sie floß, sie schien ganz tief in einen Traum versunken und hörte ihre Schwester nicht kommen. Ihre großen, weit geöffneten Augen starrten mit abwesendem Ausdruck auf den großen Strauß roter Gladiolen, der wie ein Fächer ausgebreitet auf dem Kamin stand.

Der taghell erleuchtete Salon hatte ein festliches Gepräge, das in seltsamem Gegensatz stand zu der völligen Stille im Raum. Die goldenen Leuchter vervielfachten ihre Lichter in den Spiegeln über den Konsolen ins Unendliche, und über die kirschroten Vorhänge, die mit ihren großen, kerzengeraden Falten wie runde, starre Säulen aussahen, liefen milchige Reflexe. Nur das von Eliane so sehr geliebte Porträt aus dem 18. Jahrhundert, das in der Mitte einer hellroten Damastbespannung hing, sah mit undurchdringlichem Blick auf diese Versammlung leerer Sessel nieder, auf das Feuer, dessen würziger Geruch bis zu ihm emporstieg, und auf diese in einem Traum befangene Frau.

An der Türschwelle unterdrückte Henriette den Freudenschrei, der in ihrer Brust emporstieg. Ein menschliches Wesen in seiner Einsamkeit zu überraschen, wirkt auf gewisse Illusionen fast immer verhängnisvoll. Als sie Eliane erblickte, die halb ihr zugewandt war, sich aber noch immer nicht rührte, fühlte sie, wie ihre Nackenhaare sich sträubten, und instinktiv wich sie zurück. Sie hatte den absurden Gedanken, daß sie sich in der Etage getäuscht haben könnte und eine fremde Frau für ihre Schwester hielt. In der Tat lag in Elianes Versunkenheit etwas Unheimliches, was die Schwester auf eine unerklärliche Art veränderte. Vielleicht trug auch die seltsame Beleuchtung zu dieser Illusion bei. Breite Lichtflecken glänzten auf ihren Haaren und ihren Schultern; doch ihr ganzes Gesicht lag im Schatten, wie mit einem Schleier verhüllt, dessen spitzes Ende ihr auf die Brust fiel.

Nach einer Weile rief Henriette ihre Schwester mit einer Stimme an, die natürlich klingen sollte, aber sie war selber von dem rauhen, heiseren Ton überrascht, der von ihren Lippen kam. Sie sah, wie diese Frau sofort zu zittern begann und wie ihr Gesicht sich verzog. Doch sie hatte sich rasch wieder in der Gewalt, und ein Lächeln trat auf ihre Lippen.

»Du hast mir Angst gemacht. Ich glaubte allein zu sein. Warum bleibst du stehen? Warum ...«

Sie konnte nicht weitersprechen. Zum ersten Mal war sie vor Henriette verwirrt und fühlte, wie es ihr heiß in die Schläfen stieg. Ihre Wangen und Ohren glühten.

»Ich bin so froh ...« begann die junge Frau und schritt auf sie zu. »Ich hatte nicht erwartet ...«

Diese mit verlegener Miene gesprochenen Worte kamen ihr lächerlich vor. Redete sie mit einer Fremden, daß sie so zögernd sprach? Sie schwieg. Plötzlich schämte sie sich ihrer Schwester, ohne sich den Grund erklären zu können.

»Du kannst dir nicht vorstellen, was du mir für eine Angst eingejagt hast«, sagte Eliane schließlich und ergriff sie bei den Händen, um sie an sich zu ziehen. »Gerade eben (sie küßte sie auf die rechte Wange ...) habe ich mir überlegt, ob ich dich wecken soll oder nicht (jetzt auf die linke Wange), und auf einmal stehst du angezogen vor mir ... Komm, setzen wir uns.«

Sie nahmen auf einer Chaiselongue Platz, die quer in einer Ecke des Zimmers stand. Eliane wollte ihrer Schwester helfen, den Pelz abzulegen.

»Gleich«, sagte Henriette.

»Es wird dir gleich wieder warm sein. Sollen wir näher zum Feuer rücken? Ja. Hierher.«

Die junge Frau ließ alles mit sich geschehen, ohne den Mund zu öffnen.

»Du sagst gar nichts?« fuhr Eliane fort, als sie wieder saßen. »Ich verstehe, daß du ein wenig erschüttert bist. Stell dir vor, gerade als du kamst, sagte ich mir ...«

Ein paar Minuten erging sie sich in lauter nichtssagenden Phrasen, und dabei fand sie ihre Sicherheit wieder. »Philipp wird dir gesagt haben, weshalb ich ausgerückt bin. Es war nichts Schlimmes. Zuerst die Geschichte mit dem Telegramm, hat er es dir nicht erzählt?«

»Nein, nein.«

»Komm, mach deinen Mantel auf, es wird dir zu warm werden. Das Telegramm kam von seinem Onkel, mit dem er seit seiner Heirat entzweit ist.«

Sie erfand eine Geschichte, die auf ziemlich schwachen Beinen stand, aber durch eine Fülle von Einzelheiten verblüffte und Elianes Gesicht so viel Autorität verlieh, daß ihre Schwester daran glaubte.

Als sie mit der Erzählung zu Ende war, strich sie sich mit einer langsamen, ruhigen Bewegung die Haare aus der Stirn und faltete die Hände über dem Kleid.

»Und du?« fragte sie mit unbekümmerter Stimme. Vor diesem aufrichtigen Blick fühlte sich Henriette schuldig.

»Ich war bei Viktor.«

Eliane lächelte.

»Hat er immer noch Geldsorgen?«

»Ich habe ihm heute abend etwas gegeben. Damit ist ihm erst einmal geholfen.«

Sie sagte kein Wort von dem Betrag, den sie von den siebentausend Francs zurückbehalten hatte, weil sie fürchtete, daß Eliane sie sonst für geizig halten könnte. Unvermittelt packte sie ein Ekel vor dieser ganzen Geschichte und vor sich selbst. Doch Eliane blieb dabei:

»Er mußte glauben, der Himmel tue sich auf, als du ihm das Geld gabst, das viele Geld.«

»Gewiß. Er war so mutlos geworden, er hat wieder Vertrauen bekommen.«

»Ermutigen wir ihn nur nicht zu sehr«, sagte die Heuchlerin.

Henriette nickte mit dem Kopf, ohne zu antworten, das Gesicht zum Feuer gewendet, das sie mit träumerischer Aufmerksamkeit betrachtete. Ein Scheit, das noch voller Saft war, ließ ein starkes, eintöniges Zischen vernehmen. Die Rinde löste sich ab und rollte sich ein, bevor sie in der Glut zusammenschrumpfte. Das feuchte, glatte Holz kam zum Vorschein, und sein Duft vermischte sich mit dem schärferen Geruch des Rauchs. Dieses alltägliche

Schauspiel rührte die junge Frau so sehr, daß es ihr vorkam, als ob noch niemand vor ihr seine Schönheit entdeckt hätte. Nie zuvor, so schien es ihr, hatte sie diesen Duft eingeatmet, noch nie hatte sie bemerkt, wie hübsch die schwarzen Spiralen sich ringelten. In einer der stürmischen Aufwallungen, die sich mitunter gegen sie selber richteten, schwor sie allem Häßlichen in ihrem Leben ab, ihren dummen Lügen, ihren armseligen Illusionen.

»Was ist denn?« fragte Eliane, die dieses Schweigen nicht liebte.

Mit einem Ruck hob Henriette den Kopf.

»Eliane«, sagte sie mit rascher und leiser Stimme, »heute nacht wäre mir auf dem Nachhauseweg beinahe etwas zugestoßen ... Ich wollte es dir zuerst nicht sagen, um dich nicht zu ängstigen. Du siehst ja, daß mir nichts geschehen ist.«

Eliane sprang auf.

»Was ist passiert? ... So sprich doch, ich verstehe dich nicht.«

»Hab keine Angst. Ich bin doch hier. Beruhige dich.«

»Ja, ja. Erzähl nur, liebe Henriette!«

Das Blut wich aus ihrem Gesicht, und an den Stellen, wo sie nicht geschminkt war, zeigten sich helle Flecken. Vergebens kämpfte sie gegen den Gedanken, der in ihr emporstieg und sich ihres Hirnes bemächtigte. Sie fühlte, wie ihre Kraft sie plötzlich verließ.

»Beim Überschreiten einer kleinen Straße«, sagte Henriette, »wurde mir einen Augenblick schwindlig. Ein Autobus kam auf mich zu, er hätte mich fast überfahren.«

»Das ist ja furchtbar!« stieß Eliane hervor, wie um eine innere Stimme zum Schweigen zu bringen, die sie gegen ihren Willen hörte.

»Gott sei Dank war jemand in der Nähe, der mich von hinten packte und mich auf das Pflaster riß ...«

Eliane hörte nicht zu. Voller Entsetzen starrte sie ihre Schwester an. Sie war da, sie hätte nicht da sein können. Woran hatte es denn gehangen? ... Eliane stellte sich alles vor, den Telephonanruf aus dem Krankenhaus mitten in der Nacht, Philipps Schrecken: »Da ruft uns jemand vom Krankenhaus an, ich verstehe nicht ...« Nein, Philipp würde nicht hingehen, sie müßte es tun, er würde schwach widersprechen, aber sie würde allein durch das finstere Paris hindurch dort hingehen. In einem weißen Büro, wo es nach Äther riecht, würde eine Krankenschwester voller Schonung mit ihr sprechen und ihr erklären ... Sie stieß einen Schrei aus:

»Henriette! Ich ... Was sagst du?«

Einen Augenblick betrachtete sie die junge Frau mit der verstörten Miene eines Menschen, der zu plötzlich aus dem Schlummer gerissen wird. Als sie sah, daß sie ihrer Schwester angst machte, versuchte sie zu lächeln:

»Entschuldige bitte, mein Kind. Ich dachte noch an deinen Unfall. Sprich weiter, ich setze mich schon.«

»Ich verstehe nicht, was dich so aufregt, liebe Eliane. Schau, ich bin doch hier.«

»Gewiß, gewiß, aber es ist stärker als ich. Ich bin zu nervös, und dann habe ich einen sehr anstrengenden Tag hinter mir.«

Plötzlich stieg ihr ein Schluchzen in die Kehle, und sie senkte den Kopf. Ihre Unterlippe zitterte unausgesetzt.

»Laß nur ... es ist nichts«, sagte sie mit heiserer Stimme, als sie sah, daß ihre Schwester aufstand, und machte heftige Anstrengungen, wieder ruhig zu erscheinen. Sie fürchtete, daß Henriette sie küssen wollte; in diesem Moment, wo sie den Stachel des bösen Gewissens spürte, hätte sie sich lieber von ihrer Schwester beschimpfen lassen, und sie war nahe daran, ein volles Bekenntnis ihrer geheimsten Gedanken abzulegen, aber Scham und die Aussicht auf endlose Schwierigkeiten halfen ihr über diese Schwäche hinweg.

»Schon gut«, sagte sie nach kurzem Kampf.

Henriettes Verdacht schwand bis auf den letzten Rest.

»Liebe, gute Eliane, es ist meine Schuld«, sagte sie leise, während sie sich wieder setzte. »Ich hätte daran denken sollen.«

»Ganz und gar nicht«, antwortete Eliane. »Erzähl nur weiter, ich werde jetzt besser zuhören.«

»Ich habe dir schon alles gesagt, was ich weiß. Der Mann hat mich vor dem Haus abgesetzt, er hat den Chauffeur bezahlt und ist fortgegangen.«

»Welcher Mann?«

Henriette mußte ihr die Szene im Wagen noch einmal erzählen. Zuerst verstand Eliane kein Wort. Sie war durch ihre Empfindungen so verwirrt, daß sie keinen Zusammenhang sah zwischen ihrem niederträchtigen Brief und der konfusen Geschichte, die Henriette erzählte. Sie fand es ganz selbstverständlich, daß man sich die Mühe gemacht hatte, Henriette im Wagen nach Hause zu bringen. »Du hast es mit einem wohlerzogenen Mann zu tun gehabt«, schloß sie, »das ist alles.«

Henriette war so müde, daß sie auf diese Worte nicht einging. Ihre Lider wurden schwer, und durch ihre Wimpern sah sie die bunten Flämmchen, die zwischen den Scheiten tanzten. In der Stille, die jetzt eintrat, hörte sie, von Wärme und Müdigkeit ganz benommen, die ruhigere Stimme ihrer Schwester, und obwohl sie keinen Versuch machte, etwas davon zu verstehen, lauschte sie mit unbestimmtem Vergnügen den leisen Worten. Die Sätze hatten eine sanfte Melodie, ohne Schärfe, ohne Eile. Sie schienen in der Luft zu schweben, getragen von einem vorsichtigen Atem, der sie unmerklich in tiefere Regionen sinken ließ, wo sie sich langsam ausdehnten; oder sie beschrieben einen Bogen wie die Windungen eines schönen, vernünftigen Flusses und verweilten ein wenig auf friedlichen Höhen, dann zeigte ein schwaches Zögern das Ende der Reise an, und sie glitten sanft in die Tiefe hinunter. Diese kurze Rast hielt die junge Frau noch vom Abgrund zurück, der sie aufnehmen wollte. Etwas riß ihr den Kopf nach hinten, und im Nacken fühlte sie einen stechenden Schmerz. Schließlich wiegte die Stimme Henriette immer tiefer ein, führte sie in neue Dunkelheiten und schwebte mit zitternden Flügeln über der Tiefe.

»Sie schläft«, sagte Eliane halblaut.

Einige Minuten blieb sie unentschlossen sitzen, die Hände auf den Sessellehnen. Sie wurde selber allmählich von der Bewegungslosigkeit der Dinge angesteckt, und auf einmal fiel es ihr schwer, aufzustehen und die Stille zu unterbrechen. Trotz ihrer kritischen Natur war sie empfänglich für den ungewöhnlichen Charakter, den die äußere Welt in gewissen Augenblicken der Nacht annimmt. In dem großen leeren Salon mit den hohen Spiegeln, in denen sich neue Türen öffneten und Decken mit Lüstern sich ins Unendliche erstreckten, merkte sie plötzlich, wie stark ihr Herz schlug. Ihre Schwester schlief. Die junge Frau war tief in den Sessel gesunken, und ihr Pelz, der bis über die Ohren heraufgerutscht war, gab ihr das klägliche und finstere Aussehen einer Buckligen. Von Zeit zu Zeit hob ein Seufzer ihre Schultern. Man sah, wie ihre Lippen sich im Traum bewegten, und ihr Kopf, der tief auf der Brust lag, hob und senkte sich langsam und böse. Was wußte sie, daß sie die Brauen so runzelte? An wen richteten sich die Worte, die ihr Mund nicht aussprechen konnte und die nur als ein undeutliches Summen das Ohr der Schwester erreichten? Eliane hatte den Eindruck, daß diese Frau aus tiefem Schlaf zu ihr sprach, nicht mehr unschuldig und blind wie sonst, sondern klug und durchtrieben. Hinter dem glatten, reinen Gesicht, das noch ganz kindlich wirkte, kam eine Seele zum Vorschein, die vom Alter und vom langen Umgang mit dem Bösen erschöpft war. Für einen Augenblick glaubte Eliane sogar, daß die Lider sich hoben und ihr einen Blick zeigten, den sie nicht kannte. Doch diese Täuschung hielt nicht an: Henriettes vorgeneigte Stirn warf einen dunklen Schatten, der ihre Augen verdeckte und ihnen einen unschönen Ausdruck gab. Eliane hatte Lust, ihre Schwester zu wekken oder ihr wenigstens den Kopf aufzurichten; andererseits hielt sie ihren Schrecken für sehr kindisch und beschloß, ihre Nerven zu bezwingen und ihren Sessel nicht eher zu verlassen, als bis das Feuer erloschen war.

Mit fester, aber nicht sehr ruhiger Hand schürte sie das Feuer. Sie trennte die halbverbrannten Scheite, an denen die Flammen leckten, und zerteilte die Glut am Boden mit dem mechanischen Eifer eines Menschen, der in Gedanken versunken ist. Diese Beschäftigung gab ihr den Frieden wieder. Beim Wühlen in der Asche vergaß sie ihre Ängste, als ob die spontane Ruhe dieser Bewegung den geheimnisvollen Weg zu ihrem Hirn gefunden hätte, und sie versank in so tiefes Nachdenken, daß der helle Ton, mit dem eine Pendeluhr zwei schlug, sie nicht ablenken konnte.

In der inneren Welt ihrer Gedanken erblickte sie Henriette. Die junge Frau erschien ihr in dem blauen Sergekleid, das sie zur Zeit ihrer Verlobung trug, einem engen Kleid, das mit breitem Ripsband besetzt war und einen Kragen und Ärmel mit englischer Stickerei hatte. »Du siehst aus wie eine Lehrerin am Sonntag«, sagte Eliane und runzelte die Brauen. Henriette lachte oder zuckte die Achseln. Das war ihr gleichgültig. »Das« war nicht nur das häßliche Kleid aus glänzendem Stoff, sondern auch, was Philipp darüber denken könnte, und ihre Verlobung und die Heirat »und alles«, wie sie mit kindlicher Miene sagte. Sowie jedoch Philipps Name fiel, wurde Elianes Kehle trocken. Wenn die Heirat glückte, würde sie diesen Mann täglich sehen, sie würde ihm täglich beim Essen gegenübersitzen und mit der Kraft der Beharrlichkeit den verliebten Blick, der nie auf sie fiel, vielleicht doch auffangen. Deshalb durfte Henriette nichts von ihrer Macht verlieren, denn auch die stärkste Leidenschaft hat lichte Momente; irgendeine Einzelheit, eine unvorteilhafte Frisur machen manchmal das lange, zerbrechliche Werk der Verführung zunichte. Eliane haßte schließlich das kleinbürgerliche Kleid wie eine Feindin. Eines Tages bespritzte sie es zur größten Verzweiflung der jammernden Henriette mit Tinte, aber Eliane griff ihre Ersparnisse an, um ihre Schwester anständig zu kleiden. Sie kaufte ihr Parfüm und ließ die von der Großmutter geerbten Rubine für sie fassen. Damit nicht genug, verkaufte sie mehrere Aktien und veräußerte ihren eigenen Schmuck, um sich die Summe zu verschaffen, die sie brauchte. Alles verlief nach Wunsch. So verliebt Philipp auch schien, hatte er doch einen leichten Widerwillen gegen die materielle Bedrängnis, deren Zeichen er bei Henriette bemerkte. Wie allen wirklich reichen Leuten machte ihm die Armut angst. Eliane merkte es eines Tages an seiner scheuen, gezwungenen Miene, als Henriette ihre Füße übereinanderlegte und dabei eine zerrissene Schuhsohle zum Vorschein kam. Jetzt, nach so vielen Jahren, war der Fall nur komisch, aber als es geschah, wäre die unglückliche Eliane vor Scham fast in den Boden gesunken. Was hatte es für einen Zweck, sich Entbehrungen aufzuerlegen wegen einer dummen Person, die sich nicht einmal die Mühe gab, ihre Schuhe zum Schuster zu tragen? Die Erinnerung an diese Szene ließ Eliane aufstöhnen. Sie stieß mit ihrem Schürhaken gegen den Stein und schüttelte den Kopf. Dann erinnerte sie sich, wie sie mit ihrer Schwester von Geschäft zu Geschäft gelaufen war, auf der Suche nach all den Dingen, die in Philipps Augen eine gleichgültige und vor Müdigkeit gähnende Person verschönern konnten. Eliane verfügte indes immer nur über kleine Summen. Sie verlor den Kopf, bestellte Stoffe, die sie am nächsten Tag wieder zurückschicken mußte, und mit Wut im Herzen beschränkte sie sich auf die billigen Läden in ihrer Gegend. Dann folgten Tage voll harter Arbeit. Ein nach dem Modell eines großen Schneiders kopiertes Kleid wurde zum Gegenstand langer Bemühungen und zahlloser Anproben. Ein Streit über einen Volant hätte bei den beiden Frauen fast zu einem Nervenzusammenbruch geführt. Die eine schimpfte immerzu, den Mund voller Nadeln, während die andre in Tränen zerfloß. Eliane war mit ihren Nerven am Ende. Eines

Abends ohrfeigte sie Henriette ohne bestimmten Grund, vielleicht wegen dieser Geschichte mit dem Loch in der Sohle, die sie ihr nicht verzieh, vielleicht auch ... Aber sie verbot sich, weiter darüber nachzudenken. Sie wollte diese Heirat, sie wollte sie, wie man die Katastrophe wünscht, aus Haß gegen sich selbst und aus Verzweiflung, und während sie mit der Nadel durch den billigen Stoff fuhr, mit dem man sich als Ersatz begnügen mußte, stellte sie sich eine ideale Henriette vor. Ihre Phantasie, die durch den Kummer überreizt war, zeigte ihr die Schwester in dem seltsamen Licht, in dem sich die Erscheinungen bewegen: für diese glatte und matte Haut war kein Stoff zu leicht, zu zart, zu schimmernd; ein Perlenkollier hob den runden Hals hervor; goldene Ketten klirrten an den Handgelenken. Philipp nahm zärtlich ihre Hand, dann zog er sie mit einer heftigeren Bewegung an sich. Den leisen Worten und dem Lachen folgte ein lähmendes Schweigen und dieses entsetzliche Tuscheln, das Eliane in der gespenstischen Einsamkeit des frühen Morgens zu hören glaubte, wenn sie jäh aufwachte, bleicher und zitternder als eine Frau, die Verbrecher bei ihrer Arbeit ertappt. Aber es war noch nicht so weit. In einem Monat, in drei Wochen, in zehn Tagen war die Hochzeit. Bis dahin konnte noch manches geschehen. Wozu nähte sie also an diesem Kleid? Ihre Hand lief schneller, als fürchte sie einen Gegenbefehl, der von ihr verlangte, diesen Taftvolant zu zerschneiden, den ganzen Stoff zu zerreißen. Auf Philipps Bett suchten und umschlangen sich die beiden keuchenden Körper. Der Sturm der Begierde trennte sie, um sie wieder zusammenzutreiben wie Schiffbrüchige, die sich im Tod aneinanderklammern. Eliane glaubte ohnmächtig zu werden. Die Arbeit glitt ihr aus den Fingern, und sie legte ihre Wange, die ganz naß vor Schweiß war, an die Stuhllehne. Das also wollte sie. Henriettes Heirat, ihr Glück, ihre Zukunft, alle diese Worte beschönigten jene geheimnisvolle Wirklichkeit, von der sie kaum etwas wußte. Mit zugeschnürter Kehle nahm sie das Kleid wieder auf, das zu ihren Füßen raschelte, und nähte am Saum des Volants weiter, aber der Abend kam, und sie sah fast nichts mehr. Sie weinte. Tränen des Zorns und der Begierde bahnten sich einen Weg an den Nasenflügeln vorbei und kitzelten ihre Lippen, wo sie einen bitteren Geschmack hinterließen. Nach einigen Minuten fing sie, ruhiger und fast schon in ihr Schicksal ergeben, leise zu singen an, während sie fortfuhr zu nähen. Wie traurig war dieses Fenster mit den weißen Vorhängen, die sie hatte zurückschlagen müssen! In dem dunklen Eßzimmer fiel nur noch ein schwaches Licht auf Elianes Hände. Jeden Augenblick verrückte sie ihren Stuhl, um die letzten Strahlen auszunutzen, aber in ihren Gedanken war sie in jener inneren Welt, die mit der Dunkelheit zum Leben erwacht. Wieder einmal gab sie nach, und ihre zu streng gehüteten Gedanken trieben haltlos dahin. Philipp stand vor ihr. Er war allein.

Seine reglosen Augen starrten sie mit dem Blick eines Hypnotiseurs an. Vergebens neigte sie den Kopf und summte einen Schlager, der Mann rührte sich nicht. Sie konnte nicht umhin, ihn zu sehen. Er war nackt. Plötzlich streckte der große, braune Körper sich auf dem Fußboden aus, die Arme unter dem Kopf verschränkt, das Gesicht Eliane zugewendet, ironisch und unterwürfig, in der trägen Stellung des Halbschlafs.

Rasch stand sie auf und hielt den Schrei zurück, der ihr auf die Lippen kam. In ihrem Gedächtnis verschmolz die Gegenwart mit der Vergangenheit. Vor Henriettes Heirat hätte sie nie an Philipps Nacktheit gedacht. Damals, als sie noch ängstlich war und sich selber nicht kannte, scheute sie vor dem brutalen Anblick der Wahrheit zurück, vor jener Wahrheit, die ihre eigene war und die sie endlich nach Jahren fruchtloser Kämpfe entdeckte.

Das also war sie, ein sinnliches Wesen, eine unglückliche, gierige Person, die sich dabei noch schämte. In einer träumerischen Stunde erfuhr sie das traurige, armselige Geheimnis, das sie nie kennenzulernen hoffte. Sie, die so gut und sauber sein wollte, sie hegte in ihrem Herzen eine Begierde, die sie in ihren eigenen Augen herabsetzen mußte, und was sie Liebe nannte, war nichts weiter als niedrige Lüsternheit. Was machte es ihr aus, daß Philipp furchtsam, unentschlossen und vielleicht verächtlich war? Seit elf Jahren umschlich sie diesen Körper, fasziniert von dieser wehrlosen Beute, die sich immer darbot, aber die sie nicht zu nehmen wagte, aus Furcht, einem tyrannischen Gewissen zu mißfallen. Nie würde sie frei sein, immer wäre sie von einer unsichtbaren Mauer umgeben, und Philipp, der ihr so nahe war und ihrem Zugriff so fern, würde allmählich immer mehr von seiner Wirklichkeit einbüßen. Bis zum Ende ihres Lebens hätte sie an der Last ihrer schweren Begierde zu tragen, stumm und von Sehnsucht zerfressen, mit jedem Tag älter, neben einem Mann, den sie selbst in seinem Sarg nur in Kleidern sehen würde, wenn er vor ihr sterben sollte. Sie wollte diesen Gedanken vertreiben, aber es gelang ihr nicht. Das Bild Philipps, wie er angezogen und mit bläulich bleichem Gesicht ausgestreckt dalag, schwebte so deutlich vor ihren Augen, daß sie vor Entsetzen aufstöhnen mußte. Wenn sie doch wenigstens an seinem Krankenlager in einer Fiebernacht seinen Hals, seine Brust im Ausschnitt seines Pyjamas erblicken könnte ... Im Morgengrauen stünde sie an seinem Bett. In seinem Fieberwahn hätte er sie gerufen, ohne sie zu erkennen, ohne sie zu sehen. Zitternd wie eine Diebin würde sie dann ihre Hand ausstrecken. Oder sie würde ihm ein Schlafmittel geben. Ein Rausch überkam sie beim Gedanken an dieses Fleisch, das ihr vom Schicksal vielleicht durch eine List ausgeliefert werden könnte, die sie gegen ihren Willen ausnutzen würde, da die Versuchung ihre Kräfte überstieg und sie erschöpft war von dem gräßlichen Kampf, der jeden Abend, jeden Morgen aufs neue begann. Unaufhaltsam wie die Flut stiegen ihre Träume empor. Bald lag Philipp zu ihren Füßen, bald hob sie zur Hälfte den zuckenden Körper hoch, der sich nicht mehr wehrte. Ihr ganzes Wesen war aufgewühlt, und ein paar Sekunden lang glaubte sie an die Wirklichkeit dieser seltsamen Szene; die Arme schmerzten ihr von einem erträumten Gewicht, und sie strauchelte vor dem Feuer wie eine Frau, die rückwärts gehend etwas schleppt.

Mit verstörter Miene hob sie den Kopf. Hatte man sie gesehen? Hatte man ihren Klageruf gehört, den stöhnenden Schrei, den sie ausgestoßen hatte? Ihre Augen schweiften durch den Salon, wo der Lüster einen See aus weißem Licht vergoß, und rasch sah sie die vorgeneigten Spiegel, in denen der Fußboden sich hob und den Blick auf die bunten Arabesken des großen, geblümten Teppichs freigab. Das Zimmer, das wie zu einer Tragödie hergerichtet war, schien ihr zuzuhören und sich mit der starren, aufmerksamen Haltung einer Vertrauten ihr zuzuwenden. Plötzlich bemerkte Eliane in der Ecke eines venezianischen Spiegels, in dem der Kamin zu sehen war, ihre Schwester. Dieser zusammengesunkene Körper, ein Arm herunterbaumelnd, der andere ausgestreckt, die Beine angezogen, das war sie. Zuerst wollte Eliane die Augen abwenden, aber eine Neugier, die stärker war als alle Ängste, fesselte ihren Blick in Richtung auf die Wand; sie hatte tatsächlich Angst, aber sie wünschte zu sehen. Fasziniert von der optischen Täuschung des Spiegelbildes betrachtete sie voller Schrecken die junge Frau, die in dem großen Sessel kauerte, aus dem sie herabzugleiten schien, nicht um zu fallen, sondern um in der Luft zu schweben, auf sie zu, mit gesenkter Stirn, ihr bleiches Gesichtchen bis zum Kinn in dem dichten Pelz vergraben.

Unmittelbar darauf hatte Eliane sich wieder in der Gewalt. Der Schlag einer nahen Kirchturmuhr, die in der stillen Nacht die halbe Stunde schlug, beruhigte sie. Sie mußte Henriette jetzt wecken oder sie in die Arme nehmen und sie wie einst in ihr Zimmer tragen, sie entkleiden, ins Bett legen, die Reihe der vernünftigen Bewegungen fortführen, die ein Leben im Gleichgewicht halten, wie groß auch die Schwankungen des Willens sein mögen. »Nichts ändert sich«, flüsterte sie, »nichts kann sich ändern.« Sie selber würde sich schlafen legen, und am nächsten Morgen beim Frühstück würde Philipp ihr wie sonst aus der Zeitung vorlesen, glücklich, von neuem die Huldigung eines flehenden Blickes entgegenzunehmen. Nicht mit dem leisesten Ton würde er auf die Szene vor zwei Tagen anspielen, auch nicht auf den törichten Brief, den sie ihm am gleichen Abend geschickt hatte; das wußte sie, darauf konnte sie sich verlassen. Er würde jeder peinlichen Auseinandersetzung aus dem Wege gehen und alles vermeiden, was seine Ruhe stören könnte, die Trägheit und Bequemlichkeit seines Herzens, an der ihm so viel lag. Sie aber war von der Ruhe und der eisigen Freundlichkeit Philipps besiegt, sie unterwarf sich, sie bereute alles, ihre Rebellion, ihre Flucht, ihre zornigen Worte, ihre bösen Gedanken, ihre Begierden, ihre Unreinheit. Sie war geschlagen, sie war müde, sie wollte schlafen. Schon beugte sie sich über ihre Schwester und sagte ihr ins Ohr: »Komm!« mit einer so leisen und tränenerstickten Stimme, als ob ihr eigenes Unglück auch Henriettes Unglück wäre. Aber die junge Frau hörte nicht. Mit ihren zusammengezogenen Brauen und dem eigensinnigen Mund hatte sie jenes gespannte Aussehen, das man im Schlaf und manchmal auch im Tod bekommt. Als Eliane diese Züge sah, die weder Schmerz noch Freude zeigten und von der äußeren Welt abgewandt waren, um ein unsichtbares Reich zu betrachten, fühlte sie, wie ihre Lippen erstarrten. Sie richtete sich auf. Sie war nie im Krankenhaus gewesen, aber sie stellte sich die langen weißen Gänge vor, die vom Gummiteppich gedämpften Schritte und den widerlichen Äthergeruch, dann die Tür, die geöffnet, das Tuch, das zurückgeschlagen wird; und endlich erscheint das bleiche Gesichtchen, von dem der Schweiß des Todeskampfes die Schminke abgewaschen hat. Vergebens rinnen die Tränen über Elianes Wangen, vergebens zittert sie, öffnet den Mund zum Stöhnen, sie vermag nichts gegen die Freude, die ihr das Blut durch den ganzen Körper jagt. Und zugleich hat sie Angst, sie haßt sich. Vor Reue stürzt sie auf die Knie vor dieser Frau, deren Schlaf im strahlenden Licht eines Lüsters so unheimlich wirkt. Sie packt sie bei der Schulter, schüttelt sie und schreit ihr mit bellender, vor Entsetzen gebrochener Stimme ins Gesicht:

»Wach auf, wach auf, Henriette! Wach auf!«

Dritter Teil

1

Sie waren zu viert in dem kleinen Salon. Philipp stand am halbgeöffneten Fenster, eine Hand auf der Schulter seines Sohnes. Henriette saß auf dem blauen Kanapee und betrachtete die beiden, ohne ein Wort zu sprechen. Von Zeit zu Zeit blickte sie auf Eliane, die vom Kamin zur Tür ging und die ganze Zeit so aussah, als wolle sie gleich etwas sagen. Lange herrschte Schweigen. Wagenlärm drang in das Zimmer. Wenn es auf der Straße still war, hörte man manchmal die Stimme der Vorübergehenden, Gesprächsfetzen, die in der lauen Luft schwebten und schon den Sommer verkündeten.

»Nun und?« fragte Eliane.

»Nun und?«

»Weißt du, wie spät es ist, Philipp?«

»Zwanzig vor vier.«

»Viertel vor vier«, verbesserte Henriette, die ihn aus dem Haus haben wollte.

»Ich habe Zeit.«

Eliane, die sich zum Ausgehen fertigmachte, zerrte heftig an ihrem linken Handschuh. Alles mißfiel ihr heute, Philipps gute Laune, das schöne Wetter, die milde Luft kurz vor Ostern.

»Worauf wartest du?« fragte sie plötzlich. »Ihr steht da, ihr beiden . . . als solltet ihr photographiert werden.«

Sie versuchte zu lächeln, um ihren Worten einen scherzhaften Ton zu geben.

Aber sie war mit ihrer Geduld am Ende. Wenn Philipp schon ohne sie ausging, sollte er auf der Stelle gehen!

»Ich weiß nicht mehr, ob ich Lust habe, spazieren zu gehen oder nicht«, sagte er lässig.

Und er nahm die Hand von der Schulter seines Sohnes, um sich in einen Sessel zu setzen. Henriette brach in Lachen aus.

»Wozu die Heiterkeit!« sagte er barsch. »Ich wußte nicht, daß ich so komisch bin.«

Mit finsterer Miene betrachtete er die junge Frau, die den Kopf abwandte und ihr Gesicht verbarg, die Schultern von einem nervösen Zittern geschüttelt, das sie nicht beherrschen konnte. Bei jedem Wort, das Philipp sprach, stieg ein Schrei in Henriettes Kehle auf; sie unterdrückte ihn nach Kräften, indem sie in ihr zusammengeknülltes Taschentuch biß, aber sie war ganz erschöpft von der Anstrengung; ein stechender Schmerz wütete in ihrem Innern. So hatte sie in ihrer Hochzeitsnacht gelacht, entsetzt und wütend, vor einem Mann, der sich mit den Bewegungen eines Irren wieder anzog. Noch elf Jahre später wurde Philipp bleich, als er diese schneidende Stimme hörte.

»Ich kann also nie vergessen«, sagte er zu sich. »Und sie? Und sie?«

Eliane trat zu ihm und zuckte die Schultern:

»Achte nicht auf Henriette«, flüsterte sie. »du weißt doch, sie ist ein Kind.«

Philipps verblüfftes Gesicht wandte sich ihr zu, und einige Sekunden sahen sie sich an, während die Worte, die einer in den Augen des anderen las, nicht über ihre Lippen kamen. »Ich soll nicht auf Henriette achten«, dachte Philipp, »das heißt, sie hat mit dir gesprochen? Weißt du, weshalb ich sie nicht lachen hören will? Ich verbiete dir, es zu wissen, es zu vermuten.« – »Ich weiß nichts«, antwortete Eliane, »ich liebe dich, ich kann nicht anders.«

Rasch drehte sie sich zu ihrer Schwester um.

»Komm mit. Ich fahre zur Madeleine. Ich setze dich unterwegs ab.«

Dieser Vorschlag entzückte Henriette. Sie beruhigte sich allmählich und wischte sich die Tränen ab, die über ihre Wangen zu laufen drohten. Um keinen Preis wäre sie mit ihrem Mann allein geblieben, und in ihrer Hast, dieses Zimmer zu verlassen, packte sie ihre Schwester am Arm.

Eliane warf einen raschen Blick auf Philipp. »Siehst du«, schien sie sagen zu wollen, »ich nehme sie mit, weil sie dich stört. Aber ich wäre lieber bei dir geblieben. Verstehst du das?« – »Wohin geht sie?« fragte Philipps Blick.

Die beiden Frauen gingen hinaus.

Als die Tür sich geschlossen hatte, legte er ärgerlich seinen Hut auf den kleinen Tisch. Er hatte die größte Lust, hinter Henriette herzulaufen, sie auf der Treppe bei der Hand zu packen und ihr zuzurufen: »Du hast einen Liebhaber, ich weiß es, ich habe dich beobachten lassen!« Einen Augenblick sah er sich schon im Begriff aufzuspringen, aber eine stärkere Macht fesselte ihn an seinen Platz. Was fiel ihm ein? Auf der Treppe, wo er vielleicht von den Nachbarn gehört, gesehen werden konnte ... Er schauderte beim Gedanken an eine so lächerliche Situation. Man würde ihn für wahnsinnig halten. Was würde Eliane darüber denken? Und Henriette? Sie würde sich vor Lachen ausschütten. Ah! Um sie zum Schweigen zu bringen, um dieses unauslöschliche Gelächter zu ersticken, das ewig in den Ohren des betrogenen Gatten klingt, müßte er stärkere Mittel anwenden. Vielleicht sollte er sie schlagen. Dann hätte keiner mehr Lust zu lachen.

Aber es ging nicht darum, Henriette zu schlagen. Schon der Gedanke daran schien ihm vulgär, und er wunderte sich, daß er ihm in den Sinn gekommen sein konnte. Auf diese Art wollte er sich nicht rächen. Wollte er sich überhaupt rächen? Gewiß hatte ihm nur der Zorn die Worte eingegeben, die seine Gedanken jeden Augenblick abirren ließen. Nein, er wünschte weder zu schlagen noch zu strafen. Wer straft, will bessern, und was kümmerte es ihn, ob seine Frau war wie alle anderen? Er wollte sich nur vor der Lächerlichkeit schützen, die ihn in seinen eigenen Augen erniedrigen würde, und in seiner Erinnerung den Augenblick auslöschen, wo diese lächerliche, unannehmbare Wahrheit ihm zu Bewußtsein gekommen war. Er wollte sie vergessen, er wollte alles vergessen und tun, als ob nichts geschehen wäre; er wollte sich achten, sich bewundern, sich lieben, ja, sich lieben mit der blinden Liebe, die er einst an sich verschwendete, als er zwanzig war, als noch nichts das Bild verdunkelte, das er sich von der eigenen Person gemacht hatte. Um keinen Preis der Welt würde er damit einverstanden sein, eine komische Figur zu werden. Oft hatte er sich vorgenommen, daß er bei den ersten Falten, nach den ersten Demütigungen aus diesem Leben scheiden würde, um mit einem glatten Gesicht und einem königlichen Namen in den Tod einzugehen, die Hände gefüllt mit den wahren Reichtümern der Erde. Aber jetzt fürchtete er, daß das nicht mehr möglich wäre, daß er schon im Verfall begriffen sei, ohne es rechtzeitig bemerkt zu haben. Warum lachte seine Frau über ihn? Diese Erinnerung entriß ihm einen traurigen Seufzer.

Kurz darauf richtete er sich die Krawatte vor dem Spiegel und entdeckte dabei seinen Sohn, der in der Fensternische in einem Buch blätterte. Eine Röte stieg in Philipps Wangen: er hatte Roberts Anwesenheit so völlig vergessen, daß er, da er sich allein im Zimmer glaubte, vielleicht nahe daran gewesen war, laut zu sprechen. Um Haltung zu gewinnen vor diesem Kind, dessen Schweigen ihn störte, fing er zu trällern an, aber in so gezwungenem Ton, daß er sich schämte.

»Robert!« rief er.

Der kleine Junge legte das Buch hin und kam sofort. Dieser Eifer schmeichelte Philipp: jemand gehorchte ihm also, und er hatte eine vage Lust, diesem menschlichen Wesen, über das er eine Macht ausübte, eine ganze Reihe von Befehlen zu erteilen, ihn exerzieren zu lassen wie einen Soldaten, um die Wonne der Autorität zu kosten. Aber er hatte seinem Sohn nichts zu sagen. Er lächelte nur und zupfte das Kind, das ihn mit ernster Miene betrachtete, am Ohrläppchen. »Er macht den Mund nicht auf«, dachte Philipp. »Er findet mich sicher komisch mit meinem väterlichen Getue. Hat man mich auch mit zehn

Jahren noch am Ohr gezupft? Er ist vielleicht schon darüber hinaus. Ich werde das Ohr loslassen.«

»Wir gehen spazieren«, verkündete er. »Aber ich weiß wahrhaftig nicht, wohin. Du hast natürlich auch keine Idee.«

Und schon etwas gereizt fügte er hinzu:

»Na, du bist nicht sehr gesprächig, mein kleiner Freund.«

Doch angesichts der bestürzten Miene, die diese Worte hervorriefen, bereute er, nicht geschwiegen zu haben, und ungeschickt schlug er dem kleinen Jungen auf die Schulter.

Sie gingen aus. Kaum hatten sie die Straßenecke passiert, als Philipp seinen Sohn zurückschickte. Diese Kapuze aus dicker Wolle war unangebracht bei dem schönen Wetter, man konnte sich kein plumperes, schlechter geschnittenes Kleidungsstück denken. Es fehlten nur noch die Nagelschuhe, und Robert hätte ausgesehen wie ein kleiner Tölpel aus einem Provinzgymnasium. Philipp hegte den stillen Wunsch, daß ihm heute nachmittag niemand begegnen möge. Wer hatte ihm auch die unangenehme Pflicht auferlegt, sich mit einem Kind abzugeben? Niemand. Er selber hatte sich aus Schwäche dazu entschlossen, aus Langeweile, vielleicht aus Güte. Er packte wütend Roberts Hand und ließ sie gleich wieder los aus Furcht, er könnte dadurch lächerlich wirken.

Der Spaziergang führte sie zufällig zuerst die Seine entlang. Mit dem Abend kam ein leichter Nebel auf, der sich mit den letzten Strahlen der Sonne vermischte, und die Geräusche wurden leiser. Ein Hund bellte auf einem Boot, das langsam auf dem schwarzen Wasser trieb. Hinter den nackten Ästen der Platanen wurde der bleiche Himmel grün, und auf dem Pont d'Jéna, wo das Licht auf den gelben Steinpferden verweilte, bevor es verschwand, kehrte die finstere sonntägliche Menge vom Marsfeld heim. Philipp blieb stehen. Von hier aus konnte er die Masse der Spaziergänger in kleinen dunklen Gruppen daherkommen sehen, die nur von den weißen Schürzen der Kindermädchen aufgehellt wurden. Alle beugten sich über den Fluß, manche spuckten zum Spaß hinunter. Kinder drängten sich zwischen die Beine der großen Leute, um besser sehen zu können. Ein verworrener Lärm aus Gelächter, Worten und Schreien begleitete den langen Zug.

»Auf dieser Seite wollen wir nicht gehen«, sagte Philipp.

Und sie kehrten zur Place de L'Alma zurück. In der Dunkelheit verschwamm allmählich das gegenüberliegende Ufer, auch die Schiffe am Hafen verschwanden, die großen Haufen rötlicher Ziegelsteine und später die starren Wipfel der Bäume. Mit der Nacht kam der Winter zurück, sein Geruch nach Nebel und seine zuckenden Lichter. Die Leute gingen mit schnelleren Schritten nach Haus. Philipp schlang das weiße Seidentuch fester um seinen Hals und knöpfte seinen Mantel zu. Alle Augenblicke verlangsamte er den Schritt und warf einen Blick auf das Wasser. Das Kind folgte ihm, so gut es konnte, erstaunt über die plötzlichen Unterbrechungen. Aber als sie die schmale Brücke von Passy erreichten, hatten beide denselben Gedanken. Sie gingen die eiserne Treppe hinauf und beugten sich schweigend über das Geländer. Die schweren Wellen wälzten sich unheimlich zu ihren Füßen. Es sah aus, als suchten sie sich, wobei sie sich abwechselnd verloren und dann unter den Brückenbogen ihre langen leuchtenden Strähnen wieder ineinanderschlangen.

In dieser Bewegung lag etwas Hartnäckiges und Eigensinniges, was eine Art von Verzauberung auf den Geist ausübte. Der Anprall des Wassers gegen die Pfeiler, der Strudel, dann der wie ein Volant geschwungene Halbkreis, der sich bildete und sich anschließend in gekrümmte, ineinander verschlungene Linien auflöste; und gleich darauf die Welle, die von neuem mit dumpfem Geräusch gegen den Stein schlug, der tiefe Rhythmus, die blinde

Energie dieser riesigen Masse, die sich unablässig bewegt und dunkel durch die Nacht fließt, das alles schien den Himmel zu erfüllen; alles brandete, alles wogte, alles wurde Fluß. Der Mann und das Kind fühlten in ihren Händen den langsamen, starken Pulsschlag der Seine, er stieg durch ihre Arme empor und verbreitete sich wie ein Fluidum in ihren Körpern. Beide klammerten sich mit ihren Fingern an das Geländer, im Magen ein Schwindelgefühl, und für ein paar Sekunden vereinte sie das gleiche Verlangen, das gleiche Entsetzen, ohne daß sie es ahnten.

Paris lag in nebliger Dunkelheit. Im Lichtschein der Gaslaternen sahen sie den Hafen und sein Pflaster, wo kürzlich Überschwemmungen eine Art hellgrünen Schleim hinterlassen hatten. Ein Kanalisationsschacht gähnte zwischen zwei Platanen.

»Hättest du Angst, hier allein spazierenzugehen?« fragte Philipp plötzlich.

Robert wandte seinem Vater ein Gesicht zu, das das Nachdenken verdüsterte.

»Angst?« sagte er schließlich.

Seine reine Stimme hatte noch den weiblichen Ton der Kindheit.

Ein Augenblick der Unentschiedenheit entstand, der Philipp seltsam süß und angenehm vorkam. Die Luft summte unmerklich in seinen Ohren wie ein tönender Fluß, dessen Wellen durch den nächtlichen Himmel flossen. Die Antwort kam nicht. Wenn sie nur lange ausbleiben könnte! Seit einer Minute schlug sein Herz so heftig wie beim Nahen des Glücks. Er legte einen Arm um seinen Sohn.

»Siehst du die vielen Fässer fast unter dem Brückenbogen? Dort, man könnte meinen, daß dort ein Mann am Fuß des Baumes sitzt.«

»Ja, es sieht so aus.«

»Wenn du hier allein um Mitternacht spazieren gingest, hättest du dann Angst?«

Er preßte mit der Hand die Schulter des Jungen, um

ihm Mut zu machen ... Ein leiser Geruch nach Rauch schwebte in der Nacht. Wagengeräusche in der Ferne verstärkten das Schweigen, das über dem Wasser lag.

»Vielleicht«, gestand Robert, »wenn ich allein wäre.«

Philipp ließ ein paar Sekunden verstreichen und begann mit halblauter Stimme.

»Oft kommen Strolche hierher. Manchmal schleichen sie hinter den Platanen an der Mauer entlang oder sie verstecken sich unter den Brücken, immer bereit zu schlimmen Taten. Du kannst schreien, soviel du willst, wenn einer von ihnen auf dich losgeht, kommt kein Mensch, der Ort ist zu gefährlich ... Auch die Polizei kommt nicht.«

Mit einem leichten Druck seiner Hand zog er seinen Sohn an sich:

»Schau, die Seine«, sagte er. »Sie fließt rascher als ein Mensch geht. Alles, was man hineinwirft, verschwindet und wird von ihr fortgetragen. Ihretwegen benehmen sich diese Diebe so frech.«

Das Herz ging ihm auf, während diese Worte über seine Lippen kamen. Nie hatte er so gesprochen. Nur mit Mühe bezwang er eine plötzliche Erregung, die ihn so heftig ergriff, daß er am liebsten zugleich gelacht und geweint hätte; sein Atem ging rascher. Um seine Verwirrung zu verbergen, wandte er den Kopf ab, und während er sich über das Geländer beugte, tat er, als betrachte er das andere Ufer. Endlich hörte ihn ein menschliches Wesen. Das Kind hatte Angst, wie er; im Dunkeln öffnete sich sein Mund zu einem langen, stummen Lachen, und er fühlte den Nebel, der ihm bis in die Lungen drang. Seine Hand lag stärker auf der Schulter seines Sohnes. Woher kam soviel Freude und diese plötzliche Erleichterung? Genügte es, ein paar Worte zu sprechen, um zu entdecken, daß er nicht mehr allein war? Ein ungeheures Bedürfnis zu leben erfüllte plötzlich sein Herz, ein Verlangen, das dem Fluß vor ihm glich, etwas Unwiderstehliches, das ihn vorwärts trug.

»Robert . . .«

Er hatte Lust, seinen Sohn zu küssen und ihm von seinem Spaziergang an der Seine zu erzählen, wie eine Frau um Hilfe gerufen hatte, wie er geflohen war, um sie nicht mehr zu hören. Vielleicht würde der Junge ihn verstehen, aber eine instinktive Vorsicht hemmte Philipp: was würde er morgen im zynischen Licht des Mittags von seinen Reden hier in der Dunkelheit halten? Und ernüchtert steckte er seine beiden Hände in die Manteltaschen.

»Gehen wir«, sagte er leise nach kurzem Zögern. »Es ist zu kalt hier.«

Als sie die Stufen der Brücke wieder hinunterstiegen, schob Robert seine Hand unter den Arm seines Vaters und hielt gleichen Schritt mit ihm. Dieser verschlossene, schweigsame Junge wurde manchmal vom stürmischen Gefühl einer plötzlichen Zuneigung erfaßt, die sich mit der ganzen Unbeholfenheit schüchterner Naturen verriet. Auch er machte sich die Dunkelheit zunutze. So schlenderten sie die große leere Avenue hinauf, glücklich über die Wärme, die sie einander gaben. Philipp schwankte zunächst, ob er nicht unter dem Vorwand, sich schneuzen zu müssen, seinen Arm frei machen solle, ohne dem Jungen weh zu tun. Aber dann überlegte er, daß er zu dieser Stunde kaum Gefahr lief, jemanden auf dem Quai zu treffen. Mochte er lächerlich sein, niemand würde davon erfahren. Er machte sich nicht los, im Gegenteil: mit dem Gefühl, eine Tat zu begehen, deren er sich so sehr schämte, daß die Nacht nicht finster genug sein konnte, sie zu verbergen, drückte er diese rote, rauhe Hand an sich, als wolle er sie zerbrechen.

2

Abend für Abend ging Eliane etwas später zu Bett, in der Hoffnung, auf diese Weise besser schlafen zu können. Aber sie fürchtete sich vor dem Schlafmittel, und wenn sie sich, vom Kampf erschöpft, doch dazu entschloß, packte sie ein Zittern, sobald sie den Löffel mit der süßlichen Flüssigkeit an ihre Lippen hob. In solchen Augenblicken kam sie sich vor wie eine Frau, die sich vergiftet. In der nächtlichen Einsamkeit bekam jede ihrer Mienen, die geringste Bewegung in ihren Augen, ein dramatisches Aussehen, und sie vermied es, in den Spiegel zu blicken. Ein paarmal geschah es, daß sie in Schlaf fiel, ohne die Lider zu schließen: dann plagten sie schwere Träume, und sie kämpfte, um zu schreien und Atem zu holen, aber sie verlor dabei das Bewußtsein nicht ganz. So sah sie oder glaubte sie im schrecklichsten Moment eines Angsttraums die elektrische Lampe am Kopfende ihres Bettes zu sehen. Indessen öffnete sich die Tür vor einer unsichtbaren Gestalt; Hände preßten ihr die Kehle zusammen, die harten und nervösen Hände einer Verbrecherin, ihre eigenen Hände. Ihr Röcheln, dieses dumpfe, heisere Geräusch, brachte sie zu sich, und sie riß die verkrampften Finger, die nicht loslassen wollten, von ihrem Hals.

Sie machte das Licht aus. Es dämmerte schon. Auf dem geblümten Teppich zerschnitt ein grauer Lichtstrahl eine Pfingstrose, immer die gleiche Pfingstrose, und legte sich über eine Laubgirlande. Ihre ganze Kindheit zog an Eliane vorüber. In halb aufgerichteter Stellung, einen Ellbogen auf das Kopfkissen gestützt, sah sie wieder das Landhaus vor sich, das allen sommerlichen Gerüchen, allen Vogelrufen geöffnet war. Manchmal summten Bienen durch das schattige Eßzimmer und umschwärmten den Phlox, der in einer Vase auf dem Klavier stand. Dann unterbrach das kleine Mädchen in dem hellroten Baumwollkleid kreischend seine Fingerübungen und rannte in den Garten. Das war sie. Korkzieherlocken fielen ihr über die Wangen, wenn sie auf dem Rasen Löwenzahn und Dotterblumen pflückte, deren Stiele in ihrer Faust ganz warm wurden.

Diese Erinnerung quälte Eliane. Sie versuchte, an etwas anderes zu denken, aber zunächst mußte sie das grausam süße Gefühl auskosten, und unwillkürlich folgte sie in Gedanken dem glücklichen Kind, das laut mit sich sprach, durch Laubengänge, wo Insekten summten. Von der Schlaflosigkeit erschöpft, fühlte sie Tränen in ihre Augen steigen. Wäre sie doch damals gestorben! Aber sie wünschte keine Rührung und bemühte sich, ihre Gedanken abzulenken. Ein paar Minuten fesselten Kleinigkeiten ihre Aufmerksamkeit, Einkäufe, die sie morgen zu machen hatte, das Essen, das zu bestellen war. Dann erschien in den Gedanken plötzlich ihr Schwager vor ihr. Nichts konnte verhindern, daß sie hier endete. Ihr Hirn war ein Labyrinth, dessen Umwege, sie mochten so überraschend sein, wie sie wollten, unweigerlich zu ein und demselben Punkt führten.

Der Philipp indessen, der sich ihr in den Träumen des frühen Morgens zeigte, war sehr verschieden von der Person, die sie fünf bis sechs Stunden später sah. Sie konnte mit diesem Schatten sprechen, sie konnte mit ihm streiten und ihn besiegen. Sie lieh ihm einen einfachen Charakter, ein heiteres Wesen und ein Herz, das sich vernünftigen Argumenten beugte. Abwechselnd schlug sie einen ernsten, festen oder heiteren Ton an, ohne in diesem Gefühl zu schwelgen. Nie flehte sie ihn an. Sie gab Ratschläge, manchmal sogar (denn sie stellte sich einen Widerstand vor) erteilte sie Befehle. Dann beugte das stumme Wesen, das vor ihren geschlossenen Augen stand, das Knie wie ein Sklave, und über Elianes Hand strich der warme Atem eines halb geöffneten Mundes. Oft war die Täuschung so vollkommen, daß sie Schrekken und Freude zugleich in die Seele dieser behexten Frau warf. Die Erinnerung an alte abergläubische Vorstellungen lebte in ihr auf, und sie fürchtete, durch ihre bösen

Begierden eine Erscheinung herbeigelockt zu haben, die mit ihrem Leid spielte und über ihren Hunger spottete.

Sie öffnete die Augen wieder, aber das Zimmer war leer und schien auf diese Stimme zu hören, die im Halbdunkel flüsterte. Rechts und links vom Kamin standen zwei kleine Directoiresessel einander gegenüber mit einem derart gezierten und fast jungfräulichen Ausdruck, daß Eliane Lust bekam, sie in Stücke zu schlagen. Den gleichen Widerwillen flößten ihr die blauen Glasvasen auf der Kommode ein, die Armstühle mit Petit-Point-Stickerei, die Guckkastenbilder, die Nippsachen aus gesponnenem Glas, alles, was sich seit der Heirat ihrer Schwester angehäuft hatte. Jeder Gegenstand hatte sein Datum und weckte die Erinnerung an einen Spaziergang oder an einen Streit mit Henriette. Nicht immer war es ein Ereignis, manchmal war es ein Gedanke, an den sie erinnert wurde. So hatte sie sich beim erstenmal, als sie die Kristalleuchter in der Vitrine eines Antiquars sah, gefragt, ob es nach Henriettes Tod möglich wäre, ihren Platz einzunehmen und Philipps Frau zu werden, eine törichte, verbrecherische Frage, die sie gleich wieder verdrängte. Dann hatte sie vor Philipp von den Leuchtern gesprochen, und er hatte sie ihr geschenkt. Die durchsichtigen Säulen mit den kragenförmigen Leuchtertellern trugen seitdem einen fast religiösen Charakter und schmückten den schwarzen Marmorkamin. Eliane konnte von nun an nicht mehr in diese Richtung blicken, ohne daß ihr die Frage in den Sinn kam. Auf die Dauer wurde sie ihr zu dumm, aber die Jahre vergingen, und die Frage blieb.

Oft sagte sie sich, daß sie in diesem Zimmer genug gelebt und gelitten hatte. Vor allem am frühen Morgen sah sie das Zimmer in seiner wahren Gestalt. Zwischen ihr und diesen Wänden, diesen Möbeln stellte sich eine Verbindung her, eine tiefe, geheimnisvolle Ähnlichkeit. Die Dinge bekamen in ihrer Hand einen unbeschreiblichen, zugleich keuschen und unbeholfenen Ausdruck, an dem sie sich erkannte. Selbst ein ungemachtes Bett verriet ihren jungfräulichen Sinn für Ordnung. In solchen Augenblicken fühlte sie, daß sie gefangen war, nicht von der äußeren Welt, auch nicht von den Umständen ihres Lebens, sondern durch ihre eigene Person.

Eines Morgens erhob sie sich beim ersten Tagesschimmer. Tief am Himmel, wo der Mond glänzte, hing noch die kalte Nacht, aber in den Museumsgärten pfiff eine Amsel von Baum zu Baum, und die fahlen Häuser tauchten aus dem Dunkel auf wie aus einem Schiffbruch. Sie schloß das Fenster und ging in das Badezimmer, öffnete die Hähne und begann mit ihrer Toilette, als ob es neun Uhr sei, statt vier Uhr morgens. Sie war außerstande, noch länger gegen die Schlaflosigkeit und ihr Gefolge von unheimlichen Visionen anzukämpfen. Da sie doch nicht schlafen konnte, war es besser, sich zu bewegen, hin und her zu gehen, den Tag mit dem Tag ohne die Hilfe der Nacht zu verbinden. In der Wanne, in der sie liegenblieb, bis das Wasser kalt war, machte sie zwanzig einander widersprechende Pläne und hing Zukunftsträumen nach, die Augen starr auf das große, matte Fenster gerichtet, das langsam heller wurde.

Endlich war sie gegen sechs Uhr fertig, soviel Zeit sie auch auf das Ankleiden verwendet hatte. Was tun? Auf Zehenspitzen ging sie in der Wohnung umher und wartete voller Ungeduld, bis die Türen sich öffneten und das Leben wieder erwachte. Sie ging an Henriettes Zimmer vorüber und blieb vor Philipps Tür stehen. In zwei Stunden würde sie ihn sehen. Er würde ihr zulächeln wie sonst, und sie würde ihm mit zitternder Hand Kaffee eingießen und sich insgeheim der Träume schämen, die sie während der Nacht gepeinigt hatten. Es war lächerlich. Es konnte nicht sein, daß das Leben sich in so engen Grenzen bewegte. Warum konnte Philipp nicht begreifen? Und Henriette? Ihr Herz krampfte sich zusammen, und sie legte leise ihre Wange an die Tür. Was sollte sie sagen, wenn Philipp sie hier überraschte? Sie wünschte fast, ihn erscheinen zu sehen. Es wäre sicher schrecklich, aber sie könnte zu ihm sprechen, sie würde ihm alles gestehen. Unter so eigentümlichen Umständen würde ihre Zunge sich lösen, aber konnte sie ihn unterbrechen, wenn er zum Beispiel die Zeitung las, um ihm ihre Liebe zu erklären?

Sie entfernte sich, dann kam sie wieder. Warum hatte sie ihre Schwester gezwungen, diesen Mann zu heiraten? Seit elf Jahren stellte sie sich täglich diese Frage, ohne eine Antwort zu finden, die ihre Reue hätte einschläfern und ihr Frieden schenken können. An der Wand stand ein Schemel. Sie setzte sich darauf und weinte still.

Vielleicht war es besser, auf der Stelle und für immer fortzugehen. Sie würde kein Wort hinterlassen, man würde sie nie wiederfinden. Und sie stellte sich eine melancholische Reise in einem nebligen Land vor. An einem Regentag würde sie bis ans Ende einer Klippe gehen und sich hinunterstürzen. Einen Augenblick folgte sie diesem Gedanken, der ihr eine Art Zerstreuung bot, dann zuckte sie die Achseln. Sie wußte sehr wohl, daß sie nicht fliehen würde. Schon einmal hatte sie es versucht, und sie war wiedergekommen, weil sie Philipp gehörte. Sie fühlte im Dunkeln, wie sie rot wurde. Das war die Liebe: einem Mann zu gehören. Wenn man wenigstens wählen könnte, sagte sie zu sich, aber ein ungerechtes Gesetz band sie an ein Wesen, das sie nicht achtete, an einen schwachen, trägen Menschen. Einen Augenblick zögerte sie, dann fügte sie, von plötzlichem Zorn gepackt, in Gedanken hinzu: ein schlaffer Mensch, ja er ist schön, aber schlaff. Wie der Sklave sich an dem Herrn rächt, dessen Schatten ihn schon zittern läßt, so wiederholte sie diese Worte mit halblauter Stimme, die Hand vor dem Mund, damit er sie nicht hören könne. Ihr Schmerz legte sich. In einer Art Trunkenheit, die voller Vorsicht blieb, fing sie an, Beschimpfungen zu flüstern, und suchte in ihrem Herzen nach den schlimmsten Kränkungen, die sie dem schlafenden Mann zufügen könnte. Endlich stand sie auf. Zusammenhanglose Worte flossen von ihren Lippen. Sie preßte ihre feuchten Hände und ihre heiße Stirn an die Tür und flüsterte in die Fuge hinein: »Ich liebe dich nicht, Philipp, ich habe dich immer verachtet.«

Aber diese Worte waren kaum gesprochen, als sie ihr auch schon ungeheuerlich und ruchlos vorkamen. Während ihr das Blut in die Schläfen stieg, lief sie in ihr Zimmer und schloß sich ein.

3

Henriette hörte ihre Schwester nicht kommen. Sie lehnte sich aus dem Fenster, die Ellbogen auf die Brüstung gestützt. Ein breiter Lichtstreifen erstreckte sich auf dem China-Teppich bis zum Rand des blauen Kanapees. In dieses Zimmer, in dem alle Möbel von gleicher Farbe waren, schien sich der ganze Himmel wie ein Meer zu ergießen, er spielte mit azurblauen Lichtern an der Dekke, er überschwemmte den blauen Samt der Stühle, der in der Sonne verblich. Ein paar Sekunden lang blieb Eliane im Türschatten stehen und bewunderte wider Willen dieses schädliche Licht. Dann überschlug sie in Gedanken die Vorwürfe, die sie ihrer Schwester machen wollte, und kam näher.

Die junge Frau glaubte sich allein und sang im Wagengeräusch, das von der Straße emporstieg, munter vor sich hin. Sie zuckte zusammen, als Eliane sie an der Schulter berührte.

»Du hast mich erschreckt«, rief sie.

Sie warf Eliane einen zornigen Blick zu, aber gleich begann sie zu lachen.

»Stell dir vor, seit acht Uhr habe ich kein Kopfweh mehr.«

»Du hast wieder Aspirin genommen.«

»Natürlich. Oh, mach nur nicht ein solches Gesicht, meine Liebe, ich bin heute morgen zu guter Laune.«

Eliane wandte sich ab. An manchen Tagen packte sie die Lust, Henriette zu ohrfeigen, aus keinem bestimmten Grund, nur weil das ständige Lachen ihr auf die Nerven ging. Sie beherrschte sich, so gut sie konnte, und sagte mit freundlicher Stimme:

»Du läßt Tisserands Briefe herumliegen. Gestern nachmittag habe ich einen in der Schreibmappe im Salon gefunden. Philipp hätte ihn leicht sehen können.«

»Er wird sich hüten, ihn zu lesen.«

»Rechne nicht zu sehr damit, Henriette. Er hat sich verändert, er wird mißtrauisch.«

»Philipp weiß genau, wie weit er gehen kann.«

»Das ist kein Grund, ihn herauszufordern.«

Die junge Frau zuckte die Achseln und beugte sich von neuem zum Fenster hinaus. Ein Scherenschleifer kam vorbei und schwang seine Schelle. Er trug eine schwarze Schürze und stützte sich mit der einen Hand auf ein zweirädriges Wägelchen, das von einem Pinscher gezogen wurde. Henriette war von diesem Schauspiel begeistert.

»Wenn er nur bei uns stehenbleibt!« rief sie aus.

Aber der Mann bog um die Straßenecke, nachdem er mit lauter, deutlicher Stimme die kleinen Arbeiten aufgezählt hatte, die er ausführen konnte.

»Komm, laß mich die Läden schließen«, befahl Eliane. »Mein schöner blauer Salon verträgt keine Sonne.«

»Da kommt er«, sagte Henriette wie zu sich selber.

»Wer denn?«

»Philipp.«

Mit unwiderstehlicher Kraft wirkte dieser Name auf Eliane. Sie stürzte zur Fensterbrüstung, legte ihre zitternden Hände darauf und suchte Philipp, bis sie ihn gefunden hatte.

»Er kommt von seinem Spaziergang zurück«, murmelte sie. »Was für ein Vergnügen findet er dabei, mit diesem Kind auszugehen?«

»Vielleicht ist es ihm langweilig, allein zu sein. Er nimmt Robert mit, wie man einen Hund mitnimmt.«

»Auf jeden Fall ist es neu.«

Sie sahen, wie Philipp seinen Sohn bei der Hand nahm, sich nach rechts und nach links umblickte und dann mit musterhafter Vorsicht die Straße überquerte. Eliane errötete. Sie hatte den Eindruck, heimlich eine Szene zu beobachten, die verborgen bleiben sollte. Henriette dagegen schien sich sehr zu amüsieren.

»Wie fein er sich gemacht hat für den Spaziergang mit Robert! Diesen grauen Anzug habe ich noch gar nicht an ihm gesehen.«

»Das ist doch ein ganz alter Anzug«, antwortete Eliane böse. »Komm, bleib nicht hier stehen.«

»Warum nicht? Ich habe doch wohl das Recht, meinen Mann zu betrachten. Sie kommen. Philipp hat immer noch Robert an der Hand, sie sprechen miteinander... Ich sehe nicht genau, Eliane, sie lachen, sie plaudern!«

»Hör auf!« rief Eliane plötzlich.

Die junge Frau drehte sich um.

»Was sagst du?«

»Ich sage, daß du still sein sollst. Ja, siehst du denn nicht, wie sehr du mir weh tust, wenn du dich über Philipp lustig machst? Hör zu, Henriette.«

Mit eigensinniger Hand zog sie ihre Schwester in die Mitte des Zimmer und sah ihr fest in die Augen.

»Liebst du mich?«

»Eliane...«

»Hab keine Angst, aber überlege dir, was ich dir jetzt sage: du kannst mich zu deiner unversöhnlichen Feindin machen... wenn du lachst...«

Sie holte mit dem linken Arm weit aus und wiederholte:

»... jawohl, wenn du lachst. Gleich wird Philipp hier sein, in einer Minute. In diesem Augenblick steigt er die Treppe herauf, er geht langsam, um sein Herz zu schonen, denn er ist lächerlich, aber ich will nicht, daß du dich über ihn lustig machst, verstehst du? Bevor er hier ist, bevor du ihn aufschließen hörst, muß ich dir etwas sagen. Setz dich dorthin.«

Henriette gehorchte stumm dem Blick, den ihre Schwester ihr zuwarf.

»Liebst du ihn?« fragte Eliane. »Gib Antwort.«

»Aber Eliane, du weißt doch, daß ich ihn nicht liebe.«

»Ich wollte es noch ein letztes Mal von dir hören. Hast du dir schon einmal die Frage gestellt, warum ich hier elf Jahre gelebt habe, mit euch beiden?«

»Ich verstehe nicht, liebe Eliane . . .«

»Weine nicht, wir haben keine Zeit dazu. Philipps wegen bin ich hier. Ich liebe dich sehr, aber seinetwegen bin ich hier. Keine halbe Minute mehr, und er wird im Zimmer sein. Wenn du dich noch einmal über ihn lustig machst, noch ein einziges Mal, werde ich dich nicht wiedersehen. Da kommt er. Ich liebe ihn. Hast du gehört, was ich dir eben gesagt habe? Ich bin seit elf Jahren in Philipp verliebt. Das wundert dich . . . Wenn du noch einmal lachst, wenn du dich noch einmal über ihn lustig machst . . .«

»Nun, Philipp?«

»Nun, wir waren bis oben am Boulevard Delessert, dann am Trocadéro . . . Was hast du denn, Henriette?«

»Henriette hat seit heute morgen Kopfschmerzen«, antwortete Eliane.

»Schon wieder? Du solltest endlich zum Arzt gehen.«

Henriette hob die Schultern und drehte sich zum Fenster, wo sie sich von neuem mit den Ellbogen aufstützte. In der lauen Luft trockneten ihre Tränen, und mit geschlossenen Augen hielt sie ihr Gesicht in die Sonne. Sie hatte das Gefühl, daß sie über der Straße schwebe, getragen von der Wärme und dem Lärm, der zu ihr emporstieg. Alles ging ineinander über: die Stimmen, das Wagenrollen, die brennenden Strahlen auf ihren Lippen und die Röte, die sie zwischen ihren Wimpern sah. Einem leichten Schwindelgefühl folgte der Eindruck köstlicher Geborgenheit; etwas hüllte sie ein, etwas wiegte sie und hielt sie über dem Abgrund. Sie entdeckte ein geheimnisvolles Spiel ihrer Kindheit wieder, das darin bestanden hatte, sich gegen den Wind wie gegen eine Mauer zu lehnen und mit der Stirn in der Luft eine hohle Stelle zu finden, die sich dem Rund der Schläfen und dem Oval der Wangen anpaßte.

»Was hat sie denn?« fragte Philipp leise. »Es sieht aus, als schüttle sie den Kopf.«

»Was weiß ich? Sie hat sicher Schmerzen. Sie knabbert Aspirin wie Zucker. Das ist nicht gut für sie.«

»Ah? Worüber sprachen wir?«

»Du warst am Trocadéro.«

»Ja, mit Robert. Setz dich, Robert, steh nicht herum und starr uns nicht immerzu an.«

Er erzählte von dem Besuch im ethnographischen Museum, von den langen dunklen Gängen, wo bewegungslose Wilde im Halbdunkel ihre staubigen Schilde heben, von prähistorischen Hütten, von Menschen, die wie Tiere kriechen, von unheimlichen Höhlen, von der Nacht der Vorzeit und von dem Wächter, der mitten unter all diesen Dingen furchtbar gähnt.

»Ich sehe, ihr habt euren Morgen nicht vertan.«

Unwillkürlich zitterte ihre Stimme, und sie täuschte einen Husten vor, um ihre Verwirrung zu verbergen. Philipp, der nichts merkte, setzte mit gleichmäßiger Stimme den Bericht über seinen aufschlußreichen Spaziergang fort. Aber der Junge ließ Eliane nicht aus den Augen. Er saß auf dem Rand eines Sessels, baumelte mit den übereinandergeschlagenen Beinen und sah erstaunt zu der Frau empor, deren Gesicht jeden Augenblick die Farbe wechselte. Zuerst begnügte sie sich damit, den Kopf abzuwenden, während sie auf jedes Wort aufpaßte, das von Philipps Lippen fiel, dann teilte sich ihre Aufmerksamkeit. Sie hörte immer noch ihrem Schwager zu, aber zugleich fragte sie sich, was in Robert vorgehen könne. Was wußte er? Wieviel erriet er? Es war möglich, daß er heimtückisch war mit seinem runden, unschuldigen, frischen Gesicht. Eliane liebte ihn nicht. Sie fand, daß sein Blick von einer aggressiven Offenheit war, wie man sie nur bei Lügnern sieht. Vor allem sein Schweigen ärgerte sie, seine Art, wie er im stillen seine Schlüsse zu ziehen schien. Selbst seine Gewohnheit, die Hände artig wie ein Mädchen zu falten, gefiel ihr nicht. Sie sah ihn prüfend von der Seite an: seine Hände schienen sauber zu sein, er schnaubte nicht durch die Nase. Wegen seines Schweigens konnte man ihn nicht bestrafen. Sie bedauerte es in ihrem bedrängten Herzen. Philipps ruhige Züge boten der armen Frau ein Schauspiel, an dem sie sich nicht sattsehen konnte: die Lider, die sich unter dem Gewicht der Wimpern zu senken schienen, die schmalen Wangen, der volle, saftige Mund eines römischen Gottes . . . Sie errötete heftig. Warum sah Robert sie so an? Ein paar Sekunden hörte sie die Stimme ihres Schwagers, ohne den Sinn seiner Worte zu begreifen. Ein Schauder packte sie, und ihre Handflächen, die feucht aneinanderklebten, wurden plötzlich kalt. Doch sie wurde dieses Unbehagens Herr, und mit Aufbietung ihrer ganzen Willenskraft setzte sich sich so, daß sie dem Jungen den Rücken zuwandte.

Indessen fuhr Philipp in seinem langsamen und gründlichen Bericht fort. Kleinigkeiten, die er bei der ersten Schilderung des Spaziergangs vergessen hatte, boten ihm Anlaß, zurückzugreifen. Man glaubte ihn schon zu Hause angelangt, als er mitleidlos wieder umkehrte, ergriffen, wie es schien, von der Erinnerung an alle Bewegungen, die er ausgeführt, an alle Worte, die er gesprochen hatte, und er vergaß weder den Windstoß, der ihm beinahe den Hut vom Kopf gerissen hätte, noch seine Betrachtungen über den Eiffelturm, dessen erstes Stockwerk frisch angestrichen wurde. Obwohl er die Augen auf sie gerichtet hatte, sah er Eliane nicht mehr. Sie lächelte und erbleichte abwechselnd, biß die Zähne zusammen und senkte die Lider, wenn ein Schwindel sie überfiel. Dann kam sie wieder zu sich, rot, verwirrt, in Schweiß gebadet, dem Weinen wie dem Lachen gleich nahe. Sie war erstaunt und wußte nicht mehr, ob sie litt oder nicht. Einen Augenblick lang hatte sie den Eindruck, daß sie das Bewußtsein verlor: alles schwankte im Zimmer, das Fenster wurde dunkel, und Philipp verschwand, nur sein Bericht lief immer noch weiter. Das rettete Eliane. Sie hielt sich gewissermaßen fest an diesem langen, ununterbrochenen, friedlichen Plaudern. Endlich sah sie wie am Ende eines Tunnels wieder Licht. Von einem zitternden Lichtschein umgeben, tauchte Philipps Gesicht auf, bleich und entstellt wie auf dem Grund eines Flusses. Sie schloß die Augen und öffnete sie wieder. Alles stand wieder an seinem Platz, die Farben waren scharf umrissen, und Philipps Worte kamen nicht mehr aus der Wand, sondern von seinen Lippen.

»Geh hinaus, Robert«, sagte sie mit der abgehackten Stimme einer Nachtwandlerin.

Der verträumte Junge hörte nicht. Deshalb wurde der Befehl eine Minute später halblaut wiederholt, so daß er, ohne von Philipp gehört zu werden, unfehlbar Roberts Ohren erreichen mußte.

Vom Sohn befreit, gab sie sich hemmungslos der Betrachtung des Vaters hin: »Du gehörst mir«, dachte sie und folgte mit den Augen den Bewegungen seiner Lippen. »Sprich nur, ich weiß, was du sagen wirst. Seit elf Jahren höre ich dir zu und unterdrücke meinen Kummer, während ich deine Augen betrachte. Philipp, du hast die schönsten Augen der Welt, aber du bist der albernste, unnötigste Mensch auf der Erde. Ich muß es dir noch einmal sagen: der unnötigste Mensch, Philipp, verstehst du? Du könntest morgen sterben, ohne eine Spur zu hinterlassen. Nur eine Frau wäre da, die sich vor Gram eine Kugel in den Kopf schießen würde, ich, und eine andere, die vor Schrecken eine Viertelstunde weinen würde, deine Frau. Lange hast du mich getäuscht. Ich war verliebt in dich, ich bin es noch, aber du machst mir keine Angst mehr. Warum? Ich weiß es nicht. Sieh mich an und wage es, wenn du kannst, den Gedanken hinter meiner Stirn zu begreifen. Armer Philipp, du bist nur ein betrogener Ehemann, wie andere auch, vielleicht noch etwas lächerlicher, weil du den Beweis dafür hast und nicht einmal den Mut, mit deiner Frau darüber zu sprechen. Wieso soll ich daher Angst vor dir haben, wieso soll ich dich achten? Ich achte dich nicht, ich liebe dich.«

»Das ist aber ein tüchtiger Umweg«, sagte sie laut.

»Es ist drei Jahre her, daß ich nicht mehr im Aquarium war«, fuhr Philipp fort. »Wir sind fünfundzwanzig Minuten geblieben.«

Sie begleitete ihn in Gedanken durch die steinigen Gewölbe, in denen ein bläuliches Licht schwankte. Riesige Aale wanden sich wie lange Bänder im Wasser, aus dem Luftblasen emporstiegen. Zwischen Korallenzweigen bewegten seltsame Fische ihre Flossen, die den Schleiern von Tänzerinnen glichen.

»Ja, ich liebe dich«, fuhr sie beim Plätschern eines Baches fort, der in ein Bassin floß. »Es ist fast wie eine Krankheit. Es gibt Menschen, die rachitisch oder schwindsüchtig auf die Welt kommen, ich bin verliebt auf die Welt gekommen, verliebt in dich. Ich bin nicht stolz darauf, Philipp; nein, je länger ich dich betrachte, je mehr ich dir zuhöre, um so weniger Achtung habe ich vor mir. Du läßt nach. Ein halbes Jahr früher hättest du nicht so mit mir gesprochen, wie du es jetzt tust. Dein Hirn schläft. Du hast zu viel freie Zeit, du bist zu reich. Als dein Vater für dich ein Vermögen anhäufte, das dich vor der Not bewahrt, hat er das Urteil über dich gefällt. Schämst du dich nicht, Philipp, wenn du deine Geschichten von den Schalentieren erzählst? Man kann ja vor Langeweile wahnsinnig werden. Aber nein, du hast ja keine Ahnung, armer Junge. Ich bete dich an, trotz allem.«

Auf dem Nachhauseweg waren sie in einen Bäckerladen gegangen, wo Robert ein Hörnchen gegessen hatte, Philipp aber nichts, weil er zuzunehmen fürchtete.

»Wie schön du bist, wenn du sprichst«, rief sie in Gedanken. »Ach, ich nehme zurück, was ich eben gesagt habe. Selbst im Gegenlicht ist dein Gesicht wie aus Marmor gemeißelt. Wo sind denn diese schrecklichen kleinen Schatten, die ich auf meiner Wange und an den Mundwinkeln spüre, sowie ich mit dem Rücken zum Fenster stehe? Keine Falte, keine schlaffe Stelle . . .«

»Was meinst du?« fragte er plötzlich.

»Ich?« Eliane wurde bleich. »Ich habe nichts gesagt.«

»Ich hatte den Eindruck, daß du etwas sagen wolltest. Wo war ich stehengeblieben?«

Zum erstenmal in ihrem Leben konnte sie auf diese Frage keine Antwort geben.

Fast eine Minute blieben sie stumm und ohne Bewegung, und ein Lächeln lag wie eine Maske auf ihren Zügen.

»Du warst auf dem Weg nach Hause«, sagte Eliane schließlich mit zaghafter Stimme.

»Jawohl, richtig, ich ging nach Hause . . .«

Und schwerfällig nahmen sie ihren Flug wieder auf.

Der Junge war zu seiner Mutter gegangen. Da die Fensterbrüstung ihm nur bis zum Kinn reichte, trat er auf die schmale Stufe, um besser sehen zu können, und sein dikker Kopf mit dem zerzausten Haar streifte Henriettes Schulter. Dann stellte er vorsichtig einen Fuß nach dem anderen zwischen die eisernen Ornamente des Gitters, stemmte sich mit zitternden Armen hoch und hing da wie ein Akrobat an seinem Trapez. Zuerst bemerkte Henriette ihn nicht. Sie blickte über die Schornsteine hinweg auf eine kleine graue Wolke, die von der Sonne zerrissen wurde. Die Wolke hatte ungefähr die Gestalt eines Nachens, und wie ein Nachen im Sturm schob sie sich langsam über den hellen Himmel. Eine ganze Weile folgte Henriette ihr mit den Augen. Im schrägen Strahlenregen wurde Paris von einer Art leuchtendem Nebel überzogen, unter dem die Seine schimmerte. Alles Schwankende und Unbefriedigte in Henriettes Seele löste sich auf bei der Betrachtung dieser Landschaft. Wenn sie sich so über die Eisenbrüstung lehnte, hatte sie das Gefühl, in die fernen Länder zu reisen, die unsere Kindheit verbergen, und wie früher, als sie ihre einsamen Spiele trieb, stellte sie sich vor, daß das Fenster, an dem sie stand, sich vom Haus löste und über die Dächer schwebte. Ihr Gesicht verzog sich bei dem Schwindelgefühl, aber sie war glücklich, und allmählich schwand die Todesangst. Mit einem Geräusch, das an Wind oder Wasser erinnerte, drang der Lärm der Stadt zu ihr empor, und die Wirklichkeit verlor sich in einer Phantasie, in der das ungeheure Glück der ersten Jahre lebte und atmete. Henriette brauchte nur die Augen zu schließen, dann fand sie auf dem geheimnisvollen Weg, der sich vor ihr öffnete, alles wieder, was das Leben ihr genommen hatte, die Spielsachen, von denen man nicht weiß, was aus ihnen geworden ist, das abgerissene Haus, das große niedrige Zimmer, durch das man in der Dämmerung ängstlich huschte, den Garten, an dessen Stelle jetzt eine Straße verläuft. Ihr Herz zog sich vor Freude zusammen. Sie brauchte sich nur noch ein wenig vorzubeugen; sie wußte es mitten in ihrem Traum. So wurde sie sanft vom Tod in jenes schöne, unbestimmte Reich gezogen, das die hoffnungslosen Seelen verführt.

Eine Hand schob sich unter ihren Arm und packte kräftig ihren Ellbogen. Sie fuhr zusammen. Ihr Sohn betrachtete sie mit so traurigem Gesicht, daß sie gerührt war; in Roberts Augen lag ein starker und ernster Ausdruck, der seinem Kindergesicht die Züge eines Erwachsenen gab.

»Beug dich nicht zu weit vor«, sagte er mit halblauter Stimme.

Sie antwortete mit einem kurzen, grundlosen Lachen, denn sie empfand keine Heiterkeit; ganz im Gegenteil, sie fühlte, wie die kreatürliche Angst vor dem Tod, der sie beinahe behext und ergriffen hätte, in ihr immer stärker wurde, und mit einer instinktiven Bewegung ihres ganzen

Wesens, mit zitternden Knien bog sie sich zurück. Sie fiel fast nach hinten.

»Nun, was ist denn?«

Das war Elianes Stimme aus dem Hintergrund des Zimmers.

»Ein bißchen weiter«, stammelte Henriette, »nur ein bißchen weiter...«

Und sie fing wieder an zu lachen.

»Mama beugte sich zum Fenster hinaus«, sagte Robert zu Philipp, der aufgestanden war. »Ich dachte, sie würde hinausfallen.«

Alles Blut wich aus Elianes Gesicht.

»Das ist doch Unsinn!« sagte sie leise und stand ebenfalls auf. Ihre Zähne schlugen aufeinander, sie spielte nervös mit den Fingern. Phantastische Pläne stiegen in ihr auf, und die Vision eines Lebens, das durch Henriettes Tod klar und einfach werden könnte, erhob sich von neuem mit solcher Gewalt, daß sie von Scham ergriffen wurde. Sie versteckte sich hinter Philipp.

»Ich verstehe nicht«, sagte er ruhig.

Man mußte es ihm erklären.

»Aber warum lachst du denn?« fragte er.

»Ja, wirklich«, sagte Eliane unversehens. Sie trat auf ihre Schwester zu und packte mit festem Griff ihren Arm. »Das ist doch Unsinn. Du hast uns Angst gemacht.«

Aber die junge Frau war weit davon entfernt, sich zu beruhigen. Sie zitterte an allen Gliedern und wurde von einem Lachen geschüttelt, das sie nicht beherrschen konnte und das immer dann zunahm, wenn ihre Augen den Blicken Philipps und Elianes begegneten.

»Es ist doch gar nichts passiert...« wiederholte sie mit krampfhaftem Schlucken in der Stimme.

»Das ist kein Grund«, fuhr ihre Schwester sie an.

»Du hast kein Recht, dich so gehenzulassen, verstehst du?«

Mit einer unbestimmten Bewegung deutete Philipp an, wie sehr die Sache ihn langweilte.

»Nun«, sagte er, »nun ...«

Aber Eliane konnte nicht länger an sich halten. Der Zorn packte sie plötzlich und riß sie fort wie eine Welle, ein unwiderstehlicher Zorn, den sie ihre ganze Jugend hindurch bekämpft und eingedämmt hatte und der ihren strengen und nutzlosen Widerstand endlich besiegte. Wortlos packte sie ihre Schwester an den Schultern und zwang sie, ihr in die Augen zu sehen.

»Was habe ich dir eben gesagt?« zischte sie ihr ins Gesicht.

Vor dieser Maske mit den zusammengepreßten Lippen und den zuckenden Nasenflügeln gefror das Lachen auf Henriettes Zügen. Einen Augenblick blieb ihr Mund halb offen stehen, und ihre Augen wurden groß vor Entsetzen. In einer plötzlichen Ahnung fürchtete sie für ihr Leben. Sie wandte sich ihrem Mann zu und rief mit dünner Stimmer seinen Namen. Aber Philipp stand etwas abseits hinter Eliane und senkte die Augen wie ein ängstlicher Komplice, dessen Rolle sich darauf beschränkt, die Tür zu bewachen. Sie wich zurück. Eine Hand legte sich in ihre, es war Roberts Hand. Henriette preßte verzweifelt diese Hand und ging mit dem starren Blick einer Blinden noch ein paar Schritte zurück, bis sie an eine Sessellehne stieß. Einige Sekunden herrschte Schweigen, dann ging Philipp, der nichts von dieser Szene begriff, aber auch nichts weiter zu wissen wünschte, verlegen zu einem Regal, um ein paar Nippsachen aus Milchglas zu verrücken. Kurz darauf erhob sich Elianes kalte, vernünftige Stimme, und er zuckte zusammen:

»Willst du etwas trinken, damit dir besser wird?« fragte sie ihre Schwester. »Willst du dich hinlegen? Du siehst sehr elend aus. Soll ich dich in dein Zimmer bringen?«

Auf jeden Vorschlag antwortete Henriette mit einer Kopfbewegung, mit erschrockener Ablehnung. Sie sah sich plötzlich einer Feindin gegenüber und konnte sich nicht fassen.

»So sag doch etwas«, flüsterte Eliane, während sie wieder nah vor sie hintrat. »Ich will, daß er nichts merkt, verstehst du?«

Und mit gespielter Freundlichkeit nahm sie Henriettes Arm, um sie zur Tür zu ziehen, aber Robert hielt die Hand seiner Mutter noch immer fest. Eliane schlug zu, und der Junge ließ schluchzend los. Um seine Tränen zu verbergen, drückte er seine roten Fäuste an die Augen. Philipp drehte sich nach der Richtung um, wo diese kleine Szene sich abspielte, und runzelte mit gekränkter Miene die Brauen. Ein Augenblick der Ratlosigkeit entstand, während dessen Eliane die Verwirrung einer Schauspielerin empfand, die ihre Rolle vergißt. Sie hatte plötzlich Angst vor den nächsten Sekunden, vor dem, was sie zu tun im Begriff war. Aber sie konnte nicht mehr zurück, sie mußte ihr Werk vollenden. Trotz der Überraschung auf Philipps majestätischen Zügen gab sie dem kleinen Jungen einen heftigen Stoß, der ihn fast in die Arme seines Vaters schleuderte:

»So bestrafe ihn doch!« schrie sie.

Sie erschrak vor ihrer eigenen Kühnheit. Sie kam sich plötzlich häßlich und alt vor zwischen den drei Wesen, die vom Alter noch nicht berührt waren und denen sie mit ihrer Heftigkeit ein Ärgernis bot. Sie verlor den Boden unter den Füßen: gleich würde sie schwach werden, vielleicht müßte sie weinen. Wie im Traum legte sie die Hand um Henriettes Hüfte und fand die nötige Kraft, um unter Philipps feindlichem Blick die Tür zu erreichen. Die beiden Frauen gingen mit zögernden Schritten. Als sie über den Lichtstreifen gingen, der den Salon in zwei Hälften teilte, sah es aus, als überquerten sie einen Fluß.

4

Die folgenden Tage verliefen nach außen hin so ruhig, als ob nichts Ungewöhnliches vorgefallen sei. Der gleiche Instinkt leitete den Mann und die beiden Frauen und versöhnte sie eigentlich ohne ihr Wissen wieder miteinander. Es war dazu freilich nötig, alles auszulöschen, selbst die Erinnerung an eine störende Szene, wo zum ersten Mal, seit das Schicksal diese drei Menschen vereinigt hatte, die Wahrheit mit ihrer rohen, ihrer gefährlichen Sprache redete. Mit der Geduld von Ameisen, die auf den Trümmern ihres zerstörten Baus geschäftig herumlaufen, stellten sie eine fiktive Ordnung wieder her, und dabei boten sie so viel gute Laune auf, wie es ihnen nur irgend möglich war. Eliane vor allem schämte sich ihres ausfallenden Betragens, das ihre wahre Natur gezeigt hatte; sie schmeichelte darum ihrer Schwester und überbot sich in Aufmerksamkeiten gegenüber Philipp. Sie ging sogar so weit, Robert gelegentlich mit einem Lächeln zu bedenken, und eines Tages schickte sie ihn allein in den Zirkus. Allmählich brachte sie wieder so etwas wie Frohsinn ins Haus, eine behagliche Stimmung, die sie vor allem selber genoß. Mit der Zeit schien ihr Herz den Frieden der besseren Tage wiedergefunden zu haben. Sie schlief fast die ganze Nacht. Zu ihrem Glück brauchte sie vor allem den Glauben, ein guter Mensch zu sein. Selbst Philipp hätte zu ihrem Glück nicht genügt, wenn ihr Gewissen es ihr nicht gestattet hätte. Von ihrer religiösen Erziehung war so viel übriggeblieben, daß sie schließlich fast eine tiefe Veränderung ihres ganzen Lebens grundsätzlich wünschte. Sie liebäugelte mit einer frommen Entsagung, von der sie wußte, daß sie unmöglich sei, die ihr aber ungemein bequem und verführerisch erschien. Gab es eine einfachere Art, mit allem Schluß zu machen? Sie würde jene niederträchtige Tat nicht begehen, die sie in ihren eigenen Augen herabsetzte. Nein, alles bliebe an seinem Platz, und sie könnte sich mit einem Schlag über die Welt und ihre zweifelhaften Freuden erheben. Ein lauter Seufzer unterstrich diese Träumereien. Das waren Wünsche einer Klosterschülerin. Konnte man mit zweiunddreißig Jahren ... Ein Seitenblick auf Philipp brachte sie wieder zu sich.

Manchmal gab sie sich Mühe, ihre Liebe zu vergessen, um seine Fehler besser beobachten zu können; das tröstete sie ein wenig. Das wenigste war noch, daß er sich geräuschvoll schneuzte, wenn er sich allein glaubte, oder daß er schamlos auf die Straße spuckte (sie hatte es gesehen). Sie hatte ihm schlimmere Vorwürfe zu machen. Er sprach mit den Dienstboten in einem Ton, der die Leute offensichtlich verletzte, nicht weil er grob mit ihnen umgehen wollte, sondern weil sie ihm Angst einjagten. Noch vor einem halben Jahr hätte sie solche Gedanken nicht zugelassen, aber seit einigen Tagen wagte sie im Bereich der Vermutungen alles. So hatte Philipp zum Beispiel nie dem Blick seines Dieners oder eines Lieferanten standhalten können, und wenn er eine Anweisung zu geben hatte, erhob er die Stimme und wandte den Kopf ab, wobei es ihm nicht recht gelang, seine Verwirrung zu verbergen. Das Befehlen fiel ihm nicht leicht, und dieser Mangel verriet eine Herkunft, deren er sich nicht gerade rühmen konnte. Denn er blieb, so wenig er es selber wünschte, der Sohn eines Mannes, der erst auf seine alten Tage reich geworden war und der, da er sich nicht entschließen konnte, sich bedienen zu lassen, eigenhändig seine Schuhe putzte und selber seinen Wein aus dem Keller holte. Aber diese Bescheidenheit, die an einem Greis rührend war, wurde bei Philipp zu einer verächtlichen Ängstlichkeit, die sich hinter einem hochmütigen, anmaßenden Äußeren versteckte. Und von dem seltsamen Bedürfnis getrieben, ihn herabzusetzen, witterte Eliane in ihm den Bankangestellten, der er hätte sein können, wenn sein Vater nicht zu Geld gekommen wäre. Oder sie sah ihn als Abteilungsleiter eines Warenhauses im Gehrock mit selbstgefälliger Miene.

Sie ging noch weiter. Man konnte Philipp eine Weste mit gelben Streifen und eine weiße Schürze anziehen, ohne daß es sonderbar gewirkt hätte, und sie verachtete ihn, weil er diese imaginären Verkleidungen vertrug, als hätte es sich wirklich so abgespielt. Es endete damit, daß sie doch wieder auf das Eine, das Elementare kam, ihr Verlangen nach ihm.

Von hier aus legte sie stöhnend den umgekehrten Weg zurück. Philipp trug jetzt die vorteilhafte Uniform eines Matrosen. Der breite Kragen fiel auf die Schultern und flatterte wie ein blauer Flügel im Wind. Sie stellte sich ihn auch vor am Trapez, die große Gestalt von einem engen Trikot umspannt, das an den Knien und an der Brust Falten schlug. Oder sie dachte, während sie ihren Träumen freien Lauf ließ, an das reizende, scheinheilige Kostüm der Troubadoure, an die Stiefel, die Verbrämungen und den Federbusch des ersten Kaiserreichs. Und plötzlich von einer etwas unheimlichen Heiterkeit ergriffen, mußte sie über ihre Kindereien lachen, wie sie ihre Träumereien bei sich nannte.

Eines Tages, als sie, im Gespräch mit ihrer Schwester, sich nach einem Faden auf dem Chinateppich bückte, kam ihr ein Gedanke in den Sinn, der ihr ganz abscheulich schien: »Nichts zu machen, solange sie da ist.« Was sollte das heißen? Sie blieb in ihrer gebückten Stellung, das Blut schoß ihr in die Schläfen, und sie war erstaunt, daß die Worte bereit waren, sich in ihrem Hirn zu derartigen Sätzen zusammenzuschließen. Als sie sich aufrichtete, mußte sie sich setzen, und sie wandte ihr Gesicht ab, damit Henriette nicht sah, wie rot sie geworden war.

Einsame Spaziergänge führten sie oft in die kaum besuchten Teile des Bois de Boulogne. An den Bäumen waren noch keine Blätter, aber die Sträucher wurden grün, und die Luft war schon lau. In dem Schweigen hörte sie den fernen Wagenlärm, und gesenkten Blicks hielt sie endlose Zwiesprache mit sich selbst.

Indessen schlug Philipp sich mit anderen Problemen herum. Er konnte sich nicht entschließen, seinen Sohn ins Gymnasium zurückzuschicken, obwohl die Ferien schon seit einer Woche zu Ende waren. Er hatte ihn zur Bahn gebracht und dann, als er sich gerade von ihm verabschieden wollte, wieder nach Hause mitgenommen. Konnte er ihn nicht in ein Gymnasium in der Nähe schicken? Er kam von diesem Plan wieder ab, weil er fürchtete, die Unzufriedenheit seiner Schwägerin zu erregen. Also setzte er Roberts Abreise auf den übernächsten Tag fest, besann sich im letzten Augenblick anders, überlegte lange und konnte zu keinem Entschluß kommen. Diese Unsicherheit erstaunte ihn. Liebte er denn seinen Sohn plötzlich so sehr? Warum? Der Junge war immer noch da.

Robert versteckte sich oft hinter der Salontür, wartete auf die Ankunft seines Vaters und hatte seine Freude daran, einen Schrei auszustoßen und ihn damit zu erschrecken. Dieses Spiel ging Philipp auf die Nerven. Er zuckte jedesmal unwillkürlich zusammen, aber aus Zartgefühl tat er, als ob er darüber lachen müsse. Nichts schmeichelte ihm so wie das Vertrauen, das er diesem kleinen Wesen hatte einflößen können, und die komplicenhafte Vertraulichkeit, die sich zwischen ihnen einstellte. Eines Morgens befahl er dem Jungen, seine Frisur ein wenig zu ändern, und dann führte er ihn zum Photographen. Einige Tage später wurden Philipp die Abzüge zugeschickt, die ihm einen Ausruf der Überraschung entlockten. Er öffnete sofort die Schublade mit den Bildern und legte den zehnjährigen Philipp neben Robert. Welch ungewöhnliche Ähnlichkeit!

Vor lauter Freude gab er seine gewohnte Zurückhaltung auf und rief Eliane und dann auch Henriette zu Zeugen herbei. Die beiden Frauen beugten sich abwechselnd über die Bilder. Eliane war ärgerlich und fand keine Ähnlichkeit. Sie deutete auf einige Unvollkommenheiten in Roberts Gesicht, die man bei Philipp nicht finden würde: »Er ist ja geradezu in seinen Sohn vernarrt«, dachte sie. »Ich hätte ihm einen schöneren geboren.« Was Henriette betraf, so brach sie in Lachen aus, als sie auf dem Tisch die beiden pausbäckigen Gesichter sah, die sie ernst anblickten, und je mehr sie lachte, desto ernster wurden diese Kinder. Schließlich, als sie fühlte, daß alle sich über sie ärgerten, mußte sie den Raum verlassen. Sie floh in ihr Zimmer. Philipp räumte die Photographien mit gekränkter Miene weg.

Aus Furcht, in ihren Augen komisch zu erscheinen, verbarg er seine Spaziergänge mit dem Jungen vor seiner Frau und seiner Schwägerin und schickte Robert zum Spielen in die Gärten des Museums Galliera, wo er ihn einen Augenblick später abholte. Der verschlossene Junge freute sich über diese kleinen Listen. Philipp ging manchmal mit ihm ins Kino, er bekam Geschmack an dieser Darstellungsart, die er früher abscheulich gefunden hatte, und die Namen der Schauspieler wurden ihm vertraut. Bald merkte er, daß er seinen Sohn nicht mehr entbehren konnte. Es war seltsam, er verstand es selber nicht, aber abends dachte er immer glücklich und aufgeräumt an die Unternehmungen für den nächsten Tag, er plante Besuche in Museen oder selbst kurze Reisen mit Robert in die Umgebung von Paris. Und er bedauerte sehr, daß er dem Kind nicht den Namen Philipp gegeben hatte.

Das Gymnasium schickte mehrere Briefe, die zuerst erstaunt, dann beunruhigt, schließlich in eisigem Ton abgefaßt und von einer Rechnung begleitet waren. Der erste Brief wurde in den Papierkorb geworfen, ein zweiter in das Klosett, der dritte wurde Philipps Sekretär übergeben. Dann sprach man nicht mehr darüber.

Trotzdem mußte Robert wieder auf eine Schule geschickt werden. Das letzte Quartal hatte seit drei Wochen begonnen. Sobald es jedoch darauf ankam, den Direktor eines Gymnasiums zu besuchen, mit einem Herrn im Gehrock zu sprechen, ergriff Philipp eine unbesiegbare Trägheit, und je weiter er diesen Besuch aufschob, desto fürchterlicher erschien er ihm. Eines Sonntags beschloß er, daß der Besuch am nächsten Tag erfolgen und Herr Biard, sein Sekretär, an seiner Stelle hingehen solle.

An diesem Tag, dem letzten, den er mit seinem Sohn verbrachte, hatte er eine sonderbare Idee. Das Wetter war unfreundlich. Seit dem frühen Morgen wehte vom verhangenen Himmel ein scharfer, manchmal von Regenschauern begleiteter Wind. Gerade auf so einen Wind, das trübe Licht und die verlassenen Straßen, durch die noch der Winter strich, hatte Philipp gewartet.

In einem Saal des Museums Galliera holte er Robert ab. Ein Wagen brachte sie in die Stadt. Hand in Hand überschritten sie dann den Boulevard und bogen in eine der engen Straßen ein, die zur Madeleine führen. Das Kind stellte keine Frage, ohne Zweifel war es eingeschüchtert von der ernsten Miene seines Vaters. Beide gingen schweigend dahin, Philipp mit großen, raschen Schritten, Robert trabte neben ihm her. Nach einigen Minuten blieben sie vor einem armseligen Haus stehen, dessen Fassade von Rauch und Regen schmutzigbraun geworden war. Im dunklen Eingang blies ihnen ein Luftzug ins Gesicht. Im Licht einer Gaslampe, die in der Tiefe der Portierloge brannte, fanden sie den Weg. Die teppichlose Treppe knarrte unter ihren Schritten. An den Wänden, die bis zur halben Höhe dunkelbraun gestrichen waren, sah man kreuz und quer die Spuren der Streichhölzer, die hier angezündet wurden. Als sie den zweiten Treppenabsatz hinter sich hatten, klopfte Philipps Herz in heftiger Erregung, und er mußte sich einen Augenblick an das Geländer lehnen, das unter seinem Gewicht schwankte. Seine Frau war hier, hinter dieser Tür, er wußte es; zweimal in der Woche überschritt sie diese Schwelle. Die Auskünfte waren von grausamer Genauigkeit: man hatte ihm sogar die Minute angegeben, zu der sie das Haus betrat, und Philipp entdeckte eine Henriette, die er nicht kannte, eine pünktliche, geschäftige Henriette, nicht die zerstreute Frau, die nur aus ihren Träumen erwachte, um im falschen Moment zu lachen oder zu sprechen, sondern ein Geschöpf, das jede Woche gespannt auf die Wiederkehr einer bestimmten Stunde wartete. Daran also dachte sie, wenn er sie »abwesend« sah und wenn sie nicht hörte, was man zu ihr sagte.

Er nahm seinen Sohn an die Hand und stieg langsam zum dritten Stock hinauf. Seit einem Monat kämpfte er mit dem Verlangen, eines Sonntagnachmittags dieses Haus aufzusuchen. Ohne rechte Energie hatte er den Gedanken von sich gewiesen, den er anfangs nicht gerade schön gefunden hatte. War die Situation nicht ein wenig lächerlich? Der Gatte ging auf der Treppe spazieren, während seine Frau im zweiten Stock ... Er würde wie eine Possenfigur aussehen. Aber der wunderliche Plan war ihm von neuem gekommen. Er zeigte sich von Tag zu Tag mit immer größerer Hartnäckigkeit. Einmal träumte er davon: er sah sich in dem Haus, von dem er nur die Fassade kannte. Er ging im Traum eine gewundene Treppe hinauf, hielt vor einer Tür und wagte nicht einzutreten. Seltsame Empfindungen durchzogen seine Brust, das Verlangen, seine Frau in dem Augenblick zu überraschen, wo sie aus der Tür kommen würde, ihr Angst zu machen, plötzlich in seinen eigenen Augen so etwas wie ein Rächer zu werden, und zu gleicher Zeit fürchtete er sich vor alledem. Und dann (aber noch immer im Traum) packte ihn eine unerklärliche Freude, hier, in nächster Nähe zu sein.

Heute freilich fühlte er keine Freude, nur Neugier, eine sonderbare, wütende Neugier. Er versuchte sich die Leidenschaft vorzustellen, die dieser Mann für Henriette empfand, und half sich mit eigenen Erinnerungen. Der Ball, auf dem er Henriette kennengelernt hatte, stand ihm wie in einem Lichtermeer wieder vor Augen. Sie trug an diesem Abend ein helles Kleid, und ihre Arme, ihr Busen, ihr Hals, ihr Gesicht, all dieses weiße und nackte Fleisch schien aus der engen Hülle des matt schimmernden Stoffes hervorzuquellen. Der Eindruck war so stark, daß

Philipp spürte, wie ihm der Gaumen trocken wurde. Seine Augen, die wie geblendet waren, fühlten die ungewöhnliche Zartheit dieser Haut besser als seine Hände es vermocht hätten. Ganz benommen vor Verlangen stand er vor einer Frau, die ihn mit ruhigem, hartem Blick betrachtete. An alles erinnerte er sich genau, aber wie an eine Geschichte, die er gehört hatte, wie an ein Abenteuer, das einem anderen zugestoßen war. Vergebens versuchte er sich in diesem etwas lächerlichen Liebhaber wiederzuerkennen. Sätze, die er auf den Knien vor Henriette gesprochen hatte, kamen ihm in den Sinn und ließen ihn erröten. Er wollte nicht wahrhaben, daß sie wirklich von seinen Lippen gekommen waren.

Auf einmal hatte er Lust zu lachen, laut und kräftig zu lachen, so daß er von Henriette und dem Mann gehört werden mußte. Was machte ihm die Untreue einer Frau aus, die er seit Jahren nicht mehr begehrte? Man hatte ihm gesagt, daß sein Rivale arm, schlecht gekleidet, klein und von kränklichem Aussehen sei. Philipp verstand das nicht. Er dachte an seinen eigenen Körper, den er jeden Morgen im Spiegel betrachtete, und eitel stemmte er seine Hand in die Hüfte: waren die Frauen denn alle blind?

»Vielleicht werde ich jetzt gleich leiden«, sagte er sich. Und ohne die Hand seines Sohnes loszulassen, stieg er weiter empor, als ob er im vierten Stock endlich das Leid finden könnte, von dem er im dritten noch nichts gespürt hatte.

Sie blieben zwischen den beiden Stockwerken stehen, vor einem kleinen vergitterten Fenster, das diesen Teil der Treppe erhellte. Durch die schmutzige Scheibe fiel ein trübes Licht auf Philipps Gesicht. Er blieb ohne Bewegung stehen, den Kopf gesenkt, den Spazierstock eine Stufe tiefer aufgestützt. Ein Seufzer von Roberts Lippen riß ihn aus dieser nachdenklichen Stellung.

»Hast du nichts gehört?« fragte Philipp leise.

»Man hört alle möglichen Geräusche«, flüsterte der Junge; und aus Artigkeit fügte er hinzu, aber ohne die

Laune der erwachsenen Person zu begreifen, die ihn hergeschleppt hatte: »Das ist lustig!«

»Was hörst du?«

»Ich höre Leute sprechen.«

»Ja. Komm, wir wollen hier nicht bleiben.«

Sie gingen wieder in den dritten Stock hinunter. Philipp beugte sich ein wenig vor und bemerkte die Tür, die sich eine halbe Stunde zuvor vor seiner Frau geöffnet und hinter ihr wieder geschlossen hatte. Da also war sie. Diese banale Tatsache bekam in seinen Augen etwas Geheimnisvolles, und er bedauerte, daß er darüber nicht in aller Ruhe nachdenken konnte, hier auf der Treppe, aber die Gegenwart seines Sohnes störte ihn. Von Zeit zu Zeit sah Robert mit einem zärtlichen und zugleich bewundernden Blick zu ihm auf, dessen er sich auf lächerliche Weise unwürdig fühlte. Er tat, als sehe er ihn nicht. Mehrere Minuten vergingen in tiefem Schweigen. »Leide ich nun oder leide ich nicht?« ging es Philipp durch den Kopf. Die Antwort kam nicht gleich.

»Also nein!« sagte er kurz darauf laut.

»Was sagst du?«

Das war Roberts Stimme. Philipp zuckte zusammen.

»Ich sage, daß wir nicht den ganzen Nachmittag hier bleiben wollen. Komm. Wir werden schon ein Kino auf dem Boulevard finden. Selbstverständlich sagst du deiner Tante von dieser ganzen Geschichte kein Wort...«

Sie gingen an Viktor Tisserands Tür vorüber. Philipp zuckte kräftig mit den Achseln.

»... und deiner Mutter auch nicht!« fügte er hinzu.

5

Robert war jetzt als Pensionsschüler in ein großes Gymnasium in Passy eingetreten, wo sich Herren in Soutanen um den jungen Geist kümmern sollten. Die ersten beiden Tage nach Roberts Abschied waren recht unerfreulich, Philipp bereute seinen Entschluß. Jedesmal, wenn er sein Arbeitszimmer betrat, trieb ihm eine plötzliche Rührung Tränen in die Augen, und er dachte schwermütig an die Zeit, wo der kleine Junge sich hinter der Tür versteckt hatte, um ihn zu erschrecken. Das alles war schon in so weite Ferne gerückt. Jetzt wußte er nicht mehr, was er mit seinen Nachmittagen anfangen sollte. Ohne seinen Sohn reizte ihn das Kino wenig, die Museen kannte er zu gut, und seine Freunde langweilten ihn. Nichts machte ihm mehr Freude. Wenn er nicht um seine Figur besorgt gewesen wäre, hätte er gern nach dem Essen geschlafen. Gewiß blieb noch Eliane, mit der er sprechen konnte, aber seit einigen Tagen hatte er den Eindruck, daß sie ihm auswich. Vielleicht war sie ihm böse, weil er sie wochenlang vernachlässigt hatte. Erwartete sie, daß er sich entschuldigte? Philipp wäre zu allem bereit gewesen, damit sie nur nicht mehr so verstimmt und abwesend aussähe.

Sie veränderte sich. Bei den Mahlzeiten hüllte sie sich in ein Schweigen, das weder Unfreundlichkeit noch Groll entsprang, sondern nur den Zustand einer Seele ausdrückte, die sich durch ihren Kummer vom Alltagsleben sozusagen abgeschnitten fühlt. Das menschliche Herz hat seltsame Launen, und einer der seltsamsten fiel Eliane zum Opfer, die so tief an Philipp denken konnte, daß nicht einmal Philipps Stimme sie mehr aus ihren Gedanken riß und sie seinen Worten keine Aufmerksamkeit schenkte. Sie war bei ihm und fühlte sich allein.

Eines Abends trat sie bei ihrer Schwester ein und setzte sich auf den Rand des Bettes, in dem Henriette lag. Nachdem sie ein paar banale Bemerkungen gewechselt hatten, gab Eliane sich einen Ruck und sprach folgende Worte:

»Was würdest du an meiner Stelle tun?«

»An deiner Stelle?«

»Wenn du in Philipp verliebt wärst und wenn Philipp mein Mann wäre.«

»Ich kann mir nicht vorstellen, daß man sich in Philipp verliebt.«

Eliane schüttelte den Kopf. Der Gedanke, Henriette um Rat zu fragen, kam ihr plötzlich töricht vor, und sie bedauerte ihre Worte. Es war klar, daß die junge Frau Furcht vor ihr hatte und sie seit dem Tag nicht mehr verstand, an dem ihr Eliane ihre Liebe zu Philipp gestanden hatte. Eine lange Pause erlaubte Eliane, über ihre Ungeschicklichkeit nachzudenken. Sie wagte ihre Schwester nicht anzuschauen, von der sie nur die Hände sah, die flach auf der gelbseidenen Steppdecke lagen. Sie wußte wohl, daß dieses Schweigen sie aus dem Zimmer trieb, und sie wäre selbst gern gegangen, aber etwas zwang sie, hierzubleiben und diese törichte Frage noch einmal zu stellen:

»Versuch es dir vorzustellen. Was würdest du an meiner Stelle tun?«

Sie warf den Kopf zurück und suchte in Henriettes Augen die Antwort, aber ihr Blick begegnete den Augen eines kleinen Mädchens, das über seine eigenen Worte erschrak:

»Liebe Eliane . . ., wenn man bedenkt, wer Philipp ist, scheint mir, würde ich an deiner Stelle . . . ich kenne ihn, weißt du . . .«

Eliane streckte ihr die Hand hin und wollte lächeln, aber auf den Zügen ihrer Schwester war noch immer die gleiche Unruhe zu lesen. Was befürchtete sie? Was sah sie denn? Zeigte sich wirklich etwas von den geheimsten, unergründlichsten Gedanken auf ihrem Gesicht? Voller Angst, sich selbst zu verraten, machte sie eine unwillkürliche Bewegung und preßte heftig die Hand der jungen Frau.

»Sprich doch«, befahl sie.

Aber angesichts der Überraschung ihrer Schwester ließ sie die Hand los, deren Finger sich verkrampft hatten. Sie sagte leise:

»Bitte verzeih mir, liebes Kind. Wenn du leiden würdest wie ich, würdest du mich verstehen.«

Von Traurigkeit überwältigt und auch aus Furcht, daß Henriette die Tränen sehen könnte, die ihr in die Augen stiegen und sie häßlich machten, beugte sie sich über das Bett und legte ihren Kopf an den Körper der jungen Frau, deren kleine, harte Knie sie an ihrer Brust spürte. Die Wärme dieser Glieder drang durch die Decken zu ihr. Sie fühlte sich dadurch seltsam getröstet, als komme von dieser Berührung neue Jugend über sie. Die ganze Bosheit der Menschen, alles, was unrein und dem Glück feindlich war, hatte seinen Ursprung in der Seele. Der Körper war einfach und gut, und nie hatte sie so deutlich wie an diesem Abend die Unschuld des Fleisches begriffen. Hier war ihr wohl, sie hätte schlafen mögen. Doch über ihr formte Henriettes dünne StimmeWorte, die Eliane überhören wollte.

»An deiner Stelle würde ich alles tun, um nicht mehr an Philipp zu denken.«

Nicht mehr an Philipp denken. Am nächsten Abend sah sie ihn, wie er auf dem Kanapee seine Zeitung las, und sie fand ihn verächtlich, weil er sie leiden ließ und weil er, obwohl er ganz genau wußte, daß sie in ihn verliebt war, mit gleichgültigen Blicken zusah, wie sie Jahr um Jahr ein wenig älter wurde und sich in ohnmächtigen Bemühungen verzehrte, ihm zu gefallen. Und doch diktierte ihr ein Instinkt, der stärker war als ihre Vernunft, liebenswürdige Worte, die sie fügsam wie eine Maschine sprach:

»Ich habe deine neue Krawatte noch gar nicht bemerkt. Sie steht dir ausgezeichnet.«

Weshalb diese Schmeichelei? Solche sinnlosen Worte waren daran schuld, daß Philipp sie behandelte, wie es ihm paßte. Wäre sie ihm nicht so sklavisch ergeben gewesen, hätte sie ihm vielleicht imponiert.

Er hob den Kopf. Seit vielen Tagen hatte sie nicht mehr so mit ihm gesprochen: das war der Ton von früher. Er war stumm vor Staunen. An diesem Abend dachte er freilich an etwas ganz anderes als an seine Beziehung zu Eliane.

»Meine Krawatte?« fragte er und senkte die Zeitung.

»Jawohl«, sagte Eliane, innerlich wütend. »Die Farbe hebt deinen matten Teint.«

»Findest du, daß ich schlecht aussehe?«

»Du siehst keineswegs schlecht aus. Ich spreche von deinem Teint, wie er immer ist, braun, aber ein wenig matt.«

Er sah sie mit besorgter Miene an und nahm, als sie sich abwandte, die Zeitungslektüre wieder auf. Mehrmals hatte er versucht, die ersten Sätze eines politischen Artikels zu verstehen. Sein Blick glitt immer wieder unaufhaltsam zur Spalte der Vermischten Nachrichten.

Indessen öffnete Eliane eine der Türen am Bücherschrank und betrachtete das Profil ihres Schwagers. Sein Kinn wurde seit einiger Zeit etwas rund, sie bemerkte es nicht ohne Bestürzung: sollte er dicker werden? Aber es sah vielleicht nur so aus, weil er den Kopf senkte. Er hielt mit beiden erhobenen Armen die Zeitungsblätter und las etwas ganz unten auf der Seite. Die Börsennachrichten? Nein, der Wirtschaftsteil stand auf der oberen Hälfte der Seite, und außerdem interessierte Philipp sich nicht für die Börse. Gewiß las er die Theaternachrichten, die Theaterprogramme. Er wollte ausgehen und sie alleinlassen. Leise schloß sie die Glastür und ging auf ihn zu, aber er war so versunken, daß er sie nicht hörte.

»Was liest du denn?« fragte sie schließlich mit ruhiger Stimme.

Er legte die Zeitung rasch beiseite.

»Die Annoncen«, sagte er lachend.

Wie konnte er wagen, so unverschämt zu lügen? Eliane fühlte, wie sie vor Zorn rot wurde, und senkte die Augen.

»Die Annoncen!« wiederholte sie und setzte sich in ihren Sessel. »Du langweilst dich wohl sehr, wenn du sogar Annoncen liest.«

Sie tat, als müsse sie gähnen, um den Vorgang natürlicher erscheinen zu lassen, und streckte die Hand nach der Zeitung aus.

»Du erlaubst doch, daß ich einen Blick hineinwerfe?«

Hinter der Papierwand verschanzt, suchte sie jetzt festzustellen, welche der vielen kleingedruckten Nachrichten Philipps Aufmerksamkeit hatte fesseln können. Tatsächlich stand in einer Ecke der Seite eine Annonce, aber man braucht nicht fünf Minuten, um den Namen eines Schuhputzmittels zu lesen. Sie stutzte plötzlich vor drei kursiv gesetzten, eingestreuten Notizen. Sie gehörten zu jenen Nachrichten, die aufregend kurz gefaßt sind und fast immer mit dem Namen eines Gefängnisses oder eines Krankenhauses enden.

Philipp erhob sich und ging durch den Salon, um sich im Spiegel zu betrachten. *Verhängnisvoller Irrtum,* las Eliane. *In Aulnay-sous-Bois hat der Landwirt Goncelin seinen Sohn schwer verletzt ...*

Das war es nicht.

»Findest du die Farbe nicht zu lebhaft?« fragte Philipp.

»Was sagst du?«

»Ich frage dich, ob du die Farbe meiner Krawatte nicht zu lebhaft findest.«

»Nein, nein, sie ist sehr gut so, sehr hübsch, du hast viel Geschmack.«

Säuberungsaktion. Im 8. Arrondissement wurde eine Razzia durchgeführt. Fünfzig Personen wurden vernommen. Sonderbar. Sie war sicher, daß es auch das nicht war. Philipp ging auf und ab. Verstohlen sah sie, wie er nervös an einem Fingernagel kaute und zuckte vor Ekel zusammen.

Tod in den Wellen. Bei der Brücke von Saint-Cloud

wurde die Leiche einer etwa fünfzigjährigen Frau geborgen. Der Körper scheint mehrere Monate im Wasser gelegen zu haben. Die Leiche wurde in das gerichtsmedizinische Institut gebracht. Schauderhaft!

Sie las noch eine kurze Nachricht und faltete ohne Ärger die Zeitung zusammen, die ihr das Geheimnis nicht preisgab. In diesem Augenblick bemerkte sie, daß ihr Schwager in dem großen Spiegel über dem Kamin ihre Bewegungen beobachtete. Eine plötzliche, schreckliche Unruhe ergriff sie. Philipp hatte sich leicht vorgebeugt und richtete auf sie, auf ihr Bild im Spiegel, einen scharfen Blick, den sie an ihm nicht kannte. Plötzlich drehte er sich um, und während er einen Ellbogen auf den Marmor stützte, legte er in einer Salonpose seine Fingerspitzen ineinander.

»Schon fertig?« fragte er.

Da sie fürchtete, sich beim Sprechen zu verhaspeln, begnügte sie sich mit einem Kopfnicken. »Er haßt mich«, dachte sie. »Ich ahnte es.« Und ihr Herz schlug.

»Keine einzige interessante Neuigkeit«, fuhr Philipp fort, während auch er jetzt gähnte. »Verlorene Mühe, nicht wahr?«

Warum redete er so? Vorhin hatte er geschwiegen. Jetzt hatte es den Anschein, als wolle er um jeden Preis Konversation machen.

»Du hast recht«, sagte Eliane und vermied es, aufzublicken. Von ihrem Platz aus sah sie die Beine ihres Schwagers, die blaue Hose, die schwarzen Schuhe, und hinter diesen Beinen die große orangegelbe Flamme des Holzfeuers, die im Kamin zuckte.

Indessen fuhr Philipp zu reden fort. Seine kalte, höfliche Stimme machte Pausen, die Eliane wohlbekannt waren, denn selbst vor ihr verließ ihn seine Schüchternheit nicht, und es kam vor, daß er nach den einfachsten Worten suchen mußte.

»Ich habe mir oft die Frage gestellt, was man in der Zeitung zuerst liest. Für viele Leute haben die politischen

Nachrichten weniger Interesse als zum Beispiel der Bericht über einen Einbruch oder eine Hinrichtung.«

Eliane rührte sich nicht.

»Glaubst du?« sagte sie.

»Oh«, fuhr die Stimme fort, »ich will nicht verallgemeinern, und was mich betrifft, so hasse ich alle Zeitungen. Aber es gibt Fanatiker der Vermischten Nachrichten, wie es Fanatiker der Wettermeldungen gibt. Jawohl, es gibt Leser, die sich direkt auf die Wettervorhersagen stürzen. Andere ... Ich mußte heute abend daran denken, als ich die kurzen Nachrichten in drei Zeilen las, du weißt schon ... Ich versuchte mir vorzustellen, welchen Reiz sie auf ...«

»Auf wen?«

»Auf Leute ausüben können, die sie doch eigentlich gar nichts angehen. Es liegt vielleicht an ihrer außerordentlichen Kürze. Sie sagen so wenig, daß sie einen schließlich neugierig machen.«

Eliane hob die Schultern mit einem Ausdruck, als ob sie das bezweifle, und sagte nichts. Er versuchte, seine Worte zu erklären:

»Man erzählt dir zum Beispiel, daß Herr Soundso seinen Sohn aus Versehen getötet hat. Er reinigt ein Gewehr, von dem er glaubt, daß es nicht geladen sei. Der Schuß geht los. Es ist immer dieselbe Geschichte. Der Sohn wird in die Augen getroffen ...«

Sie hob unwillkürlich den Kopf:

»In die Augen? Das steht nicht in der Zeitung.«

»Es steht nicht darin, weil es an Platz fehlt oder weil man diese Einzelheit nicht interessant findet, und da man mir keine Einzelheiten bringt, bin ich gezwungen, sie mir auszudenken.«

»Ah, wieso?«

»Ich weiß nicht. Es scheint mir ganz selbstverständlich.«

Eliane sah, daß er sehr rot wurde, obwohl er versuchte, ihrem Blick standzuhalten. Sie sah rasch weg und holte aus einem Körbchen ihre Handarbeit hervor.

»Du hast sicher recht«, sagte sie. »Ich habe noch nie darüber nachgedacht.«

»Noch ein Beispiel, wenn es dir recht ist. Hast du die drei Zeilen über die Frau gelesen?«

Sie fädelte eine Nadel ein.

»Welche Frau?« fragte sie, ganz auf ihre Tätigkeit konzentriert.

»Hast du das nicht gelesen? Die Frau, die bei der Brükke von Saint-Cloud aus dem Wasser gezogen wurde.«

»Ach, die Ertrunkene. Ja, das habe ich gelesen.«

Er setzte sich neben sie auf das Kanapee. Es beruhigte ihn, ihren Händen bei der Arbeit zuzusehen.

»Da ist also diese Frau«, fuhr er fort, »die ich nicht kenne, – wäre es nicht interessant zu wissen, wer sie gewesen ist?«

»Was für eine sonderbare Idee!«

»Gar nicht sonderbar. Vielleicht verbirgt sich ein furchtbares Geheimnis dahinter. Man geht doch nicht grundlos in die Seine.«

»Sie kann aber auch aus Versehen hineingestürzt sein.«

»Wer weiß, ob man sie nicht hineingestürzt hat?«

»Das ist auch möglich.«

»Siehst du. Und woher kommt sie? Wo ist es geschehen? Vor Paris, stromaufwärts? In Paris selber? Wenn ein Körper so lange im Wasser bleibt, müssen ihn Pflanzen und Algen festgehalten haben. In Paris gibt es keine. In Grenelle, in Billancourt habe ich hier und da welche gesehen.«

In dieser Art zu reden lag eine Kälte, die Eliane unangenehm berührte. Sie war versucht, ihn zu unterbrechen, aber sie hielt sich zurück. Seit einem Augenblick hatte sie das merkwürdige Gefühl, daß er allein sprach, nicht zu ihr, sondern zu sich selber. Verstohlen betrachtete sie das ruhige Profil und die großen blauen Augen, die in die Landschaft zu blicken schienen, die Philipps Stimme beschrieb.

»In Billancourt ist die Straße von der Seine nur durch

eine Böschung und eine schmale Uferpartie getrennt, die erst allmählich breiter wird. Auf meinen Spaziergängen bin ich manchmal da hinausgekommen, und ich bin ziemlich weit am Ufer entlanggegangen. Ich habe leere Boote gesehen, die an Pfählen festgemacht sind; wochenlang hindurch liegen sie an derselben Stelle, niemand macht sie los ...«

Er schilderte die unheimliche Fahrt eines menschlichen Kadavers, der monatelang an einem Bootskiel festgehalten wird, dann mit den Wellen weiterschwimmt, bis er von neuem an einem Quaivorsprung hängenbleibt oder sich mit seinen steifen Händen in Pflanzen verfängt.

»So dürfte man annehmen, daß die Leiche einer Frau, die im Oktober in Paris ertrunken ist, erst vier Monate später in Saint-Cloud gefunden wird.«

»Nein, Philipp, das ist nicht wahrscheinlich.«

Er wandte ihr sein Gesicht zu, mit der jähen Bewegung eines Menschen, den man aus dem Schlaf weckt, und sein Blick hellte sich plötzlich auf.

»Du hältst das nicht für wahrscheinlich?« Er stieß einen langen Seufzer aus. »Ich auch nicht. Ich habe es mir nur ausgedacht.«

Jetzt war er Eliane so nahe, daß ihre Schultern sich berührten. Philipp brauchte sie, ihre beruhigenden Worte, die sie mit so zuversichtlicher Stimme sagte, und er mußte den glühenden Wunsch unterdrücken, ihr alles zu sagen, um sich von dieser unangenehmen Erinnerung zu befreien. Eine letzte Furcht legte ihm Schweigen auf. Konnte er genau wissen, was Eliane von dieser Geschichte denken würde? Obwohl er nicht in sie verliebt war, wurde ihm Elianes schweigende Liebe notwendig. Er legte beide Arme auf die Rückenlehne des Kanapees, schlug die Beine übereinander und warf den Kopf nach hinten.

»Ja«, sagte er und blickte zur Decke. »Ich habe mir das ausgedacht. Ich stellte mir die Frau am Ufer vor, wie sie zum Beispiel beim Quai de Tokyo am Hafen entlanggeht.

Sie geht mit einem Mann, einem Arbeiter. Er sagt ihr rohe Worte, er bedroht sie, er stößt sie, er ist betrunken. Sie ist ängstlich und gibt keine Antwort. Sie hinkt, es sieht aus, als versuche sie zu laufen. Sicher hat sie Angst, daß er sie schlägt, daß er sie ins Wasser wirft.«

Eliane legte ihre Arbeit nieder und betrachtete Philipp. In diesem Augenblick haßte sie ihn. Es war kein instinktiver Haß, der ebenso rasch wie die Liebe entsteht, sondern ein Haß, der aus vernünftiger Überlegung stammt. Die Ruhe, mit der er diese seltsame Erzählung vorbrachte, war ihr widerwärtig. Er sprach ohne Erregung und fügte eine Einzelheit an die andre, als ob er von einem Besuch im Museum erzähle. Und dann noch diese eingehende Betrachtung, die er über die Leiche einer Ertrunkenen anstellte, das war ja abscheulich! Was für eine Freude konnte es ihm machen, sich eine so schauderhafte Geschichte auszudenken?

»Es wird dunkel. In meiner Vorstellung spielt die Geschichte im Oktober, ich weiß nicht, warum. Die Quais sind leer, der Wind weht, die Laternen werden angezündet. Wieviel Uhr ist es? Etwa sieben Uhr.«

Sieben Uhr am Quai de Tokyo. Wie oft hatte Philipp nicht von seinen Spaziergängen erzählt, die ihn gegen Abend, wenn er aus der Sitzung kam, über diesen Quai führten? Er benutzte seine eigenen Erinnerungen. Welch armselige Phantasie! Doch trotz des Ekels, den sie bei dieser Geschichte empfand, interessierte sie sich dafür. Sie sah mit Philipps Augen den Strom, der seine schwarzen Fluten durch die Nacht wälzte, sie sah die Lichter am Hafen, die Sandhaufen, die ungleichmäßigen Steine, an denen die Frau vorbeihinkte. Und wider Willen mußte sie der Bewegung dieser vollen Lippen folgen, sie mußte die Wölbung seiner glatten, braunen Wange bewundern, die sie bald für eine Sekunde mit ihren Lippen berühren durfte.

»Kein Mensch ist auf dem Quai«, fuhr er fort, »nur dicht an der Seine das zankende Paar, der Arbeiter mit seiner Frau.« (Er beschrieb sie mit großem Behagen, während er zögerte von dem *anderen* zu sprechen, von dem eleganten Herrn, der die beiden beobachtete.) »O, von Zeit zu Zeit fährt ein Wagen vorüber, aber sehr schnell, und wie soll man da etwas hören? Doch . . .«

Um seine Fassung zu bewahren, wechselte er die Stellung und steckte die Hände in die Taschen. Eliane hörte, wie er mit seinen Schlüsseln klapperte.

». . . doch ja, zufällig ist noch ein Mann auf dem Quai. Er geht zum Essen nach Hause. Und er hört die beiden. Was wird er tun?«

»Wie soll ich das wissen?«

»Nicht wahr? Er selber weiß es auch nicht. Er folgt ihnen eine kurze Strecke oben auf dem Quai. Die Sache wird schlimm. Der Arbeiter will seine Frau schlagen, sie fängt an zu laufen. Der Herr folgt ihnen von weitem.«

Wozu dieser Herr? Was hatte er mit dieser Geschichte zu tun? Sie verstand nichts mehr.

»Er entschließt sich, einen Polizisten herbeizurufen, aber wie immer ist kein Polizist in der Nähe. Der Mann und die Frau gehen bis zum Viadukt von Passy und dann unter einen Brückenbogen. Etwas weiter . . . etwas weiter sind sie verschwunden. Der Zeuge ist zu spät gekommen, das Verbrechen ist schon geschehen und der Mörder auf der Flucht.«

»Aber diese hinkende Frau kann doch nicht schneller laufen als der Zeuge auf dem Quai. Er müßte sie doch eingeholt haben.«

Philipp errötete und versuchte zu lachen, aber er wagte seine Schwägerin nicht anzusehen. Er hatte nicht den Mut gehabt, alles zu erzählen. Wenn er aber nicht alles erzählte, wozu sprach er dann überhaupt?

»Also«, fuhr er nicht ohne Mühe fort, »stellen wir uns einmal vor, daß der Spaziergänger das Paar von vorhin einholt. Die Frau bemerkt ihn und ruft ihn an . . .«

»Ja und?«

»Nun . . . Er ist schon im Begriff, die Stufen hinunterzusteigen, nicht wahr, um dieser unglücklichen Frau zu Hilfe zu kommen. Da passiert etwas ... jawohl, er hat Angst.«

Er lachte von neuem, ohne den Kopf zu wenden.

»Ja, er hat Angst, Angst vor dem Arbeiter, dem Mann dieser Frau.«

»Das ist doch unmöglich, Philipp, dieser Mann ... das wäre zu ... zu ...«

Sie konnte nicht weitersprechen. Sie sah sein Gesicht, das vor Scham dunkelrot geworden war, und hatte verstanden. Was sie zunächst am Reden hinderte, war ein tiefes Erstaunen. Für wie schwach sie ihren Schwager auch hielt, traute sie ihm doch das geringe Maß an körperlichem Mut zu, das jedes Lebewesen besitzt, und sie fühlte sich erniedrigt, weil sie vor ihm gezittert hatte. Dann ergriff sie ein jäher Zorn.

»Woran denkst du?« fragte Philipp leise, von ihrem Schweigen beunruhigt.

Ihre Augen begegneten sich.

»An deine Geschichte. Wie sah der Mann aus? Du hast ihn mir nicht beschrieben.«

»Er war klein und schlecht gekleidet.«

Vorhin war es ein Herr gewesen. Er fuhr in seiner Beschreibung fort, aber sie hörte nicht mehr zu. Das Herz von furchtbarer Wut zusammengepreßt, sah sie die öden Jahre vor sich, die sie auf der Spur eines Wesens verbracht hatte, das sie nie erreichte. Ganze Nächte hindurch waren die Tränen über ihre Wangen geflossen, aber jetzt war die Quelle versiegt, und sie würde nicht mehr weinen. Sie griff nach einem Papiermesser aus Metall, das auf einem Tischchen lag, und packte es kräftig am Griff. Sie hatte den Eindruck, daß ihre Hand, ihr ganzes Wesen sich an dieser Berührung erfrischte. Das Blut brauste in ihren Ohren, und ab und zu legte sich ein Nebel zwischen Philipp und sie. Doch mitten in ihrem Zorn gab es gewissermaßen eine Insel der Ruhe, auf der sie zu sich kommen konnte. Sie sah sich, wie sie ganz nah neben diesem Mann auf dem Kanapee saß, so nah, daß seine Wärme, sein Geruch zu ihr drangen und sie berührten. Er klapperte mit den Schlüsseln in seinen Taschen, die Beine ausgestreckt, die Füße gekreuzt. Sie hatte alles klar vor Augen, sie sah selbst die Falten an seinem Anzug und den gezackten Schatten, den ein Lampenschirm auf seine Stirn warf. Zugleich trieb eine unwiderstehliche Kraft sie zu ihm, und in ihrer herabhängenden Hand drehte sich das Stahlmesser um.

Mit herrischer Stimme sagte sie seinen Namen, wie um ihn zu rufen, obwohl er neben ihr saß. Er stockte mitten im Satz:

»Was willst du?«

Langsam glitt sein Blick zu ihren Augen empor und blieb dort haften, unfähig diesmal, sich abzuwenden. In seinen Augen wuchs die Angst, sie verbreitete sich über das ganze Gesicht, wie ein Gewitter den Himmel überzieht. Er versuchte, die Hände aus den Taschen zu nehmen, aber sie streckte ihren freien Arm quer über ihn aus, so daß er keine Bewegung mehr machen konnte. Er drückte sich tiefer in das Kanapee, bis sein Nacken auf der Rückenlehne lag. Sein Mund wollte die Frage von vorhin wiederholen, aber er blieb halb offenstehen. Eliane beugte sich über ihn:

»Das warst du, dieser Mann auf dem Quai?«

Er antwortete nicht.

»Antworte!« schrie sie. »Ich weiß, daß du es warst.«

Das wundervolle, ganz in Schweiß gebadete Gesicht bot sich ihrem Hunger dar und bezauberte sie, aber sie konnte sich nicht entschließen, ihren Triumph abzukürzen.

»Du hast Angst, Philipp.«

Sie hob den Arm, um ihre Waffe zu zeigen, die sie weit ins Zimmer schleuderte, und plötzlich warf sie sich mit der Gier eines Tieres auf diese Lippen, ohne Mitleid für das Stöhnen, das ihr schmerzender Biß dem Besiegten entlockte.

Jetzt war sie wieder in ihrem Zimmer und saß am Fußende ihres Bettes. Sie hatte die Lampe nicht angemacht, um ihrem eigenen Bild im Spiegel nicht zu begegnen, und in der Dunkelheit fuhr sie mit den Händen über ihre glühenden Wangen. Von Zeit zu Zeit schossen durch die halboffenen Vorhänge die Strahlen der Lichtreklame. Sie durchbohrten das Dunkel und bedeckten die regungslos kauernde Frau mit großen gelben Reflexen. Eliane zuckte jedesmal unwillkürlich zusammen. Auf ihren Zügen, die die Erschöpfung der Lust verhärtet hatten, lag keine Freude. Die Haare hingen ihr wirr in die Stirn. So verharrte sie einige Sekunden, bleich und wie betäubt, gleich einer Verbrecherin.

Dann wurde es Nacht um sie.

6

Es war der Tag vor dem Schulbeginn.

Sie gingen schweigend, den Blick auf die großen, ungleichmäßigen Steine gerichtet, auf die sie ihre Füße setzten. Die Steine waren sehr verschieden, es gab grüne, die aussahen, als ob man sie eben aus der Seine herausgeholt hätte, manche hatten gelbe und rostrote Töne, einige waren weiß und wie neu, andere schimmerten rosa, und gelegentlich gab es auch schwarze Steine. Robert und Philipp sahen nichts anderes.

Seit dem frühen Morgen war der Nebel dichter geworden und schien aus der Tiefe des Flusses aufzusteigen, dessen Oberfläche er ganz bedeckte. Von Zeit zu Zeit blies ein kurzer Wind wie ein leichter Atem und trieb den bleichen Rauch vor sich her, der träg dahinrollte und sich im Luftzug zerteilte. Durch lange Spalten, die sich sofort wieder schlossen, sah man das glasige, schwarze Wasser.

Ohne sich zu rühren, standen jetzt beide nah am Ufer, und die Hand des Mannes umklammerte die Hand des

Jungen. Keiner von ihnen sprach ein Wort. Sie warteten auf den Augenblick, wo von neuem ein Wind den Schleier zerreißen und ihnen die Seine zeigen würde.

Dieser letzte Ferienspaziergang war nicht ohne Melancholie. Robert dachte daran, daß er sich morgen zur selben Stunde über ein Heft beugen würde, das er vielleicht mit seinen Tränen benetzte, und Philipp erinnerte sich schweren Herzens an die Schulanfänge seiner Kindheit, an den Geruch des neuen Federhalterkastens und des schwarzglänzenden Kittels, an die Rufe der Mitschüler, an das Gelächter, an die beginnenden Freundschaften, an die Frische, die Neuheit des Lebens. Er stellte seinen Mantelkragen hoch und stieß mit einem Stock auf die Steine. Wozu mußte er sich daran erinnern? Gab es nicht Türen, die man eines schönen Tages hinter sich zuschlagen konnte, ohne sich auch nur einmal umzusehen?

Hier hörten sie kaum etwas von dem lang anhaltenden Brausen der Stadt. In dieser weißlichen Dunkelheit verloren sich die Töne, und die Gegenstände verschwanden. Sie konnten gerade noch die Stämme der Platanen sehen, die sich neigten, als wollten sie nachdenken. Philipp wartete noch einen Augenblick und drückte dann Roberts Hand. Sie gingen weiter. In diesem Nebel hatte Philipp das Gefühl, daß die sichtbare Welt sich auflöst, um nur ein geistiges Reich bestehen zu lassen, in dem ein Schatten umging: er selber. Was suchte er? Nichts. Er war hier, weil er am Ufer des Flusses an mehr Dinge denken konnte als auf der Straße. Sein Gedächtnis erinnerte ihn unaufhörlich daran, was er einst gewesen war, und wenn er diese Stimme hörte, wurde er gerührt. Es hatte in seinem Leben eine Zeit gegeben, wo der Mensch, der er hätte sein können, ihn von Tag zu Tag begleitete. Philipp witterte damals den geheimnisvollen Doppelgänger, er richtete voller Eifer seine Gedanken nach denen des erdichteten Wesens, bis er schließlich glauben konnte, mit ihm eins geworden zu sein. So lebte er lange Jahre im Zustand großer innerer Befriedigung. Dann kam eine Stunde, wo die Wahrheit ihn streifte, der erste, ferne Ruf des Todes. Der Mensch, der er sein sollte, existierte nicht. Philipp hatte die ganze Zeit mit einem Phantom zusammengelebt, mit einem Wesen, von dem nur sein Gedächtnis ihm etwas berichten konnte, das aber kein Mensch jemals gesehen hatte. Und er konnte nicht umhin, leise vor sich hin zu lachen, während er daran dachte, daß er einmal an sich selbst geglaubt hatte, an seine Zukunft, an ein Morgen, dessen Dämmerung durch die Nacht des Heute strahlt, ohne jemals Wirklichkeit zu werden.

Aus Vorsicht blieben sie bei den Bäumen an der Mauer. Aber sie mußten oft Steinhaufen umgehen und den Weg verlassen. Wenn sie glaubten, daß sie sich der Seine näherten, gingen sie noch vorsichtiger. Unter dem Bogen des Pont d'Alexandre blieben sie stehen, um auf das Geräusch des Wassers zu lauschen, aber sie hörten nichts. Hier war der Nebel nicht so dicht. Über ihnen spannte sich der schwarze Bogen im milchigen Dunst und verlor sich, plötzlich entzweigeschnitten.

»Bleib hier«, sagte Philipp.

Er hatte auf einmal Lust, das Wasser zu betrachten. Er ging allein zum Ufer und beugte sich ein wenig vor. Der scharfe, kräftige Geruch der Seine stieg ihm ins Gesicht, und er atmete ihn ein, er füllte seine Lungen damit, wie um ihn mit sich fortzutragen. Sein ganzes Leben lang hatte dieser Fluß ihn angezogen, ohne daß er begreifen konnte, warum. Zwischen ihnen bestand eine dunkle Verwandtschaft. So hatte Philipp manchmal bei seinen Spaziergängen an der Seine den flüchtigen Eindruck, daß sie zu ihm sprach und schließlich, da sie ihn so häufig an ihren Ufern sah, seine Geheimnisse in sich aufgenommen hatte. Trotzdem machte sie ihm Angst: er neigte sich leicht über sie, und schon zog sich sein Herz zusammen.

Nach einer Weile rief ihn Roberts Stimme. Philipp antwortete nicht, dann hörte er die Schritte seines Sohnes, der auf ihn zukam.

»Bleib, wo du bist«, befahl er.

Der Junge ging an seinen Platz zurück. Einige Minuten lang beschäftigte ihn die Frage, wann er seinen Sohn wiedertreffen würde. »Vielleicht treffe ich ihn gar nicht mehr«, sagte er plötzlich zu sich selber. Aber dieser Gedanke erschien ihm absurd, er war ihm nur durch eine Ideenverbindung gekommen, da die Vorstellung des Flusses den Gedanken an Selbstmord mit sich führte. Man tötet sich nicht, wenn man reich und vollkommen gesund ist. Kann man sich aus Langeweile töten? Wieder stieß er mit dem Stock auf die Steine und wiederholte in Gedanken die Frage: aus Langeweile? Das genügt vielleicht nicht. Um den Tod zu rechtfertigen, war ein großer Kummer nötig, mindestens aber eine ernsthafte Krankheit. Und außerdem hatte er Angst vor dem Tod.

Aber der Tod reizte ihn fast wie der Fluß, und er liebte es manchmal, ihn in unmittelbarer Nähe und doch getrennt von sich zu fühlen. An diesem Morgen war der Tod nur ein Schritt nach vorn. In der unfaßlichen Leichtigkeit dieser Tat lag eine merkwürdige Versuchung. Nach einer kurzen Überlegung ging er zu dem Platz zurück, wo sein Sohn auf ihn wartete. Er beugte sich über den Jungen und küßte ihn.

»Ich wette, du hast Angst.«

»Nein.«

Er log. Philipp band ihm den Schal fester um den Hals und tätschelte seine rote Wange.

»Ich komme gleich wieder zurück«, sagte er zu ihm. »Geh diesen Weg allein. Warte auf mich bei der kleinen Eisentreppe, die zum Quai führt. Ich bleibe nicht lange weg.«

Und da das Kind ihn mit Augen ansah, die vor Unruhe einen fast tragischen Ausdruck bekamen, sagte er noch, um ihn zu beruhigen:

»Hab keine Angst. Auf dem Heimweg gehen wir in eine Konditorei.«

Gleich darauf trennten sie sich, und Philipp ging wieder zum Fluß. Dieses gefahrlose Spiel gefiel ihm. Die ängstlichen, vorsichtigen Schritte, die er auf den Tod zu machte, hoben ihn in seinen eigenen Augen. Ein paar Minuten wollte er noch am Wasser stehenbleiben, dann ginge er heim. Zu Hause würde niemand ahnen, daß er an Selbstmord gedacht hatte. Das würde sein Geheimnis bleiben, das er Eliane nicht zu verraten brauchte, ein Geheimnis, das ihm eine moralische Überlegenheit ihr gegenüber verschaffen könnte. Denn es war unmöglich, sie zu besiegen, und er wagte nicht, sich von ihr zu trennen. Aber es bliebe ihm immer ein Teil seiner selbst, der dem Machtwillen dieser Frau nicht zugänglich wäre. Eine Zuflucht stand ihm offen.

Nur der Übergang vom Leben zum Tod schien ihm schwierig. Er versuchte sich den Seelenzustand eines Menschen vorzustellen, der mutig genug wäre, bei diesem Nebel in den eiskalten Fluß zu springen und dann einige Minuten der gräßlichsten Erstickungskämpfe auf sich zu nehmen. Doch wenn die Grenze einmal überschritten war, begann die glückselige Nacht der Auflösung. Er seufzte. Ein Gefühl des Heimwehs packte ihn beim Gedanken an diesen lichtlosen Horizont, und einen Augenblick träumte er davon, eine Hand in der Tasche, den Stock nachdenklich aufgestützt. Sein Leben war verfehlt, er wußte es, aber in seinen Augen war fast jedes menschliche Leben verfehlt; was er dem seinen vorzuwerfen hatte, war der Mangel an gründlichem Ernst. Obwohl er immer bedauerte, nicht bedeutend zu sein, obwohl er Geschmack an allem Schönen fand, lebte er häßlich, auf eine langweilige und zugleich frivole Art. Dazu kam eine schwer zu beschreibende Komik. Seine Frau ließ die Briefe ihres Liebhabers herumliegen, und er las sie, gegen seinen Willen, er verschlang sie. In einem dieser Briefe wurde sehr respektlos von ihm gesprochen. Und Eliane ... an Eliane wollte er lieber nicht denken.

Seitdem er hier stand, hatte er auf das Wasser gestarrt, und plötzlich überfiel ihn die sonderbare Lust, seine Hand hineinzutauchen, aber wie? Er ging ein paar Schritte hin und her. Das Ufer war hier zu hoch. Selbst wenn er sich flach hinlegte, würde er das Wasser nicht erreichen. Er ging in die Knie und streckte seinen Stock in den Nebel hinunter; seine Angst, das Gleichgewicht zu verlieren, ließ seine Stirn unter dem Hut feucht werden. Klopfenden Herzens erhob er sich wieder. Die Erregung steigerte sein Verlangen: er mußte die Seine mit der Hand berühren. Etwas weiter entfernt bemerkte er einen der großen, an einen Stein geschmiedeten Eisenringe, an denen die Bootstaue festgemacht werden. Der Gedanke, sich an diesem Ring zu halten, schien ihm ausgezeichnet. Diesmal kniete er wirklich nieder. Eine Hand fest um den Ring gepreßt, beugte er sich vor, während er mit der anderen Hand ins Leere griff. Er konnte das Wasser nicht erreichen.

Inzwischen fiel ihm eine nahe Stelle ein, wo man im Sommer die Hunde badete. Er ging dorthin. Fünf, sechs schmale Stufen führten ins Wasser. Man warf die Tiere in die Seine, und hier stiegen sie, vor Kälte zitternd, wieder herauf. Philipp legte seinen Stock aus der Hand. Er stellte erst den einen, dann den andern Fuß auf die erste Stufe. Auf der zweiten Stufe wartete er. Auf der vierten näßte der von Regenfällen angeschwollene Fluß ihm die Sohlen. Er beugte sich langsam vor, seine Größe behinderte ihn. Endlich tauchten seine Fingerspitzen in die Seine, dann seine ganze Hand, und er hatte das Gefühl, keine Angst mehr zu haben. Einige Minuten später traf er seinen Sohn bei der Eisentreppe.

Jetzt gingen beide zwischen den Bäumen und den hohen rotgelben Sandhaufen dahin. Der Junge war glücklich, nicht mehr allein zu sein, und erzählte eine Geschichte. Philipp hörte nicht zu. Plötzlich blieben sie stehen. Über ihren Köpfen leuchtete etwas im Nebel, ein großer kupferroter Fleck, die Sonne, und in diesem Augenblick hörten sie hinter der ungreifbaren Wand, die sich im Licht auflöste, den langgedehnten, heiseren Schrei eines Schleppers.

HANSER

Foto: Isolde Ohlbaum

Der junge Manuel führt ein bourgeoises Leben in einer französischen Provinzstadt. Er verzehrt sich in einer verbotenen Leidenschaft und quält sich – an Tuberkulose leidend – mit

Ein Blick in die Abgründe der menschlichen Seele

sehr realen Todesängsten. Als einziger Ausweg aus seinem Leiden dient ihm der Traum. In ihm vermischen sich Liebessehnsucht und Todestrieb und gipfeln in Ekstase und Zerstörung. Der Geisterseher, kurz nach Treibgut entstanden, gehört zum Eindrucksvollsten und Wichtigsten, was Green geschrieben hat.

Mit einem Nachwort des Autors. Aus dem Französischen von Franz Hessel. 240 Seiten. Gebunden

Julien Green
im dtv

Junge Jahre
Autobiographie

Aufgewachsen zwischen zwei Kulturen, früh vom Tod seiner Mutter betroffen, mit siebzehn als Kriegsfreiwilliger schon an der Front, sucht ein ebenso sensibler wie arroganter junger Mann seinen Weg ... dtv 10940

Jugend
Autobiographie 1919 – 1930

In Amerika, dem Land seiner Väter, erhält der junge Julien Green den Schlüssel zu seinen geheimen Wünschen und Sehnsüchten. Doch das Bewußtwerden seiner homoerotischen Neigungen stürzt ihn in eine tiefe Krise. dtv 11068

Paris

In 19 Abschnitten streift Green durch die verschiedensten Viertel der Stadt, besucht Museen und Straßen, erlebt Jahreszeiten und Gesichter. dtv 10997

Leviathan

Als Gueret begreift, daß die »Liebe« der hübschen Angèle durchaus zu erlangen ist und daß zahlreiche Männer von dieser Möglichkeit Gebrauch machen, gerät er außer sich ... dtv 11131

Von fernen Ländern

Elisabeths Begegnung mit Jonathan, einem unberechenbaren Abenteurer und Frauenhelden, weckt unerfüllbare Wünsche in ihr. Aus dem verträumten Mädchen wird eine leidenschaftliche, zielstrebige junge Frau. dtv 11198

Foto: Isolde Ohlbaum

Meine Städte
Ein Reisetagebuch
1920 – 1984

Julien Greens Städte besitzen eine zusätzliche Dimension; die Einbildungskraft eines Dichters sorgt für Entdeckungen, die kein Reiseführer zu bieten hat.
dtv 11209

Der andere Schlaf

Die Erinnerungen eines Arztsohnes an seine Jugendtage in Paris, die verhaltene Geschichte einer ausklingenden Kindheit und einer Knabenliebe.
dtv 11217

Mont-Cinère

Ein Anwesen in der Nähe von Washington wird Gegenstand einer alles verzehrenden Leidenschaft: Der Geiz ergreift langsam von all seinen Bewohnern Besitz.
dtv 11234